고독한 행군

이계홍 지음

고독한 행군

이계홍 지음

B 범우

3

차
례

제20장 희망을 잃어버린 자 · 7

제21장 "우리는 4대 내전을 치르고 있소" · 51

제22장 제주 9연대, 첫 배속지 · 77

제23장 어디가 숲이고 어디가 늪인지 · 104

제24장 "에미나이 꿰찰 재주가 있나?" · 140

제25장 흩날리는 꽃 이파리 · 174

제26장 외줄 타듯 살얼음 딛듯 · 206

제27장 가장 짧고 가장 긴 날 · 242

제28장 배신의 계절 · 270

제20장
희망을 잃어버린 자

장지성이 육군항공대 비행장교로 배속된 것은 1948년이었다. 그는 일본 육사 본과에 올라가 항공과에 배치되어 전투기 조종사 훈련을 받던 중 해방을 맞았다. 그리고 귀국해 고향의 중학교에서 수학과 물리과 교사로 근무하던 중 동기생들보다 늦게 국방경비대 사관학교 5기로 입교했다. 5기 선발은 이전 기까지 형식적으로 생도를 선발했던 것과 달리 국어·수학·영어·작문 시험을 치렀다. 지구별 모집(서울1연대, 전주3연대, 부산5연대)에서 120~150명씩 선발, 해당 지역에서 기초 훈련을 받았는데, 워낙 훈련 강도가 심해 40여 명이 탈락했다. 기초 교육이 끝난 후 태릉 본교에 입교할 때, 중도 탈락인원을 보충하기 위해 현역 하사관과 사병 중에서 일부를 충원해 420여 명이 교육을 받았다. 5기생은 장지성을 비롯 김재춘 채명산 정승화 박원석 박영석 문상길 등이었다.

장지성은 전주 3연대(익산에서 전주로 이동 배치) 3대대 10중대 소대장으로 배속되고, 5·10 남한 단독선거 때는 전라북도 경비대장으로 겸임 발령을 받았다.

전북 경비대장 시절, 바지 저고리를 입은 신병 30명을 받고 한심스러운 나머지 군인의 길을 포기할까 고민했다. 회의감으로부터 그를 구한 것은 1948년 여름 수색에서 육군 항공기지사령부가 창설되어 그 부대로 전속 명령을 받으면서였다. 전공이 항공과였으므로 기존의 자기 병과를 받은 것이 위안을 주었다.

육군항공대 장교들은 지급되는 피복과 배식, 처우가 타군에 비해 상대적으로 좋았지만, 그렇다고 불만이 없는 것은 아니었다. 타 군인 집단보다 교육수준이 높고, 의식이 깨어있는 자들이 많아서인지 이념 갈등이 심했다.

국내 상황에 대한 불만을 품은 자들이 회의하고, 그중 과격한 조종사 몇이 비행기를 몰고 삼팔선을 넘어 북한땅으로 가버렸다. 미래의 불확실성 때문에 젊은 조종사들이 이상주의를 꿈꾼 나머지 월북한 것인데, 혼란스럽기는 북쪽도 마찬가지였겠지만, 눈에 보이지 않고 직접 겪어보지 않으니 이곳보다 나을 것이라 여기고 충동적 결행을 해버린 것이다.

비행기를 몰고 월북하는 것은 어떤 경로보다 안전하고 빠르고 정확했다. 조종사 한 명 양성하려면 많은 돈과 시간이 소요되어 이들이 넘어가버리면 아군은 값비싼 비행기 손실과 함께 인적 손실이 막대했다. 미국에서 들여온 비행기는 L— 4기로 잠자리 비행기였다. 바람이 조금만 불어도 동체가 흔들리는 연과 같은 비행기였다. 이 비행기를 1948년 초 10대를 들여왔고, 그해 말 L— 5기 10대를 추가로 도입해 남한은 모두 20대를 보유하고 있었다. 말 그대로 소중한 전략 자산이었다. 그런데 툭하면 북으로 몰고 가버리니, 미군은 그 이후 한국인 조종사 단독 비행을 허락하지 않았다. 태우더라도 부조종사로, 주조종사는 미군이 맡았다. 미 국방성은 공식 문건을 통해

"한국 공군을 신뢰할 수준이 아니다. 비행기를 주어도 조종사들이 가지고 도망을 가버린다. 정체불명의 집단"이라고 불신했다. 비행기가 절대 부족인 북한에서는 비행기를 몰고 간 조종사를 영웅 대접했다.

육군항공대는 김포비행장에 본부가 있었다. 항공대 요원들은 김포비행장 인근 미군 공병대가 철수한 뒤 비워둔 퀀셋과 장교용 주택에 거주하며 김포비행장과 여의도 비행장으로 출퇴근하고 있었다. 김포비행장 외곽에 세운 항공사관학교 교장은 김정렬이었다.

어느 날 장지성은 선임 장교로부터 김 교장이 부른다는 전갈을 받고 교장 관사로 달려갔다. 김 교장은 응접실 소파에 무거운 얼굴로 앉아 있었다. 그 표정이 너무도 침울했다. 무슨 일이 벌어진 것을 직감하고, 장지성은 자신이 무슨 잘못을 했나, 항공부대 배속부터 지금까지의 상황을 되돌아보았다. 특별히 잘못한 일은 없었다. 북으로 비행기를 몰고 간 장교를 막지 못한 것이 일말의 책임이라면 책임이지만, 굳이 따지자면 그것은 그의 비행대대 사고가 아니었다.

김정렬의 동생 김영환과 콤비가 되어 항공훈련을 받다 보니 김 교장도 장지성을 막내 동생처럼 여기고 있었다. 그런데 전혀 인연없는 사람처럼 낯설게 앉아있다. 불러놓고 왜 이러시지? 답답하고 불안해서 장지성이 먼저 입을 열었다.

"교장 선생님 각하, 제가 무슨 나쁜 짓이라도 했습니까?"

단 둘이 만나거나 사석에서는 형님이라고 호칭했지만 전혀 딴판의 얼굴이어서 그는 이렇게 사무적으로 무겁게 물었다. 그래도 대답이 없던 그가 장지성을 빤히 쳐다보면서 한참 만에 입을 열었다.

"너는 괜찮으냐?"

"네?"

"어젯밤에 박원식과 홍태화가 잡혀갔다."

"네? 왜 잡혀갑니까?"

"너는 모르고 있었더냐?"

김 교장이 꺼지듯 한숨을 쉬었다. 박원식 대위는 항공사관학교 교수부장이었고, 홍태화 소위는 항공비행단 정비장교로 복무 중이었다. 홍태화는 장지성과 함께 일본 육사에서 항공병과에 배속돼 함께 조종사의 꿈을 키웠으나 해방 후 홍태화는 군문 대신 전주의 어느 여학교로 가 교편을 잡고 있었다. 그는 일본에 두고 온 애인 아사코 때문에 학교를 그만두고 밀선을 타고 도항을 하다가 체포되어 압송돼오자 비탄에 잠겨 괴로움 속에 묻혀 살고 있었다. 폐인이 될 것 같아서 장지성이 그를 불러들여 김정렬 교장에게 소개해 정비장교로 입대시킨 것이 몇 달 전이었다. 당시만 해도 항공 정비 전문가가 절대 부족했기 때문에 글라이더 한 번 날린 경험만 있어도 데려다 쓰는 판이었다.

"너 정말 아무 일 없단 말이냐?"

김 교장이 다시 물었다.

"네. 저는 아무 일이 없습니다. 무슨 일이 있었습니까?"

김 교장은 왼쪽 손을 들어 검지를 펴보이더니 아래로 꺾었다. 당시 왼손의 검지는 '좌익'이라는 뜻이었다. 군부의 좌익 소탕은 김창동이 주도하고 있었다. 김창동은 태릉 1연대 정보장교로 있다가 육군정보국 특별조사과(SIS) 특별수사관으로 전속돼 복무하고 있었다. SIS는 뒤이어 특무대라는 방첩부대(CIC)로 개편되었다. 방첩부대는 추후 보안사— 기무사령부로 개편되었다. 이 기구가 숙군 작업을 담당했는데 일단 김창동에게 걸렸다 하면 살아나오지 못하거나, 나와도 병신되어 나온다는 말이 공공연히 나돌았다.

장지성은 긴장하면서도 한숨 놓았다. 그 점에 있어서는 자신이 있었다. 그는 누가 보아도 나주 유림의 아들로서 보수주의자라는 것이 누구나 알고 있었다. 그리고 박원직은 몰라도 홍태화는 번지 수를 잘못 짚어도 한참 잘못 짚었다. 홍태화가 좌익과 상관없는 사람이라는 것은 항공부대 구성원들이 더 잘 알고 있었다. 그는 좌익 혐의자와 토론을 벌이다 주먹질까지 한 사람이었다. 물론 우익도 혹독하게 비판했다.

장지성이 고향으로 돌아와 대학 진학을 위해 절에서 공부하고 있을 때, 그를 불러내 나주 민립중학교에서 교편을 잡도록 알선해준 사람이 홍태화였다. 그가 형님이 사는 전주여학교로 옮겨간 뒤 장지성을 데려가려고 했다. 일본의 어린 애인을 데려오려고 밀항 계획을 치밀하게 준비했다. 어느 날 밀선을 타고 가다 적발돼 경찰서에서 한 달 구류를 살다가 나왔다. 그는 조국에 대한 환멸을 느끼고 애인 곁으로 가려고 했다.

"홍태화는 장지성 네가 항공부대로 불러들였지? 이걸 어쩌지? 나 또한 그를 임관시켰으니 말이다."

"각하, 홍태화는 그럴 친구가 아닙니다. 정의감이 강해서 직설적으로 말하는 것이 흠이라면 흠이고, 세상을 불만스럽게 본다는 게 티라면 티입니다. 하지만 사상적으로 깨끗한 청년입니다. 일본 소녀를 만나려고 밀항했다가 적발돼 돌아온 것을 제가 데려왔습니다. 매일 그리움 속에 살고 있을 뿐, 그에게는 어떤 이데올로기도, 사상도 머릿속에 박혀있지 않습니다. 감성 풍부한 청년일 뿐입니다."

"그런 것이 통할까. 세상이 이러니 발을 뻗고 잘 수가 없구나."

김 교장이 길게 한숨을 내뿜었다. 그에 따르면 전날 밤, 김창동 특무대의 행동대장 이한필(진) 대위가 일단의 병사들을 이끌고 와서

장교 숙소에서 박원직 교수부장과 홍태화 소위를 체포해 갔다. 두 사람은 끌려가면서 김정렬 교장을 꼭 한 번만 만나게 해 달라고 간청해 교장 관사로 끌려왔는데, 그 광경이 끔찍했다. 특무대원들은 두 사람을 땅바닥에 엎어놓고 군홧발로 머리를 밟은 채 김 교장 앞에 섰다. 두 장교는 얼굴이 피투성이었고, 홍태화는 머리가 까져서 계속 피를 쏟고 있었다.

"이게 무슨 짓들인가?"

김정렬이 놀라는 한편으로 화가 나서 묻자 이한필의 거친 대답이 나왔다.

"빨갱이 새끼들입니다."

김정렬은 머리가 아찔해졌다. 조종사 월북사건으로 뒤숭숭해 있는데, 그 연장선인가? 그러나 단호하게 말했다.

"그럴 리가 없어! 풀어봐!"

"뭘 믿고 그러십니까? 이자들이 비행기를 북으로 날려보낼 놈들이 아니란 걸 뭘로 증명하겠습니까. 항공대 놈들, 온통 빨갛습니다. 이자들이 남로당 세포들입니다."

순간 잠시 말을 잊고 있는데 이한필 중위가 과시 자신있게 말했다.

"남로당 군사 조직표에 나와 있습니다. 어마어마한 남로당 군 계보를 캐냈는데 이자들은 바로 박정희 세포들입니다." (김정렬회고록 116페이지 '박정희 소령의 고난'편 일부 참조).

이때 군홧발에 머리가 밟힌 홍태화가 소리쳤다.

"개새끼들아, 사람을 뭘로 보고 이러는 거야. 나는 계보가 뭔지도 모른다. 생사람 잡지 마라. 니들이 그러니까 나 같은 사람도 공산당이 되는 거야! 니놈들이 없는 좌익을 만들고 있잖아!"

"공산당은 본래 말이 많지."

이한필이 그를 발길질로 마구 팼다. 홍태화는 비명을 지르면서도 발악했다.

"야, 이 새끼야, 아닌 것은 아닌 거야. 나는 니들보다 더 공산당을 싫어해. 너 같은 새끼들이 공산당을 만드는 거야! 완장차고 생사람 때려잡는 니놈들 꼭 기억할 것이다."

"기억하기 전에 니가 먼저 디져, 씨발놈아."

이한필이 거듭 군홧발로 차고 밟는데, 홍태화가 입에서 피를 한 움큼 쏟아내고, 옥수수 알 같은 이빨 두 대를 뱉어냈다. 그는 얼굴의 형체를 알아볼 수 없을 정도로 짓뭉개진 뒤 정신을 잃었다. 그는 광주학생사건 이후 광주고보 교내 기강이 엄중하던 때, 부당하게 대하는 일본인 교사에게 대들었다가 무기 정학처분을 당했으나 끝까지 물러서지 않은 머리가 좋고 배포가 큰 사람이었다.

"홍태화가 더 문제다. 그 녀석 성깔 때문에…."

김정렬이 예의 길게 한숨을 내뿜었다.

"각하, 박원직 교수부장은 박정희 선배 직속 후배라서 계보를 의심해볼 수 있지만, 홍태화는 절대 아닙니다. 일본 소녀 하나에 울고 웃는 감상파일 뿐입니다. 순정파입니다."

"나를 설득해봐야 소용없어. 첩보에 따르면 김종석, 최남근, 박정희, 조병건, 이성구, 오민균, 이정길, 조철형, 김태성, 이상진, 김학림, 황택림, 이병주 등이 몰리고 있다. 너와 가까운 선후배들 아닌가?"

장지성은 입이 딱 벌어졌다. 그들은 형제처럼 가깝게 지낸 그의 일본 육사 선후배, 또는 동기간들이었다. 박정희, 최남근(만주군관학교 출신)은 말할 것 없고, 대전 2연대장 김종석, 1년 후배 오민균, 조병건, 해방되자마자 김일성 장군을 만나러 간다고 집을 나섰다가 행방이 묘연한 동기생 이성구, 서울대에 입학해 다니다가 행방불명된 단짝 친구 이정길, 누명을 쓰고 부대에서 자결해버린 김태성, 중학교 2년 선배였지만 4년 만에 일본 육사에 합격해 장지성의 후배가 된 조철형 등이 모두 의심을 받고 쫓기고 있다니, 믿을 수 없었다(이들은 숙군 과정에서 박정희를 제외하고 모두 좌익으로 몰려 처형되거나 행방불명되었다).

그중 김종석은 그와 인연이 깊었다. 김종석이 대전 2연대장으로 복무하고 있을 때 장지성이 고향 나주에서 상경 길에 그를 찾았다. 김종석은 다짜고짜 소리질렀다.

"국방경비대는 미국놈들 앞잡이야! 그놈들 따까리밖에 할 것이 없어. 들어올 생각 마라. 친일파 새끼들 똥개가 돼버렸다. 미국놈들 하수인이 되니까 들어오지 마라!"

김종석은 일본군 대위 출신으로 오키나와 전선 남부는 김종석, 북부는 신응균이라는 말이 나올 정도로 전공을 세운 일본 육사 생도들에게 신화적 인물이었다. 청년장교 시절 영웅 칭호를 받았던 두뇌가 명석하고 전술에 능했던 선배였다. 그런데 친일 세력을 욕하고, 미국을 욕한다. 일본 육사 출신이 친일분자를 욕하다니, 장지성은 한때 혼란스러웠다.

장지성을 심하게 대했다고 생각했던지 김종석은 그를 유성온천 고기집으로 데리고 갔다. 고기를 잔뜩 먹인 뒤 그가 말했다.

"나는 일본 제국주의를 위해 미국과 싸웠다. 귀국해서는 그것이 수치스러워서 몸둘 바를 몰랐다. 남의 전쟁에 끼어들어서 결사적으로 싸우다니, 이런 미친 놈이 다 있나. 그래서 산 속에 숨으려고도 했다. 민족을 위해 싸워본 적이 없다는 것이 나를 이렇게 치욕스럽게 했다. 앞으로는 두 번 다시 남을 위해 싸우지 않겠다, 내 조국, 내 나라를 위해 젊은 피를 바치겠다고 다짐했다. 그런데 지금 이게 뭐냐. 일본에 이어 미국의 졸개가 되다니, 이게 조국의 현실이냐. 우리의 운명과 상관없이 미국놈들 꼴리는 대로 나라가 운영되는 걸 지켜보면서 무력감 때문에 견딜 수가 없다. 너에게 과도한 말을 했던 것도 내 자신에 대한 분노 때문이다. 왜 이토록 살기가 힘드냐. 너, 정신 똑바로 차려라. 똑바로 정신 박혔으면 그때 입대해도 늦지 않다. 나는 북도, 남도 아니다. 민족의 아들일 뿐이다. 뒤늦게나마 눈을 뜬 민족의 아들이다. 내 말 명심해라."

그는 분노하고 있었으나 어떤 결의에 가득 찬 표정이었다. 그후 그를 필두로 비밀 결사체를 구성했다는 것이다. 연결고리는 없어 보이는데 홍태화가 그 리스트에 올라 있다는 것이다. 믿기지 않는 일이었다. 그는 물정 모르고 상경한 초급 장교에 지나지 않았다. 국방경비대 사관학교를 나온 것도 아니어서 누구와 접촉하거나 물들 시간도 없었다.

"어떻게 해야 되겠느냐."

장지성도 한동안 어떻게 대처해야 할지 막연했다.

해방의 혼란기에 무분별하고 설익은 이념 대립은 이렇게 대결적이고 음모적이었다. 뭐니뭐니해도 신생국가의 동량으로 아낌없이 써먹어야 할 젊은 인재들이 소진되는 손실을 가져왔다.

"제가 특무대를 다녀오겠습니다. 이한필 조사관은 경비대사관학교 저의 5기 동기생입니다."

"조심해야 한다. 지금은 어느 누구도 믿을 수 없다. 안심할 수 없다."

김 교장은 장지성보다 열 살이 위였으니 삼촌이나 아버지 같은 존재였다.

"너나 홍태화 집안을 내가 잘 안다. 너희들 가족사를 신원조회를 통해 알아보았다. 춘부장들의 인품도 알고 있다. 자존감으로 사시는 분들이다. 그런 자제들인데 어찌 공산당이라고 할 수 있겠느냐. 하지만 지금 시국에 그것으로 무슨 보장을 받겠나."

장지성의 가대는 나라를 잃었을 때는 민족적 자존심을 지켰으며, 가부장적 예의 범절에 바탕을 둔 벌족한 유교 집안이었다. 예를 갖추면서 산다는 것. 남을 해치지 마라, 나누어라, 너그러워라, 라는 나주 양반의 가르침을 받고 자랐다. 그것이 진정한 우익의 길이고 가치였다. 보수에 대한 이론을 잘 알지 못했지만, 묵묵히 그 길을 걸어왔던 것이다.

이런 가풍이 그가 살아온 삶의 지표가 되었을 뿐, 프롤레타리아가 어떠니 부르주아가 어떠니 하는 사상과 이념은 무관했다. 홍태화는 더 했다. 민족의식이 내면화했을 뿐, 좌든 우든 이념의 노예가 아니었다. 그의 아버지는 해방 정국의 혼란상을 지켜보며 함부로 나서지 말 것을 홍태화를 불러 당부했다. 나주 문반답게 사람 다치게 하는 곳에 가지 말아라, 어진 사람의 행적을 따르라, 사람을 선하게 대하는 것이 사는 근본이다, 라는 말씀을 강조했다. 이 가르침은 홍태화의 생활 신념의 체계가 되었다.

특무대는 명동 한복판에 있는 명치좌(명동극장)를 본부로 사용하고 있었다. 숙군 선풍이 불면서 이곳에 전 군의 이목이 집중되었다. 1,2층에 헌병사령부, 3층에는 정보국이 자리잡고 있는데, 좌익 혐의자 체포는 헌병사령부가 맡고, 조사는 정보국 특별조사과가 맡고 있었다.

정보국 요원들은 '대구 항쟁'에 이어 제주4·3, 10·19 여수·순천

사건으로 정보 및 방첩의 중요성이 부각되자 미군 교관들로부터 정보 교육을 받고 대거 현장에 투입되었다. 책임자는 백선진― 김점곤 ― 김안일 라인이었지만, 현장 실무책임자는 김창동― 이한필이었다. 실무자들은 일제 고등계 형사와 사찰계, 헌병대 출신이 주축이었다.

혐의자를 잡으면 무조건 몽둥이로 팼다. 필요하면 송곳으로 찌르고 전기선도 연결했다. 고문을 못이긴 나머지 억지 자백한 자가 속출했으나 그것으로 공적의 근거가 되었을 뿐, 거짓 자백이 번복되는 일은 없었다. 번복할 경우 더 이상 허튼 소리가 나오지 못하도록 반죽여 놓았고, 실제로 죽어 나간 자가 적지 않았다.

김창동은 대구― 제주에 이어 여수·순천지구에 내려가 반란군과 밀대, 토착 공산분자 혐의로 3천여 명을 체포했다. 죄질을 분류해야 했지만 급한 상황에선 그런 구분이 귀찮았다. 숫자가 많을수록 공이 컸으니 웬만한 것은 묵살되었다. 그 공로로 그는 빠르게 진급했는데, 석 달 만에 두 계급 진급했다.

특무대 본부는 어두컴컴하고 음산했다. 방 여기저기서 비수처럼 날카로운 비명 소리가 복도를 타고 흘러나왔다. 살이 찢기는 날카로운 비명이 유리창을 흔들었다. 장지성은 저도 모르게 몸을 으스스 떨었으나 그럴수록 아랫배에 힘을 주고 조사국 특별조사과 문을 열었다. 생도시절 가깝게 지낸 편은 아니었으나, 5기 동기생이 실무팀에 있으니 바짓가랑이라도 잡고 늘어져야 하는 상황이었다. 이한필은 찾아온 장지성의 위아래를 훑더니 "너는 여기 올 자격 없어! 나가!"하고 고함지르며 돌아앉았다.

"아니, 올 자격이 없다고? 친구 두 사람이 잡혀왔는데 올 자격이 없다고?"

"빨갱이가 아니면 나가 임마! 바쁜 사람 붙들고 시비 걸지 말라우. 도와주는 놈은 없고, 사람 빼달라고 요구하는 놈들만 있대시니 이거 미치갔군."

"그들은 그런 사람들이 아냐."

"너 돈 먹었냐?"

장지성은 심히 모욕을 당한 기분이었지만 애써 참으며 말했다.

"이봐, 박원직은 우리 동기생 아닌가. 그리고 홍태화는 내 고향 친구야. 그들 사상을 내가 다 알아."

"니가 알면 다 통하니? 니가 심사관이니? 박원직은 박정희 계보야. 무시무시한 세포지. 대구 폭동 때부터 이 새끼들 놀고 있더라니까. 야산대, 빨치산, 유격대 뭐 어쩌고저쩌고 한 세상 흔들어보겠다고 발광했지. 그래, 우리가 핫바지냐? 검불이냐고? 니가 말한 대로 홍태화는 빨갱이는 아니다. 하지만 그 새끼가 더 악질이야. 도대체가 협조를 안 해. 불평불만만 늘어놓는다. 사리분별도 못 하는 놈이야. 그러다가 이빨까지 나갔잖아. 순진한 놈인지, 모자란 놈인지, 천지분간을 못해. 죽자하고 지금도 대들어. 그러면 돼지지 지가 별 수있니? 대신 박원직은 협력을 잘해준다. 협력자는 풀어줄 수 있어. 그럼 됐나? 나가 봐."

그가 잇 사이로 침을 찍 바닥에 쏘았다. 그의 침이 각지게 다려입은 장지성의 바짓가랑이에 떨어졌으나 어찌할 수 없었다. 빨갱이가 아닌데도 혼이 나야 한다는 이 모순. 그리고 협력을 잘해주면 풀려날 수 있다는 음모적 차별… 그는 전신의 힘이 쏙 빠지는 무력감에 젖었다.

이한필이 반기거나 말거나 장지성은 다음날도 특무대에 출근했다. 그를 박대해도 그들이 석방될 때까지 찾아다닐 작정이었다. 박원직은 어느 날부터 특무대 내에서 자유롭게 활동하더니 풀려났다.

"홍태화 안 풀어주나?"

장지성은 다시 이한필과 마주 앉았다.

"그 새끼 협력 안 한다고 했지? 미친 새끼가 아직도 껍적대. 도대체 세상 물정을 모른다니까. 약속대로 우리는 협력자는 석방한다."

협력자란 주변 인물들을 밀고하는 자를 뜻했다. 그 과정에서 본의 아니게 친구들이 붙들려 들어갔다. 그중 맞아죽은 자도 있는데, 좌익 혐의를 씌우면 그는 변명의 여지없이 죄인이 되었고, 수사관의 실적으로 올라갔다. 야만과 폭력은 일상화되었다.

"협력할 것이 없으니까 안 하는 거니 놓아줘. 그는 자유주의자일 뿐이야."

"너도 한번 털어볼까? 주제넘게 까불고 있어, 새끼. 철딱서니 없이. 당장 나가, 임마!"

이한필이 더 이상 볼 것 없다는 듯이 예의 잇 사이로 침을 찍 바닥에 깔기고는 먼저 사무실 밖으로 휑하니 사라졌다. 이런 황망함 가운데 홍태화는 군법회의에 회부되었다. 징역 3년형을 선고받고 그는 서대문형무소에 수감되었다가 목포형무소로 이감되었다.

감방생활 몇 달 만에 그는 머리를 박박 깎은 모습으로 장지성 앞에 나타났다.

"탈옥했나?"

그러자 그는 이 빠진 잇몸을 드러내고 씩 웃으면서 형무소 탈옥사건을 이야기했다. 일부 반동분자가 모의해 탈옥사건이 났다. 홍태화의 감방 수인들은 그대로 남았다. 홍태화가 수인들에게 "죽으려면 따라 나가고, 살려면 나와 함께 여기 남으라"고 소리쳤다. 이로써 그는 더욱 좌익이나 반동분자가 아니라는 사실이 입증되었다.

"죄수들이 도망가자고 했지만 나를 갖다 놓은 놈이 나쁜 놈이지, 나는 도망갈 이유가 없다고 했지. 그리고 너희가 여기 남으면 살고 나가면 죽는다고 했어. 망설이던 그들이 모두 내 뜻을 따르더라고."

탈옥한 죄수들은 곧 체포되거나 사살되었고, 그의 감방 죄수들은 모두 석방되었다. 홍태화는 부대 복귀를 그만두고 다시 이리(익산)의 한 중학교로 가서 교편을 잡았다.

"군대는 내 취향이 아닌가봐. 일본으로 갈 거야. 여긴 견딜 수가 없어. 모욕적이고 치욕적이야. 일본 군대가 그리울 지경이니, 세상 막장까지 온 것 같다."

그러면서 이렇게도 말했다.

"지성이, 내가 지금껏 살고 있는 것은 아사코를 만나기 위해서야. 밀선이 준비되면 이 땅을 떠날 거야. 아사코가 홀로 집을 지키고 있댄다. 어서 가봐야지. 이런 마당엔 아사코와 함께 행복하게 사는 것만이 꿈이야. 그곳이 일본이건 남태평양이건, 시베리아건, 아프리카건 상관없어."

그로부터 얼마 후 공군전투대 조종사가 L4기로 38 이북 경계 임무를 수행한 뒤 수원 비행장으로 귀환하던 중 항법 착오로 남쪽으로 내려갔다가 휘발유 고갈로 익산 인근 논바닥에 동체를 꼬라박았다. 조종사가 가벼운 부상을 입었을 뿐, 기적같이 생존했다.

수업을 하던 중 비행기 비상 착륙 광경을 보고 홍태화가 학생들을 몰고 논바닥으로 달려갔다. 그는 학생들을 동원해 비행기를 학교 운동장으로 옮겨놓고 그동안 익혔던 정비 스킬로 동체를 정비하고 조종사를 응급 조치한 후 비행기를 띄워 보내주었다. L4기는 활주로가 150m만 되어도 이륙이 가능한 가벼운 비행기여서 운동장에서도 사뿐히 날아올랐다.

6·25가 터졌다. 국군이 대전으로 후퇴할 무렵, 대대적인 보도연맹원 체포령이 내려졌다. 홍태화는 자신이 보도연맹원이 되어있는 사실도 모르는 가운데 체포되었다. 그리고 왜 당하는지도 모르고 대구형무소로 끌려가 총살되었다. 그의 사망 소식을 듣고 아사코가 한국에 나와 그의 유해를 찾았으나 찾지 못하고 거리를 헤매었다. 그후 그녀를 일본 땅에서건 한국 땅에서건 본 사람은 아무도 없었다.

해녀와 나비

임순심과 고상준은 띠처럼 풀어진 긴 해안선을 따라 걷고 있었다. 파도가 어루만지듯 모래톱을 핥고 물러가고, 잔잔한 파도 위에서 달빛이 은은하게 반짝였다. 임순심은 자고 일어나면 이마에 시리게 다가오는 한라산의 장엄한 풍광과 맵지 않은 바닷바람과 싱싱하게 살아있는 수평선의 푸른 파도를 바라보며 가슴이 열리는 기분을 느꼈다. 모처럼 사는 것 같았다. 그래서 지나온 날들이 먼 나라 이야기처럼 아스라하게 지워져갔다. 제주의 자연이 그렇게 그녀를 위안해주니, 그녀는 누군가로부터 선물을 받은 기분이었다. 주변은 시끄럽고 무서웠지만, 그녀는 그것으로부터 일정 부분 격리돼 있었다. 객지여자 출신이라는 신분적 자유가 있었고, 관심에서 벗어날 수 있었다.

고상준은 말없이 발 밑에 밟히는 모래를 가볍게 차며 걸었다. 그는 머리가 복잡했으나 임순심 앞에 서면 마음이 설레었다. 병사들이 관병식하듯 해안의 해송림이 길게 줄지어 서있는 곳에 이르자 그가 멈춰 섰다.

"우리 여기 앉아요."

그가 해송의 그늘 아래 모래밭에 자리를 잡자 그녀도 따라 앉았다. 해송의 그림자가 바람에 따라 모래밭에 어른거렸다. 그는 임순심을 본 첫날부터 그녀를 마음에 두었다. 임순심도 어렴풋이 느끼고 있었다. 그러나 그녀는 스스로 가슴 속 문을 닫았다.

"난 순심 씨를 처음 만났을 때, 이게 인연이다 했지요."

그녀는 묵묵히 먼 바다에 시선을 주었다. 그를 받아들일 수 있을까. 그녀는 공연히 부끄러웠다. 부끄러워서 누구 앞에도 나설 수가 없었다. 그녀 의지와 상관없이 강요되었을망정 위안부라는 마음 속 상처를 벗어날 수가 없었다. 모든 책임은 그녀가 져야 하고, 당연히 그래야 하는 것처럼 세상은 그렇게 몰아가고 있었다. 비밀이 탄로나자 목을 맸다는 시집 간 위안부 출신 이야기도 있었다.

"대답이 없군요. 내가 자격이 없나요?"

그녀가 엉뚱하게 말을 바꾸었다.

"요즘 저는 나비가 되는 기분이에요. 언제나 마음은 나비처럼 나는 거예요. 아름답지 않나요? 난 죽으면 나비가 될 거예요."

그녀는 꿈꾸듯이 말했다. 요즘처럼 편안하고 몸이 가벼운 적이 없었다.

"내 말은 그게 아닌데…."

"꼭 대답해야 하나요? 나한텐 남자가 있어요."

순간 고상준의 얼굴이 굳어졌다.

"그가 누구냐고 물어도 되나요?"

"군에 있어요."

그는 너무나 멀리 있었지만 늘 그녀 마음 안에 있었다.

"이런 시대에 군에 있으면 임순심 씨를 보호해줄 수 있을까요?"

"당연히 지켜주죠. 멀리 있어도 마음이 연결되니까요."

그녀는 오민균을 생각하고 있었다. 귀국선에서 바라본 눈부신 청년. 지적 풍모와 따뜻한 품성… 그를 생각하면 숨이 콱 막힐 때가 있었다. 하지만 범접할 수 없다는 자격지심으로 체념했다. 난 어떤 누구로부터도 환영받지 못할 텐데, 그래서 민들레, 할미꽃이 핀 고향의 철길을 걸을 수도 없다고 생각하고, 지금 고향 대신 제주도로 왔다. 제주땅에 왔으나 마음으로부터 우러나오는 사랑의 감정까지 지울 수는 없었다.

"그럼 그분 곁에 가야 하지 않나요?"

"그는 처자가 있어요."

아마도 지금쯤 그는 결혼했을 것이다. 세상의 뭇 여자들이 그를 내버려두지 않았을 것이다.

"그런데도 왜 사랑을 하죠?"

"몸과 마음이 가난할 땐 잘 대해주면 누구나 빠지게 되죠. 그가 유부남인 줄 알면서도 사랑했어요."

그녀는 거짓말을 했다. 이렇게 그를 거부해야 한다. 고상준이 가볍게 머리를 끄덕였다.

"이해할 수 있어요."

고상준은 이해력이 풍부한 남자였다. 임순심은 때로 그에게 기대고 싶었다. 누군가 자신을 위로해주면 빠져들 것 같았다. 그러나 어떤 자격지심 때문에 그녀 스스로 자신을 통제했다. 세상이 허용하지도 않을 뿐더러 비웃을 것이다. 자기 체념은 그가 다가올수록 강화되었다.

"내가 이렇게 누군가를 애타게 원하기는 처음입니다."

"내가 상준 씨를 먼저 만났더라면… 하지만 어쩔 수 없는 상황이었잖아요. 되돌리고 싶지만 시간이 되돌려지는 것도 아니구요."

"길자 누나한테 순심 씨에 대해 물었어요. 말해주지 않더군요. 그래서 더 비밀스럽게 여겼지요. 호기심이 생겼습니다."

"호기심 때문에 날 만나겠다고요?"

"어딘가 슬픈 모습이 내가 꼭 붙잡아주고 싶었어요. 괴로운 일이 제주도에도 많지만, 비밀이 많은 것 같은 순심 씨의 마음에 가닿고 싶었어요."

"난 제주도를 보면 눈물이 나요. 사람들이 슬프고, 산과 구름과 바다가 슬퍼요. 그런 제주도가 나를 위로해주니 내가 숨을 쉬는 것 같아요. 그래서 지금 아주 편안해요."

"슬픈 일이 그렇게 행복하나요?"

임순심은 대답하지 않고 먼 수평선에 눈을 주었다. 제주도는 어느새 그녀의 존재가 되었다. 인정이 넘치나 상처가 많고, 아픔이 있고, 비극이 있고, 그래서 슬픈 땅. 무수히 밟히고 유린된 몸… 고상준이 또박또박 말했다.

"평화롭게 모두가 가족처럼 더불어 살아가는 마을에 이 무슨 난리입니까. 4·3이 왜 일어난 줄 아세요?"

"몰라요. 복잡한 것은 싫어요. 내가 겪은 것이 더 크다고 생각하니까요."

불쑥 이렇게 말했는데 다행히도 그는 그녀를 의심하지 않았다. 아마도 그 자신의 얘기가 더 절실했는지도 몰랐다.

"4·3을 섬놈들의 반란 책동으로 몰아가는데, 사실은 그게 아니죠. 바로 우리나라의 현실적 실존의 이야기죠. 남한만의 단독정부를 반대하고 민족통일을 지향한 운동입니다. 만약 분단되면 함경도까지 진출한 수백 명의 우리 해녀들이 돌아오지 못합니다. 그들은 홋카이도까지 진출한 생활력 강한 우리 누나들입니다. 그들이 돌아와야 하는데 길이 막혀버렸어요. 단독정부를 반대하는 데는 그런 이유도 일부 있어요. 단독정부 반대운동을 때려잡기 위해 육지에서 온 군경 토벌대가 양민을 학살합니다. 그 참상을 말하면 치가 떨립니다. 육지에선 이 사실을 몰라요. 언론을 통제하고, 그런 언론도 정부의 선전지로 전락했으니 실상을 제대로 보도할 리 없죠. 그렇게 해서 고립되고, 비극만 쌓이고 있습니다."

그가 길게 한숨을 쉬고 다시 말을 이었다.

"나는 다니던 금융조합을 때려치우고 무장대 선전부에 들어갔습니다. 열심히 가르방을 긁었습니다. 3·1절 경찰의 시위대 발포 사건으로 참사가 시작된 이후 4·3봉기를 거쳐 지금 전투가 치열해지고 있는데, 아마도 제주도민 전체가 죽어야 끝날 것 같습니다. 나는 최후까지 싸울 거예요."

고상준에게 이런 투사적 기질이 있는 줄 몰랐다. 그녀는 그가 가여웠다. 그를 안아주고 싶었으나 참았다.

표선 쪽 바닷가 마을 작전에 나갔던 오민균이 병력을 이끌고 해안로를 걸었다. 완만한 곡선의 바닷가를 거니는 것은 하나의 호사였다. 조그만 어촌을 지나는데 이상하게 마주치는 시선이 있었다. 바다에서 나온 해녀들이 건져올린 해산물을 수습하며 특유의 사투리로 재잘거리는데, 그중 한 해녀와 시선이 마주친 것이다. 큰 키에 몸의 상반신이 풍만한 여자. 그가 한 순간 알아보고 빠른 걸음으로 그녀 앞으로 다가갔다.

"아니, 임순심 씨 아네요?"

그녀도 태왁을 옆에 내던지듯 하며 자리에서 벌떡 일어났다. 그녀 또한 놀라고 있었다. 주위 해녀들이 함께 놀라며 소리질렀다.

"그러면 그렇지. 남자 만나려구 역부러 제주에 들어왔다마시? 을 매나 좋쑤과?"

오민균이 그녀를 안을 자세로 다가가자 임순심도 한 걸음 앞으로 나섰다. 그러나 물이 흐르는 해녀복이 장애물이었다. 그것을 먼저 벗어야 할 것 같았다. 순간 그녀는 부끄러워서 자리에 우뚝 섰다.

"여기 있었군요."

오민균이 말하자 임순심은 눈물이 돌았다.

"체니야(처녀야), 이거 얼마만이우꽈(얼마만인가). 저녁에랑 잡아온 전복으루 전복죽 쒸줍서양(저녁식사 때는 잡아온 전복으로 전복죽을 쑤어 줘). 그리구 긴긴 밤 만리장성 쌓아야제?"

누군가 그렇게 말하자 해녀들이 와크르 넉살좋게 웃었다. 두 사람은 저만치 물러나서 마주보고 섰다.

"순심 씨 생각은 했지요. 이렇게 만나리라고는 꿈에도 예상을 못 했군요."

"나두요."

임순심 역시 이렇게 만나리라고는 상상도 못했다.

"옷을 바꿔입고 나올게요."

"그래요. 나도 잔무를 처리하고 나올 게요. 저녁 시간에 만나기로 해요. 여기 해녀회관 쪽으로 나오면 되나요?"

임순심이 설레는 얼굴로 고개를 끄덕였다.

"여섯시에 해녀회관 앞으로 나올 게요. 저녁식사 같이 합시다."

임순심이 자신의 위아래를 살피며 해녀회관으로 달려갔다. 허름한 해녀복 차림으로 그를 맞이할 수는 없었다. 저녁을 마치고, 두 사람은 성산포구를 향해 천천히 걸었다. 봄바람이 간지럽히듯 살랑대며 얼굴을 스치고 지나갔다. 바닷가에 이르니 파도가 밀려와 자갈밭을 적시고 물러났다. 두 사람은 언덕의 풀밭에 나란히 앉았다.

"고길자 씨는 잘 계시나요?"

"길자 언니는 바빠요. 요즘 물질도 접었어요. 전사가 되었어요. 서청 사람들과 맞선다네요."

"그럴만한 분이죠. 일본에서도 여장부로 보았으니까요."

"헌데 장교님은 어떻게 여기까지…."

그녀는 그가 자신을 찾기 위해 제주도로 배속되었기를 바랐다. 그것은 상상만 해도 영화 같은 이야기다.

"4·3 이후 파병이 되었는데, 군인은 특별히 할 일이 없군요. 하지만 순심 씨를 만나니 제주에 파견된 보람이 있습니다."

"결혼했나요?"

라고 물으려다 그녀는 참았다. 만약 했다면? 실망할 것이다. 함께 할 가능성이 사라졌다는 것 때문에 앓을 것이다. 그래서 다르게 물었다.

"군 생활 고생스럽지 않나요?"

"그건 내가 순심 씨한테 묻고 싶군요. 해녀생활 힘들지 않나요?"

"행복해요. 평화롭고 자유가 있어요."

"그렇지요. 자유의 진가를 모르면 자유를 향유할 수 없죠."

"그럴까요?"

"자유에는 가치라는 게 있어요. 그것은 구애받지 않는 것을 말하는 것이 아니라 속박으로부터 벗어나는 몸부림의 자유가 진정한 자유라는 가치입니다. 예속과 억압 상태로부터의 자유…."

임순심은 마음 속으로 동의했다. 그녀가 성 착취를 당하던 때를 생각했다. 굴속 같은 울 안에 갇혀있을 때의 처절함과 벗어나려고 몸부림치는 자의 자유 의지. 갇혀서 체념하는 자유는 자유가 아니었다. 자유를 찾기 위해 위안소를 탈출했다가 체포되어 되돌아오거나,

스스로 목숨을 끊는 아이들을 보았다. 그들의 모습들이 선연하게 뇌리에 박혔다. 임순심은 그러지 못한 자신을 한탄했다. 역시 자유는 누릴만한 자격이 있는 사람이 갖는 특권이야. 부단히 추구하는 자의 몫이야. 난 체념하고 좌절하고 무너지고 주저앉았어. 그런데 제주 사람들이 그런 자유를 쟁취하기 위해 맨주먹으로 나선다. 길자 언니도 그중 하나일 것이다. 그건 그들의 치유의 삶이다.

하지만 임순심은 그것으로부터 일정 거리를 두었다. 스스로를 방관했다. 방관의 자유도 결코 시시한 것이 아니다. 더 큰 상처를 입은 지친 사람에게는 위안이 된다. 그녀는 딴 세상에 와있는 것처럼 오늘을 행복하게 받아들이고 있었다.

"나두 아이를 낳을 수 있을까요?"

뚱딴지같이 임순심이 말하고 가슴이 콱 막히는 충동을 느꼈다. 오민균의 아이를 낳고 싶다. 그로부터 버림받아도 좋다. 아이만 하나 있으면 그를 데리고 평생을 장난감삼아, 동무삼아, 남편삼아, 지팡이삼아 살고 싶다. 그녀는 꿈을 꾸고 있었다. 나비처럼 훨훨 나는 몽환 속에 빠져드는 느낌이었다.

"물론이지요."

"당신 아이를 갖고 싶어요."

라고 그녀는 또 하마터면 말할 뻔했다. 그러다가 갑자기 흐느껴 울기 시작했다. 그녀는 이상하게 감정의 기복이 심했다. 가슴 속으로 요동치는 무언가를 억제할 수 없었다. 그녀가 곧 체념하듯 말했다.

"난 어려워요. 버린 몸을 누가 어루만져 주겠어요?"

오민균이 그녀를 안았다. 그녀 머리칼에서 바다 냄새가 풍겼다. 해초 냄새 같기도 하고, 바다 비린내 같기도 했다.

"난 당신이 결혼했다고 해도 만나고 싶었어요. 그리고 계속 만나고 싶어요. 당신의 아내를 절대로 괴롭히지 않겠어요. 난 끝까지 혼자 살 거예요."

"우린 만나야죠. 희망이 있는 한 만날 수 있다고 했죠?"

오민균이 귀국선에서 말했던 것을 다시 떠올리자 그녀가 얼굴을 감싸며 감격에 젖었다. 맞다. 이런 순결한 여자를 어떻게 매몰차게 거부한단 말인가. 그녀를 생각하면 세상의 모든 남자들이 죄인인데. 세상에 그녀를 보호해줄 남자 하나가 없다는 것이 말이 되는가. 도대체 그녀가 무슨 잘못을 저질렀길래. 그녀가 무슨 죄를 졌길래… 외면하는 남자가 있다면 그가 죄인이다. 비정이자 폭력이자 반문명이다.

그는 그녀를 깊이 안아주고 자리에서 일어났다. 그녀를 책임지기 위해서도 그녀를 탐해서는 안 된다. 그녀의 순결성을 지켜주기 위해서도 그녀 몸을 지켜주어야 한다. 의미를 부여하자면, 멀리서 관상(觀賞)하기에도 아까운 별이 아닌가….

"난 당신이 날 버리는 것 같으면 죽을 거예요. 내 몸이 더러워서 손도 안 댄다고 생각하면 난 억울해서 죽을 거예요."

임순심이 낮으나 분명한 목소리로 말했다. 그는 마음이 뜨거워지는 한편으로 착잡해지고 있었다.

"나는 다른 남자들과는 구분되고 싶군요."

"아녜요. 이런 때는 다른 남자들과 똑같아져도 좋아요. 저희 집으로 가요."

"순심 씨를 지켜주고 싶어요. 이런 눈부신 순심 씨를 어떻게 탐할 수 있나요?"

오민균은 현호영을 생각했다. 모두 버릴 수 없는 여자들이다. 성자는 아니지만 그들을 지켜주기 위해선 그 자신 몸가짐을 분명히 해야 한다. 그것은 아버지의 가르침이기도 하고, 집안의 장자로서 지녀야 할 품격이기도 했다. 그들은 일어나 천천히 걷기 시작했다.

"그럼 이렇게 헤어져야 하나요?"

그녀 집 앞에 이르자 임순심이 눈물을 글썽였다.

"자주 찾을 것입니다. 늘 평화롭게, 행복하게 살아요."

"꼭 마지막 유언 같아요."

"평화가 그리우니 그렇게 위안드리는 것입니다. 어지러운 세상이니 몸 간수 잘해요. 나중 다시 찾을 게요."

"보고 싶을 거예요."

그와 헤어진 뒤 임순심은 꼭 마지막인 것만 같아서 방에 들어와 펑펑 울었다.

달포쯤 지났을까, 고상준이 그녀를 찾았다.

"나 쫓기고 있습니다. 나를 순심 씨 집에 숨겨줄 수 없나요?"

그가 말했을 때 그녀는 순간 당황했다. 그녀는 남의 이목보다 자기 마음이 두려웠다. 그녀에게는 오민균이 가득 들어차 있었다. 대답을 얼버무리는데 급했던지 그가 다시 말했다.

"그럼 좋습니다. 마지막이다 라고 생각하고 말할 게요. 내가 잡히거나 사라지면 누나랑 함께 사세요. 이젠 우리 두 남매뿐인데, 나마저 사라지면 누나는 희망이 없어요. 내 대신 누나 지켜줘요. 난 지금 떠납니다."

"어떻게 그렇게 무서운 말을…."

"노형리와 조천 쪽에서 서청 놈들을 해치웠습니다. 외가집 형의 두 아이를 납치한 서청 놈들이죠. 외사촌 형은 일본서 대학을 다니다 돌아온 분이에요. 조천에서는 할머니의 손주, 열일곱 먹은 소년을 폭도로 몰아 잡아갔어요. 그가 가장인데 그 소년을 잡아가는 거예요. 그자들을 곡괭이로 공격하고 소년을 데리고 왔어요."

그제서야 그녀는 그의 옷 소매와 노동복 앞섶에 핏물이 엉겨있는 것을 보았다.

"어머나, 이 피…."

고상준이 자기 옷 위아래를 살펴보더니 아무렇지 않다는 듯이 말했다.

"나는 다친 데는 없어요. 그놈들 피가 튀긴 것이죠."

순심은 갑자기 그가 소중한 사람으로 다가왔다. 붙잡히면 안 된다.

"집은 위험해요. 바닷가로 나가요. 일단 이 밤만 피하기로 해요. 그 다음 일은 다음에 생각하기로 해요."

그들은 비밀 아지트 같은 바다의 구렁창으로 숨어들었다. 좀처럼 사람들이 발견되지 않는 곳이었다. 바다는 싱싱한 파도가 밀려와서 발 아래를 적시고 물러갔다. 그가 한 숨 놓으며 읊조렸다.

"평화롭군요. 하지만 나는 늘 하늘을 생각해요. 순심 씨, 사마천이란 사람 이름 들어본 적 있나요?"

"사마천이요?"

"네. 중국의 역사가죠. 흉노족에게 투항한 억울한 장군을 변호하다가 황제의 노여움을 사서 궁형을 선고받고 평생 남자로서 불구자로 산 사람입니다."

"궁형?"

"네. 궁형은 남자 생식기를 제거한 형벌이죠. 그 사마천이 쓴《사기》에 이런 구절이 나와요. '하늘이시여, 마땅히 벌을 받아야 할 사람이 군림하고 호령하며 천명을 다 누리고, 그러나 제 한 몸 던져서

만인을 이롭게 하려는 자, 정의와 양심을 좇는 자는 비참하게 몸을 도륙당하고 목숨을 앗기고 있나이다. 하늘이 눈이 있고, 귀가 있고, 입이 있다면 어찌 묵인하시나요. 만행들이 일상적으로 저질러지고 있는 지상의 슬픔을 왜 외면하시나요'… 이렇게 절규했는데도 응답이 없고, 백성들은 여전히 구원을 받지 못했습니다. 지금 제주 땅이 그래요."

임순심이 조용히 울기 시작했다. 자신이 느꼈던 자유가 하잘것 없다는 것이 느껴졌다. 그리고 지난 날이 되살아나고 있었다. 어찌할 수 없는 상황에 내던져졌지만 부모도, 조국도, 하늘도 그녀를 보호하거나 구원해주지 못했다. 소녀가 야수들 앞에 무참히 내던져졌어도 손길 하나 뻗쳐주는 단 하나의 따뜻한 손길이 없었다. 야수들은 그녀를 가지고 노는 데만 단련되어 있었다. 그런 가운데 수많은 죽음을 보았고, 총살되고 생매장된 장면을 보았고, 절망적인 눈빛의 포로들을 보았다. 왜 이렇게 비참하게 살아야 하는지 모른 채 그들은 또 어디론가 사라졌다. 그래서 하늘이 원망스러웠다. 과연 하느님이 있을까.

일본군 부대 내에서 일상화된 살육들, 멸시의 대상이 되었던 위안부, 그런데도 당연히 그래야 하는 것처럼 성을 제공하며 체념하고 살았다. 살아도 날마다 죽는 나날이었다. 그런 어느 순간 미아가 되었다. 미아가 되었을 때의 황망감. 일본 패망은 그녀에게 무엇 하나 담보해주는 것이 없었다. 함부로 까먹고 가차없이 버리는 바나나 껍질같은 신세가 되었다. 결국 그녀 스스로 목숨을 부지해야 했다. 그녀의 목숨을 부지해준 것이 우습게도 몸이었다. 어떻게든 살아나가자. 지옥을 벗어나자, 죽더라도 부모님을 보고 죽자. 패전했으나 여전히 일본군 헌병위병소에 갇히고, 그때마다 그들에게 몸을 주고 풀려났다. 그럴수록 자유가 더 간절해지고 있었다.

눈보라 휘몰아치는 시베리아 벌판에서 소련 군대에 잡혔을 때, 이번에는 일본군 첩자로 몰려서 죽음 앞에 놓였다. 일본군에 피해를 입은 사람이 이번에는 일본인으로 몰려서 처형 직전에 이르렀다. 역시 그들 혈기방장한 젊은 군인들에게 몸을 주고 나서 풀려나 수용소를 벗어났다. 몸을 그렇게 사용했다. 오직 고국으로 가야 한다는 일념으로 몸을 초콜릿 과자처럼 그들에게 던져주었다.

사할린— 홋카이도를 거쳐 일본 중부로 내려와 조선인 일본 육사 생도들을 만났다. 그들을 만나자 이동막사의 '하미코'라는 이름 대신 '임순심'이라는 본명을 찾았다. 고국의 산하에 안기다 보니 비로소 위로를 받은 기분이었으나 양심상 더 이상 고향으로는 갈 수가 없어 눈부신 한라산 기슭으로 숨어들었다. 지나간 날들을 지우니 자유로웠다.

고상준이 낮은 목소리로 속삭였다.

"폭탄 하나에 목숨을 걸고, 총알 하나에 인생을 다투는 이름없는 조선 청년들이 있죠. 제주 청년들입니다. 그들이 쫓기고 있습니다. 그래도 싸워야 일말의 희망이 보입니다."

구렁창 입구 귀퉁이에서 일군의 괴한들이 갑자기 들이닥쳤다. 그들은 각목과 일본도를 쥐고 있었다. 그들이 구렁창 입구를 막은지라 퇴로는 없었다.

"바로 이 새끼야."

어느새 고상준과 임순심을 둘러싼 괴한들이 달려들어 고상준을 무작정 패기 시작했다. 그가 피를 흘리며 늘어지자 끈으로 그를 포박했다.

"이 새끼 정말 신출귀몰하는 놈이야. 조천에 떴다가 노형리 갔다가, 지금 해안가로 나와서 연애질하는 거 봐."

"무슨 짓들이에요? 이게 뭐예요?"

임순심이 소리쳤으나 조장 격인 자가 눈을 부라리며 외쳤다.

"이 여잔 명색이 갈보다. 내 신상조사 다 했지. 일본놈 좆물 빨아먹고 연명한 년이야."

임순심이 갑자기 이상한 짐승 같은 소리를 내며 그에게 달려들었다.

"이년이 미치고 환장했고만. 쌍간나 년, 갈보가 청년단을 좆으로 보누만. 일본군에게 아양 떨며 밑구녕 바쳤으면, 조국의 건아에겐 백배 더 바쳐야지. 어디메서 매국노 짓이노? 이년 신상파악 다 했디."

한 단원이 그녀 옷소매를 잡아채 넘어뜨렸다. 아, 끝났구나. 모든 것이 끝났구나. 고상준 앞에서 마지막 치부까지 드러내는구나. 그녀가 일어나 청년들을 향해 돌진했다. 그녀는 괴이한 목소리로 울부짖었다. 그 소리가 무슨 뜻인지 아는 사람은 아무도 없었다. 두 청년이 그녀의 옷을 잡아채 자갈밭고랑으로 끌고 갔다. 끌려가면서도 그녀는 알아들을 수 없는 소리를 지르며 팔을 휘둘렀다.

한 청년이 그녀를 눕혀 몸을 쩌눌렀다. 다른 청년이 그녀 치마를 찢더니 하얀 허벅지 살이 드러나자 이상한 웃음을 날리며 그녀를 올라탔다. 순식간에 욕망을 채우고 옆으로 비키자 곁의 놈이 달려들었다. 세 번째 놈이 다가들어 자세를 갖추자 늘어져있던 그녀가 그의 허리춤에서 군도를 뽑아들어 사내의 배를 가르고 마구마구 찔렀다. 그의 몸에서 창자가 쏟아져 나오고, 엎어진 채 더 이상 움직이지 않았다.

그녀가 눈이 뒤집힌 채로 일어나 칼을 휘두르자 청년들이 각목을 들고 달려들었다. 그중 하나가 총 개머리판으로 그녀 뒤통수를 내려치자 그녀 머리가 박살났다. 몽둥이가 난타하자 너덜너덜해진 살덩어리가 주위에 흩어졌다. 그녀는 만주에서도, 일본에서도 목숨을 부지했지만 고국에 돌아와 고국의 청년들에 의해 무참히 죽었다. 청년들이 고상준에게로 와서 그의 몸을 난자했다. 눈에 핏발이 선 그들이 두 시체를 고랑으로 끌고 가 자갈을 헤집어 구덩이를 파더니 묻었다.

청년단원들이 소나무를 꺾어 만든 단가에 임순심에 의해 죽은 단원의 시체를 올려 메고 일본군가 '유키노 신군(설원의 진군)'을 부르며 바닷가를 떠났다. 군가는 애조를 띠면서도 선동적이었다. 해방이 된 지 꽤 되었지만 왜색은 여전히 남한사회에 짙게 드리워져 있었다. 그들은 폭도대라는 제주 사람들을 격퇴할 때마다 이렇게 일본 군가를 소리높여 부르며 사기를 올렸다.

이 무렵 미 군정 경무부장 조병옥의 이름으로 기록한 '무장 폭도들의 활동 실태'를 보면 다음과 같다.

"(1948년 4월 3일)폭동이 일어나자 1읍 12면의 경찰지서가 빠짐없이 습격을 받았고 저지리, 청수리 등의 전 부락이 폭도의 방화로 전부 타버렸을 뿐만 아니라, 그 살상 방법에 있어 잔인무비하여 4월 18일 신촌에서는 6순이 넘은 경찰관의 늙은 부모를 목을 잘라 죽인 후 수족을 다 절단하였다. 임신 6개월된 대동청년단지부장의 형수를 참혹히 타살하였고, 4월 21일에는 임신중인 경찰관의 부인을 배를 갈라 죽였고, 4월 22일 모슬포에서는 경찰관의 노부친을 산 채로 매장하였고, 5월 19일 제주읍 도두리에서는 대동청년단 간부로서 피살된 김용조의 처 김성희와 3세된 장남을, 30여 명의 폭도가 같은 동네 김승옥의 노모 김씨(60)와 누이 옥분(19), 김종삼의 처 이씨(50), 16세된 부녀 김수년, 36세 된 김순애의 딸, 정방옥의 처와 장남, 20세 된 허연선의 딸, 그의 5세 어린이 등 11명을, 역시 고희숙 씨 집에 납치, 감금하고 무수히 난타한 후 눈오름이라는 산림지대에 끌고 가서 늙은이, 젊은이 불문하고 50여 명이 강제로 윤간을 하고, 그리고도 부족하여 총과 죽창, 일본도 등으로 부녀의 젖, 배, 음부, 볼기 등을 함부로 찔러 미처 절명하기도 전에 땅에 생매장하였는데, 그중 김성희만 구사일생으로 살아왔다. 폭도들은 식량을 얻기 위하여 부락민의 식량, 가축을 강탈함은 물론, 심지어 부녀에게 매음을 강요하여 자금을 조달하는 등 천인공노할 그 비인도적인 만행은 이루 헤아릴 수 없는 정도이다. 〈경향신문 1948년 6월 9일자〉

제주도에 우익청년단체가 등장한 시점은 신탁통치 찬성과 반대 논란에 휩싸여 전국적으로 우익 조직이 확산되던 때였다. 1947년 제주도 관덕정에서 일어난 3·1절 도민 항쟁 수습을 위해 육지 청년단이 투입되고, 4·3에 이어 5·10선거 보이콧에 이르기까지 항쟁이 지속되자 서북청년단, 대동청년단, 족청 등 청년단 이천여 명이 입도하면서 절정에 달했다.

이중 대동청년단 제주도지부는 4·3사건의 평화적 해결을 도모했던 9연대장과 김달삼 무장대사령관의 4·28 회담을 뒤엎는 계기가 되었던 1948년 5월 1일 연미마을 방화사건(일명 오라리 방화사건)을 촉발시킨 당사자들이었다.

1948년 10월 제주도 경비사령부(사령관 김상겸 5여단장, 송요찬 9연대장)가 창설되면서 대동청년단 제주도지부는 민간 기구의 면모를 벗어나 군경 합동 진압작전의 행동대로 참여했다. 단원들은 경찰 지서에서 철야근무를 하고 경찰과 함께 출동하는 등 경찰 보조 기구로서 역할을 다했다. 이중 상당수 단원들은 공식적으로 경찰이 되었다. 서북청년단과는 경쟁적이면서도 상호 보완적인 관계였다(〈大同靑年團濟州道支部〉편, 한국향토문화대전, 한국학중앙연구원 자료 인용).

친일의 이름, 민족의 이름

김종석과 오민균은 제주공항 인근의 바닷가 파도가 밀려오는 허름한 주막의 구석방에 마주앉았다. 그들은 고구마술을 받아놓고 바가지로 떠서 마셨다. 김종석 대령은 대전 2연대장 시절 경리부정 사건에 연루돼 한동안 2선으로 밀려나 있다가 광주 5여단 참모장으로 전속을 갔는데, 행정관할인 제주도에 잠깐 출장을 와 오민균을 만난 것이다. 그동안 시달렸는지 그는 지쳐보였다.

"혹시 미행하는 자 감지하고 있나?"

김종석이 갑자기 물었다.

뭔가 오싹한 인상을 주는 사람이 생각났다. 김창동이었다.

"김창동을 조심하십시오."

"그렇지. 그자는 어떤 편견을 신념으로 아는 자야. 대구 10·1사건부터 일망타진할 인적사항을 만들어놓았다고 한다. 10·1사건을 대구 6연대와 연관시키고 있어. 나와 박정희, 최남근을 연결시키지. 10·1항쟁이란 것이 빨갱이들만이 주도했나? 다양한 계층, 계급. 시민과 농민, 노조원, 공무원들이 함께 참여한 사건이고, 요구 사항도 식량문제, 토지개혁문제, 친일경찰 물러가라는 현실적인 것이지. 사회경제적 배경이라든가, 정치상황에 대한 해석없이 단순히 공산당이 주도한 것처럼 몰아가는 건 사건 자체를 오도하는 거야. 제주사건도 마찬가지야. 두 사건은 각기 독립적이지만, 맥락은 같아."

"요즘 미 군정이 하는 것 보면 이게 나라를 꾸미는 건지 화가 납니다."

"좌파는 이념 성향보다 민족의식이 강한데 빨갱이라고 뒤집어 씌우지. 깊은 사유가 없어. 일제하 이들의 투쟁은 반제, 반일이고, 지금은 통일정부야. 그들에겐 이런 게 없으니 미군에 기대 반공산주의의 선봉인 양 행세하면서 양심 세력을 공격하지. 일제하 양심 세력의 좌파 경향은 하나의 사조였고, 시대적 울분을 표출하는 창구였잖나. 혼이 없는 자들은 미군 세상이 되니 옳다구나 하고 활개치니 어처구니가 없다."

"그야 자기들 이익 때문이겠죠."

"그보다 그렇게 공격하면 자기들 치부도 가려지고, 애국자로 변신할 수 있지. 그러면서 이익을 만드는 거야. 그게 반대자를 제압하는 데 비용이 가장 싸게 먹힌다. 너 이새끼, 빨갱이지? 이 한 마디면 모든 승부가 끝나니까. 자신들의 과오를 덮기 위해 빨갱이 프레임을 거는 거야. 여기서 분단구조를 지렛대 삼는 거지. 분단은 경찰이나 헌병대가 활동하기 좋은 환경이야. 과도하게 사건을 부풀려서 언론을 이용하고, 그러면 같은 카르텔인 영혼없는 언론은 신이 나서 받아적는다. 조작된 진실은 국민을 오도시키지."

"언론까지는 생각해보지 못했습니다."

"더 악질이지. 최소한의 중립지도 없어. 여론 조작, 대중 선동을 하는데 선민의식, 엘리트 의식에 젖어서 일방적으로 끌고 가. 무지한 사람들은 거기에 순치되고, 세뇌되지. 사실은 우익 테러가 더 잔악하잖나. 이걸 협력하는 것이 언론이야. 다른 것은 타락해도 보아주지만 언론이 타락하면 미래가 없어. 국민의 재산인 정보를 가공해서 장사를 하는 언론은 과자 만들어 팔아먹는 일반기업과는 구분

돼야 하는데, 권력의 개가 되었지. 검찰 사법부보다 더 타락했어. 몇 군데 불을 질러버려야 정신차릴 거야."

김종석은 극단적 생각까지 하고 있었다. 언론은 요즘 찬탁과 반탁의 회오리에서 강자의 논리로 이간질을 획책하고 있다고 보는 것이다.

"따지고 보면 찬탁 반탁, 다 일리가 있지. 어느 특정한 것이 완전할 순 없어. 그렇다면 치열한 토론을 통해 합의의 과정에 도달하면 되는 거야. 폭력으로 세상을 공포분위기로 몰아넣는 게 옳은가. 4년 전 드골 장군이 파리로 개선했지? 그가 개선하면서 맨먼저 착수한 작업이 뭔가. 바로 독일 협력자를 체포해 처형한 것이었는데, 그중 언론에 대해선 더 엄중했지. 파급력과 영향력이 컸기 때문에 그에 대한 책임도 크다는 거지. 많은 언론인이 민족의 이름으로 처형됐어. 이렇게 역사를 청산한 뒤 드골은 '앞으로 프랑스는 다른 어떤 나라가 점령해도 침략군에 협력하는 자는 생기지 않을 것이다'라고 단언했어. 우린 뭐야? 반대로 반일, 항일을 했다는 이유로 쫓기고 있잖나. 이런 세상이 어떻게 정의를 말하나. 엎어버려야겠어."

김종석이 바가지째 막걸리를 떠서 마셨다. 화가 난 것을 술로 끄는 것 같았다. 그가 말을 이었다.

"일제와 친일 세력이 미국에 엄청난 금괴와 돈을 갖다 바쳤다는 소문 아나? 맥아더 사령부에 바쳤다고 해. 그 돈도 조선 백성들 고혈을 짜서 획득한 거 아닌가."

"사실입니까?"

"소문이지만 그럴 듯 하잖나. 그것이 아니라면 이런 식으로 나라를 운영할 수 없지."

그러면서 덧붙였다.

"일본의 한 학자는 조선을 '극단의 도덕지향성 국가'로 규정했어. 실제 삶이 도덕적이지 못하면서도 모든 사람의 행동 규범을 도덕으로 몰아서 평가한다는 거지. '조선시대에는 도덕을 쟁취하는 순간 권력과 부가 굴러 들어왔고, 지금도 한국사회는 도덕쟁탈전을 벌이는 하나의 극장같다'고 했어. 그런 도식적 도덕논리가 조선조를 파멸시켰는데도 지금도 변함없이 매달려 한 걸음도 나아가지 못하고 있다. 맹탕을 붙잡고, 니가 옳으냐, 내가 옳으냐로 피터지게 싸우면서 주도권을 망할 놈의 친일세력에게 떠맡기고 있단 말이다. 그런 그들을 제압하지 못하니 스스로 한심스럽다."

김종석의 울분의 목소리는 그의 양어깨에 걸친 계급장만큼이나 무게감이 있었다. 하지만 그는 지금 쫓기고 있고, 쫓기는 자는 힘이 없다는 것이 절박한 실존이다.

"제주 4·3은 모순을 극복한다는 순수가 있다. 하지만 덫에 걸려들었어. 박헌영— 김일성 집단의 사주를 받았다고 몰아가고 있어. 사회주의자 척결은 일본 제국주의가 가르친 통치법이야. 불행히도 이 나라도 그것밖에 아는 것이 없으니 그렇게 몰아가고 있는데, 이것으로 조국 산하는 찢기고 있다."

민간인 학살의 주역이 주로 친일파라는 사실이 드러나면서 김종석의 설 자리는 없었다.

"너 단단히 미친 거 아니꽝?"

문용철이 오민균을 반갑게 맞았다. 그들은 보헤미안의 구석자리에 마주보고 앉았다. 프론트 데스크에 앉아있던 박양이 다가오더니 탁자에 물컵을 내려놓고 두 사람을 번갈아 보았다.

"박양, 오마담 어디 갔니? 여기 쌍화차 두 그릇 다고."

"처음 오신 분이시네요?"

문용철 이외 손님은 없고 분위기는 한가로웠다.

"9연대 대대장님이시다. 인사드려."

그녀가 고개를 까딱해보이며, 문용철 옆 자리에 앉았다.

"넌 넉살도 좋다. 제주도 여자들은 이렇게 적극적이랍니다, 하하하."

"아, 좋습니다. 아주 귀엽군요."

"나 귀엽다고 하면 섭섭해요. 숙녀니까 아름답다고 해야 하는 것 아네요?"

"그 말이나 이 말이나 다 좋은 말 아니간? 이 아이와 마담이 집안 이죠."

"제주도 사람들은 모두가 한 다리 건너면 일가친척이군요."

"그렇지요. 좁은 지역이기 때문에 만나면 사돈에, 이모부에, 고모부에, 당질에, 숙질 간입니다. 그래서 다들 다정다감하지요."

박양이 주방 쪽으로 돌아가 차를 준비하는 사이 문용철이 입을 열었다.

"내가 대대장님을 만나자고 한 것은 집안 아이 때문입니다. 여러가지 손을 써봤는데 어렵습니다."

"체포되었습니까?"

요즘 제주도엔 그것 아니면 일이 없었다. 오민균이 그렇게 묻는 것도 당연했다.

"서청 아이들이 외숙부 가게에 들어가서 행패를 부렸던 모양이에요. 그것을 조카가 용납하지 않은 거지요. 신문기자인 그 친구가 신문기사화한 거예요. 그런데 서청과 경찰이 양민과 경찰 사이를 악의적으로 이간질시켰다고 잡아가두었습니다. 고발기사를 썼는데, 한

달이 넘었습니다."

주민의 원성들이 자자하다고 그는 연대장으로부터 들은 바 있었다.

"서청 아이들은 현지 사정을 잘 모르니까 삐딱하면 좌익으로 몰아서 족치는 거야. 남로당 계열도 있겠지. 그렇다고 다 좌익인가? 이곳은 일제의 식민지도 되었지만, 육지의 식민지도 되어있는 땅이야. 육지 사람들 멋모르고 설치다간 다치지. 독특한 곳이란 말일세. 육지 사람들이 차별한 결과가 이렇게 저항정신으로 나오는 거야. 눌려 있었던 것인데, 해방 이후 귀국한 유학생들이 용납하지 않지. 소외 당하고 차별당하니 나선 거지. 도덕 지수는 이 고장이 육지보다 더 높네. 자주 자조 자립을 부르짖네. 잘 살피고 접근하게."

오민균은 부임하자마자 경찰이 만든 주민 동태 보고서를 살폈다. 주민들은 중앙정부에 대한 충성심이 약한 반면에 독립적이며 배타적이다. 해방 이후 혼란을 틈타 테러, 방화, 습격이 일상화된 곳이다. 흉흉한 민심으로 보아 증원 경찰 지원이 빠를수록 좋다.

좁은 땅어리에 혈기방장한 경찰 비호세력인 청년단이 한꺼번에 들이닥치자 제주섬이 꽉 찼다. 그런 와중에 기자가 끌려갔다는 것이다. 신문 사주는 제주 항일운동의 중심에 섰던 사람이었다. 독립운동자금도 직접 대거나 모금했다. 논조는 민족주의적 색채였다. 이는 3·1사건 보도를 통해 입증되었다. 중앙의 언론 보도와 확연히 달랐다.

박찬욱은 일본 유학에서 돌아오자마자 제주 사람들의 생명과 재산에 대한 보장책에 관한 기사를 주로 썼다. 중앙 언론에서 다루지 않은 현장 르포 기사를 시리즈로 내보냈다. 현장주의에 충실하니 글은 생생했다.

"3·1절 발포 사건과 양민 여섯 명이 총맞아 죽은 현장에도 동생이 있었습니다. 그는 주민들을 향해 '좋은 주장이라도 폭력으로 나가면 안 된다. 저들은 중무장하고 있으니 빌미를 제공허자 말라'고 성난 시위대를 해산시킨 사람이오. 경찰을 진정으로 도와준 신문기자란 말이오."

그러나 어느 사이 그는 악질분자가 되고, 그것은 곧 적색분자가 되었다.

"고 개새끼 잡아들이라우."

최동칠 경위가 분을 삭이지 못하고 소리질렀다. 그는 대전에서 파견돼 왔지만 북에서 내려온 서북청년단 출신이었다. 사상범을 대거 잡아들인 공로로 몇 개월 만에 순경에서 경위로 승진한 사람이었다. 그가 신문을 펼쳐보더니 '이 자식이 날조 보도할 수 있어?' 하고 스스로 화를 부추긴 뒤 그를 잡아들였다. 그는 신문을 펼쳐들고 큰소리로 읽었다.

— 3·1 참사의 자취도 사라지지 않은 거(去) 17일 중문면에서 또다시 중경상자 7명을 낸 발포사건이 돌발하여 일반에 충동을 주고 있는데, 본사 특파원의 조사에 의하면 사건의 전모는 대략 이러하다. 제주읍 3·1사건 파업 등으로 인하여 중문중학원 원장을 비롯한 민청 간부 수 명이 경찰지서에 수감되고 있었는데, 17일 하오 1시경 중문리 향사에 다수의 면민이 집회하여 3·1 사건으로 인한 수감자 석방을 요구하자는 등의 결의를 한 다음 슬로건을 들은 중학생을 선두로 일반 군중 700여 명이 해방의 노래를 부르면서 경찰지서를 향하여 행진하여 지서 앞에 대열(待列)하였던 것이다. 이때 이 군중과

는 별개로 면장 외 지방유지 11명이 지서에 들어가 석방을 교섭하고 있는 중 동 지서에 배치되었던 응원경관대는 운집한 군중에 대하여 지휘자의 명을 받고 해산을 재삼 권고하였으나 불응하였음으로 군중에게 최후의 권고를 하고 발포할 것을 선언하였다.

그러나 군중은 완고히 해산치 않으므로 경관이 위협적 발포를 함에 군중은 일제히 지면에 엎드렸는데 이때 경관대 측에서 일제히 발포하자 군중은 사산도주(四散逃走)하였던 것이다. 이 아수라장화한 가운데서 중경상자 수 명이 났는데 그 중에는 경관의 발포로 인하여 중상을 당한 자도 있었고, 해산권고 시에 경관이 총으로 해산시키려 흔들 때 상한 자도 있었다. 〈제주신보 1947년 3월 24일자〉

"박찬욱, 이게 선동이 아니고 뭐네? 내 이런 거 보고 가만 있갔니?"
최동칠이 소리쳤다.
"너 때문에 존경하는 편집국장님이 욕봤다."
박찬욱은 그때까지 잠자코 있었다. 그는 일을 당할수록 담담한 성격이었다.
"시중에 나돈 불온 삐라는 모두 니네 신문사에서 인쇄돼 나온 것들이란 말이다. 그래서 편집국장님이 대신 욕봤단 말이다."
경찰은 편집국장을 체포해 가더니 경찰서 뒷마당에 세워놓고 즉결 처분했다. 그 점을 강조하고 그는 박찬욱을 위협했다.
"너 지금 어느 세상이라고 날뛰네? 이게 신문쪼가리야? 중앙 언론들은 협조적인데 존재감도 없는 지방 신문이 요따우로 관과 민 사이를 이간질하는 고야? 너 사주하구 외척지간이라지? 고래, 우리 경찰과 서청이 여자들 윤간질하구, 돈이나 뜯어내구, 물건 가로챘다는 걸 어디서 봤네? 어디에 증거가 있니?"

"……."

"니가 봐서? 이 새끼 반동이군. 죽어나가야 알간?"

박찬욱이 해명했다.

"보도할 가치가 있는 것은 증거주의에 입각해 보도할 수 있습니다."

"그런 법이 어디 이서? 넌 현장에도 없었어. 안 보고도 신문기사를 쓴다? 그래니까 폭도놈들이 불러제낀 대로 받아 적어서 신문에 냈고만? 간나새끼, 그래니 니 입맛대로 써갈기는 거야. 그런 거이 향토신문인가? 중앙 언론사 한번 보라우. 모두가 경찰 편이야. 반면에 니놈들은 새빨간 거짓말로 이간질하구, 선동질하구, 고래 놓구 살아나갔다구 요사를 떠니? 이 공산당 시러베놈들아!"

"사실대로 보도하는 것이 신문기자요. 제대로 보도하지 않으면 입과 입을 통해서 사건이 눈덩이처럼 불어나서 민심이 더 동요합니다. 진실보도가 동요를 막습니다. 보도 통제하니 걷잡을 수 없이 악성 소문이 퍼지잖아요."

"뭐레? 안 봐도 본 것처럼 쓰는 게 동요를 막는 거래? 고게 유언비어구, 날조야. 고게 민심을 교란하고 동요시키는 요망스런 짓거리란 말이다. 아니야?"

박찬욱은 얘기해봐야 통할 것 같지 않아서 입을 다물었다. 이미 그들은 어떤 결론을 내려놓고 사태를 몰아가고 있었다.

"편집국장을 따라 가갔나, 이님 우리에게 협조하갔나? 우린 한다면 하는 사람들이다. 빨갱이새끼들 쓸어버려야 아름다운 강토가 되니까니 우린 그렇게 할 의무가 있다. 정보 훔쳐 가구, 주민 선동하구, 고저 나라 말아먹갔다구 기사로 발작을 하는데, 고렇다구 세상이 니 뜻대로 될 거 같네? 너네들이 주무른 대로 세상 굴러갈 거 같네? 나라가 니네들이 가지고 노는 공깃돌이가?"

"당신들 의무 얘기했지만 나도 내 의무에 충실한 거요."

"이 새끼 꼬박꼬박 말대꾸하는 것 봐라. 거짓말을 쓰는 게 의무에 충실해? 글구 너 어뜨렇게 생겨먹어서 계속 말대답이니?"

최동칠이 구석을 향해 눈치를 보이자 어두운 곳 철제 의자에 무표정하게 앉아있던 보조 순경 둘이 다가와 박찬욱을 잡아 바닥에 메다 꽂았다. 군홧발로 연이어 밟았다. 익숙한 솜씨였다. 박찬욱은 곧바로 정신을 잃었다.

"니놈들 밀선 가지구 장난치는 거 내 모르는 줄 아네? 여수로, 목포로, 부산으로 밀수 물건 빼돌리는 거 내 현미경 보듯 살펴보고 있디. 도적놈의 새끼들. 그러면 고분고분해야디, 빡빡 우기구 대들어. 그렇다면 니 할애비라도 소용없어. 신문기자 똑바로 하라우. 반도(叛徒)들에게 자금 건네 주구, 우리에겐 입 딱 씻구, 이런 시러베놈들이 어디 있나? 내 모르는 중 아네? 귀신은 속여두 최동칠 경위는 못속이디. 니가 대학 물 먹었다구 건방 떠는데, 지식 좀 지니면 세상이 다 니 꺼네? 그런 기 아니라는 걸 내 똑바로 내보여주가서."

그가 이를 뿌드득 갈았다.

"대대장님이 어떻게 손 좀 써주셔야겠습니다."

문용철이 정중히 부탁했다. 일단의 청년들이 요란스럽게 떠들며 보헤미안으로 들어섰다. 화사한 한복 차림의 오신애도 그들과 함께 섞여 들어왔다.

"청년단 중에 결혼식이 있었어요. 제주 처녀를 맞이했어요."

오신애가 오민균과 문용철이 앉아있는 테이블로 오더니 묻지도 않은 자기 부재의 이유를 설명하며 문용철 옆자리에 앉았다.

"오지랖도 넓다. 어여 인사해라. 9연대 대대장님이시다. 응원군으로 파견되셨다."

문용철이 오민균을 소개했다.

"어휴, 이런 미남이 제주바닥에 계셨네요. 오신애라고 합니다."

오민균이 웃음으로 인사를 대신하자 문용철이 말했다.

"일본 육사 출신이시다. 나이는 스물하나, 아니면 둘. 그렇지요?"

오민균이 긍정도 부정도 아닌 표정으로 웃었다.

"그러구 보니 두 사람이 동성이군. 해주오씨인가요?"

문용철이 오민균에게 물었는데, 오신애가 먼저 반색했다.

"어머나, 동성동본. 늠름한 모습이 동생 아닌 오빠같애. 반가워요. 타향에서 동생을 만나다니. 나두 소개해줄 사람이 있군요."

오신애가 대여섯 명의 청년들이 둘러앉아 노닥거리고 있는 테이블 쪽을 향해 소리쳤다.

"단장님, 일루 잠깐 좀 와주실래요?"

청년들의 시선이 일제히 오민균 쪽으로 향했다. 그중 누군가가 소리쳤다.

"누굴 오라 가라 하넴? 니기들이 여기로 오그라!"

그러자 그중 몸집 좋은 청년이 단원의 말을 묵살하고 뚜벅뚜벅 오민균 쪽으로 걸어왔다.

"앉으세요."

오신애가 말하자 그가 군말없이 오민균 앞 자리에 앉았다.

"사진봉입니다. 단장을 맡고 있습니다."

그는 서청이란 말은 뺐다. 오민균은 그가 오신애와 특별한 관계라는 것을 직감적으로 알아차렸다.

"오늘 단원 결혼식이 있었어요. 구좌리 처녀예요."

"구좌리도 사람들 다친 곳 아닌가?"

문용철이 물었다.

"하지만 서청 사람들이 다 악질은 아녀요. 안 그래요?

오신애가 사진봉을 향해 물었다.

"악질…" 사진봉이 음미하듯 뇌었다.

"그 말 맞습니다."

"단장님 왜 이러세요?"

오신애가 꾸짖듯 눈을 흘겼다.

"한 사람의 잘못이 구성원의 전체 성격을 규정지을 수 있으니까요. 세상은 복잡하게 생각하지 않지요. 우리 활동은 과장되고 포장돼서 퍼뜨려지기도 하지만, 대체로 사실입니다."

그는 서울 말씨로 또렷하게 답했다. 의외로 솔직했다.

"좋은 사람도 있다니까요."

오신애가 계속 그렇지 않다는 뜻으로 해명했다.

"그렇게 말하면 악마의 소굴도 악마만 있는 게 아니라는 것과 같지."

문용철이 받았다. 사진봉의 눈이 날카로웠으나 청년단 쪽에서 "여기 맛소금 좀 줘요!" 하고 소리치자 시선을 돌렸다. 청년들은 탁자에 홍어회, 숭어회, 삶은 낙지를 퍼놓고 있었다. 결혼피로연 식장에서 가지고 왔지만 미처 소금을 준비하지 못한 모양이었다. 박양이 소금과 컵을 날라다 주자 그들은 대두병에 담긴 소주를 컵에 콸콸콸 따르더니 단숨에 마시며 노닥거렸다. 일차 한 잔씩 하고 왔던지 멋대로 시끄러웠다. 누군가 군가를 부르자 모두 따라 부르기 시작했다. 건방진 호기가 실내를 흩뜨리고 있었다.

와가 오오키미니, 메사레타루(천황폐하께 부름 받았네)
이노치 하에아루 아사보라케(생에 영광이다 새벽녘에)
타타에테 오쿠루 이치오쿠노(칭송하는 1억의)
캉코와 타카쿠 텡오츠쿠(환호는 하늘을 찌른다)
이자유케, 츠와모노, 니폰 단지— (나아가자 용사여 일본남아여—)
〈출정병사 환송가〉 중에서

군가를 마치자 누구나 없이 환호하며 히히덕거렸다. 오민균은 그
들의 그런 태도가 거슬렸다.

"민심이 흉흉해지는데 청년들이 좋은 세상 만들어야지요."

오민균이 정중히 말하는 것이 거슬리는 듯 사진봉이 퉁명스레 받
았다.

"우리가 좋은 세상 만들자구 여기 왔잖습네까."

"실태를 파악해보니 문제가 있더군요."

사진봉의 험한 평안도 사투리가 튀어나왔다.

"당신 뭐라 했네? 당신 누구 편이네? 국경(국방경비대)들 과연 의심
할만 하누만. 지금 군인이 사사로운 거 개지구 잡담하고 놀 시간이
가? 내레 공무 중이우다. 고런데 당신 공무 중에 다방에 쪼그리고 앉
아서 못된 놈들이 이간질하는 유언비어에 녹아나서 나한테 따지는
겁네까? 고레 당신 군인 맞습네까. 그렇잖아두 군인 새끼들 보믄 분
이 납네다. 일은 돕디 않구 거드름피는 놈들이니까니. 팔짱 끼고 먼
산 바라보구 폼이나 잡고 있단 말이우다."

그가 평안도 사투리로 표변하자 건너 테이블에서 떠들던 청년들
이 한 순간에 우루루 몰려와서 오민균 주위를 에워쌌다. 단장의 비
위를 건드리면 요절내겠다는 태도들이다. 그중 하나가 소리쳤다.

"우리 단장 각하한테 대드나?"

따지고 말 것도 없이 단번에 주먹이 날아왔다. 오민균이 벌떡 일어나 주먹을 날리는 청년 팔을 잡아비틀고 단숨에 가라데 일격으로 때려눕혔다. 다른 놈이 대들자 업어치기로 바닥에 메다 꽂았다. 청년들은 오민균이 검도와 유도 유단자인 줄 알 리가 없었다.

"물러가라우! 병신 새끼들."

사진봉이 엎어진 똘마니들을 향해 소리쳤다. 떼거리로 달려들어도 한 사람 해치우지 못하니 자존심이 상한 모양이다. 쓰러진 놈들이 일어나고, 일행들이 말없이 줄줄이 밖으로 빠져나갔다.

"단장님, 대대장님이 내 오라버니라니까요."

오신애가 물컵과 찻잔이 널부러진 탁자를 훔치며 사진봉을 향해 상을 찌푸렸다.

"미안합니다. 애들이 철없이 굴어서. 애들이 낮술을 좀 했습니다."

사진봉이 어떤 생각을 했는지 서울말로 쉽게 사과했다. 오민균은 자세를 고쳐 앉았는데 그 모습이 의연했다.

"오늘은 사 단장 체면을 살려서 사사로운 것으로 접겠습니다. 나도 여기 개인 일 때문에 온 것이 아닙니다."

문용철이 두 사람을 번갈아 보더니 말했다.

"두 분 혈기 있어서 좋습니다. 내가 저녁 초대하겠습니다. 한잔 하면서 화해하십시오. 내가 모시지요."

문용철은 공개된 자리에선 서로 체통을 세울 것이라고 생각했다. 그것이 남자의 세계다. 술 한잔 하면 형제보다 더 가까워질 수 있는 것이 사나이 세계다.

제21장
"우리는 4대 내전을 치르고 있소"

현호진은 대정 쪽에서 밤에 밀선을 타고 바다 멀리 나갔다가 성산포 섭지코지의 신양 포구로 들어와 마을 끝 빈 집의 골방에서 야학반 교사들을 만났다. 4·3 직후 요소요소에 서북청년단원과 대동청년단원들이 배치되어 있고, 경찰의 경비는 삼엄했다. 육로보다 바닷길을 택해 들어오는 것이 덜 위험했다.

현호진은 고종 관계인 고길자의 해녀조합과 연계돼 지하 조직을 움직이고 있었고, 야학반 교사들을 지휘하고 있었다. 이들은 유격활동을 벌이는 야산대 중의 하나였는데, 마을에서 지원을 요청하면 출동하는 비상 대기조였다. 토벌대의 진압이 가열차서 근래 활동이 위축되었다.

으슥진 골방, 조그만 호롱불 아래 마주앉은 그들은 한동안 말이 없었다. 모두들 절망에 빠진 듯 한결같이 침울해 있었다. 그런 중에도 순간순간 귀를 세우고 밖에 신경을 쓰는데, 그것은 도피생활 중 체득한 하나의 체질로 보였다.

현호진은 행색이 꾀죄죄했지만 눈은 형형하게 빛났다. 전사의 풍모였으나 어떤 달관이랄까, 여유 같은 것도 지니고 있었다. 그런 현호진을 청년들은 마음 속 깊이 존경하는 듯했다. 가족의 안위보다 이웃을 생각하는 자세는 그대로 혁명자의 풍모였다.

"상준이 사라진 건 언제라고 했지요?"

한참 만에 현호진이 물었다.

"보름 됩니다. 일본에서 온 처녀와 함께요."

야학반 청년교사 박재동이 대답했다.

"그렇다면 다른 관점으로 나이브하게 볼 수 있지. 여자와 함께 사라졌다면….

"오빠, 제발 그렇게라도 되었으면… 이 좁은 제주 바닥에서 함께 외지로 나갔다면 얼마나 좋을까요. 하지만 두 사람은 사랑할 사이가 아닌데…."

고길자가 말했다.

"사랑할 사이가 아니라니, 젊은 이성간에 그런 게 전제되는 것 있는가."

현호진이 물었으나 고길자는 대답하지 않았다. 임순심의 과거를 지켜주어야 하고, 그렇더라도 상준과 엮일 수 없는 운명이라는 것을 그녀가 더 잘 알고 있었다.

"남녀 청춘의 문제는 그들만의 문제니까 속단하지 말자구. 남녀가 사라졌다면 좋은 일 아니겠나? 이곳을 떠났다면 더 이상 좋은 일도 없을 거고…."

현호진이 담담하게 말했다. 이렇게 낙관하면서도 현호진 역시 불안했다. 주민의 '행불'이 일상화되어 있고, 그것이 빌미가 되어 가족이 뒷덜미 잡히는 경우가 허다했다. 행불자 중에는 전사(戰士)로 나선 자도 있었으니 그가 몰래 숨어들어오면 뒤쫓는 청년단에게 덜미가 잡혀 가족 전체가 피해를 보았다.

현호진이 정색을 했다.

"안전한 곳에 있기를 바라지만, 혁명은 사사로운 연애까지 허용하지 않소. 나 역시 집을 나선 지 반 년이 넘었지만 집에 못 들어가요. 그들은 덫을 놓고 있으니까 말려들면 안 되오. 사랑하는 아내와 어린 자녀, 즉 인간의 가장 허약한 고리인 가족을 그들은 이용하는 거요. 때문에 연애와 혁명은 양립할 수가 없지. 이 점 유의하시오."

"경찰과 청년단원들 때문에 대립이 격화하고 있는데, 그중 뒤에서 조종하는 경찰놈들이 더 비열합니다."

박재동이 말하자 현호진이 낮으나 분명한 어조로 말했다.

"오늘의 이 사태를 제주 주민 대 경찰의 싸움이라고 보아선 안 됩니다."

"그럼 어떤 것입니까."

엄연히 살육이 병정놀이처럼 자행되고 있는 현실을 목도하고 있으면서 그게 아니라니, 박재동은 납득할 수 없었다. 박재동은 사람들이 나약해지면 하나 둘씩 무너져가는 상황을 보았다. 그는 근래 이런 것을 보고 절망하고 있었다.

"박 동지, 사태를 잘 보시오. 그들은 하수인입니다. 하수인이 이용당하면서 폭력성을 보일 뿐이오. 무지하면 더 용감하고 야만적이지요. 우리는 거대 담론과 함께 미시 담론, 즉 디테일을 보아야 합니다. 그래야 사태의 본질을 파악할 수 있습니다."

"현 사태를 어떻게 보신다는 겁니까."

"네 개의 내전을 치르고 있소."

"네 개의 내전이라니요?"

현호진이 길게 설명하기 시작했다.

"그 첫 번째 내전은 조선인민 대 일제식민 지배와의 전쟁이오. 미국이 조선을 해방시켰다고 하지만 그건 거짓입니다. 미군이 진주하면서 일제와 항복 조인을 맺었으나 조선은 독립되지 않았소. 일제는 조선의 모든 물적 유산과 인적 자원을 미군에 물려주고 떠나지 않았소? 조선 인민에게 물려준 것이 아니오. 그중 인적 자원이 문제요. 조선총독부는 자신들에게 헌신한 세력이 불이익당하지 않도록 미군정에 협조를 구하고, 그 기조 아래 손가락 하나 다치지 않고 물러갔소. 저지른 죄악에 비하면 너무나 행복하게 떠나간 것이오. 미국은 일제강점기의 고급 관료와 경찰, 헌병 출신들을 받아서 통치 기반으로 삼았소. 그것이 수월한 조선통치 방식이라고 인식했기 때문이오."

"참으로 비열하군요?"

"일본 제국주의자들한테 학습받은 거요. 미군 태평양사령부는 일본국을 패전국으로 구분하지 않고, 전승국과 동등한 자격으로 대접했소. 그 전범국가에 희생된 식민지 조선의 권리는 인정받지 못했소. 철저히 묵살당했소."

"왜 그렇습니까."

"힘없는 대상은 애초에 배제되는 거요. 지시하고 명령하고 호령하면 되는 대상일 뿐이지. 협상의 대상은 어디까지나 일본 제국주의요, 미국은 한반도에 대한 지식이 없었소. 일본이 가르치고 알려준 대로 조선을 인식했을 뿐이오. 루스벨트는 카이로회담에서 조선독립은 '적당한 절차'를 거쳐 '적당한 시기'에 베푼다고 선물이 아닌 하사품으로 생각했지, 독립국으로 인정하지 않았소. 일본의 식민지배처럼 무한 신탁통치한다는 말과 다를 것이 없는 발언이오. 전쟁이 끝나면 당연히 독립하는 건데, 적당한 시기에 적당한 절차를 밟아

독립시켜준다? 이런 때 우리의 지도자들 역시 준비가 없었소. 정보가 빈약하고, 세계관 또한 허약했소. 변화된 국제 정세를 전혀 읽지 못했지. 나라가 친일 사대에서 친미 사대로 옷을 바꿔입은 사실조차 몰랐소."

"우리에게 이승만 박사가 계시지 않습니까. 그는 미국 조야에서 발언권을 행사하지 않았습니까."

"그분은 조국의 그랜드 디자인을 그릴 정도의 위인이 못 되었소. 워싱턴 포토맥 강가에서 낚시질로 소일하셨던 분이고, 벌써 70 노객이었소. 무슨 꿈이 있겠소. 노쇠하기도 했고, 외교가에 끼워넣어줄 군번도 못 되고 인맥도 없었고. 미국 조야에선 이런 영감이 있었나 할 정도였소. 반면에 왜놈들은 미국 조야의 구석구석까지 침투해 들어가 모든 일본계가 로비스트가 되었소. 일은 사람이 하는 것이오. 뉴욕 마천루를 지어놓고 모두 불가사의하다고 놀라지만 사실은 사람이 만든 거요. 패망한 일본이 터럭 하나 다치지 않은 것은 그런 인식 차원이 우리와 달랐기 때문이오. 미국의 인적 자원을 충분히 활용했소. 맥아더는 과거의 이력을 통해 볼 때 가장 화끈한 친일파였소."

"맥아더가 친일파라. 그보다 일본을 동등하게 처리한 것은 미국이 소련 남하를 막기 위해 일본을 미국 방어의 전초기지로 삼으려는 전략 때문이 아닌가요?"

"미소 양국은 같은 전승국으로서 협조적이고, 루즈벨트 때는 대단히 협력적이었소. 트루먼도 루즈벨트의 정책을 이어가고 있었소. 그런 정보를 캐취해 우리가 접근해갔어야 하는데 그런 안목을 가진 사람이 없었지. 2차 세계대전이 끝났는데도 우리는 시계 제로의 미망이 갇혀 있었소."

"중국에서 국공 내전이 벌어지고, 마오쩌뚱이 전세를 역전시키고 있는데, 거대 중국 대륙이 마오에게 넘어가면 공산 세력 확장은 거칠 것이 없을 것이다, 거기에 소련이 남하했다, 그래서 미국이 전범 국가 일본의 주권을 회복시켜준 것이다, 라는 정책 전환이 있었다고 봅니다."

"난 그것이 그렇게 중요하다고 보지 않아요. 외부적 환경은 누구에게나 언제나 유리하지 않습니다. 그런 환경을 바꾸어나갈 내부적 역량이 중요하지. 지도자들이 힘을 발휘해 우리 몫을 챙길 수 있을 때, 비로소 우리 것이 되는 것이오. 지금 우리 지도자들의 미래 비전이나 세계관이 어떤가. 미 군정의 전후 관리가 엉망이라는 사실, 환히 드러나고 있지 않소. 이런 오류를 시정토록 길을 찾거나 길을 밝혀주어야 할 사람들이 엉뚱한 곳에서 멱살잡이하고 있단 말이오. 시덥잖은 차이를 가지고 말이오. 사실 그건 미국과 일본이 걸기 좋은 미션이오. 그들은 갈등이 생길만한 곳에서는 언제나 싸우도록 유도하지요. 그래야 자기들의 지분이 확장되고, 역할이 강화되기 때문이지. 한 예로 우리의 군대 조직을 봅시다. 군사 조직을 경찰의 하부 조직으로 편성했는데 세계 어느 나라에 이런 경우가 있나. 신성한 국토 방위의 수호자를 장터에서 소매치기를 잡는 경찰의 하부조직으로 집어넣다니, 그러니 구성원들 사이에 갈등이 생기지 않을 수 없지. 또 만주팔로군, 조선의용군, 항일빨치산, 광복군 출신들이 민족의식이 무장되어 있고, 일본군 출신 중에서도 민족의식이 내면화되어 있는 젊은이들이 있소. 그런데 미군은 이런 세력들을 의도적으로 배제했소."

"친일세력들의 이간질과 모략 때문이 아닌가요?"

"물론 미국이란 나라는 다인종국가로서 본래 민족주의라는 개념이 희박한 나라지. 조선의 민족주의를 그래서 이해하지 못해요. 민족주의에 대한 성찰이 부족하고, 어떤 전승국이건 내부적 결속을 경계하니까 민족적 자주성을 내세우는 진영보다 민족의식이 결여된 세력과의 결탁을 선호하지. 그러므로 그들을 권력의 주변부로 밀어내거나 싹을 잘라내는 것이오. 이것을 조선총독부가 못된 정보를 제공하고 떠난 거요. 문제는 우리 지도자들이 이런 저의를 간파했어야 하는데 무턱대고 과실을 다 따먹겠다는 싸움질만 했기 때문에 기회를 놓친 거요."

"그럼, 두 번째 내전은 무엇입니까.

"좌우 대결이오. 미 군정은 본의든 아니든 간에 국내의 극렬한 좌우 대결을 방관해왔소. 해방 관리에 이용했던 것이오. 이것 역시 일본 제국주의의 통치 프레임을 답습한 것이오. 알다시피 일제는 제국주의를 반대한 세력을 공산주의자, 또는 사회주의자로 몰아 이적시해서 잡아가두었소. 그렇게 대중 선동과 정치적 프로파간다로 대중을 길들였소. 일본인은 본래 정치적으로 권력에 순응하는 국민성을 갖고 있는데, 일제는 이것을 이용해 모순을 극복하겠다는 양심적인 인사들을 분쇄했소. 체제에 불만을 품은 자들을 공산주의자로 몰아붙여서 일본사회로부터 격리시키지. 세뇌된 백성들은 그들을 일망타진할 때마다 열광을 하고. 식민지 조선의 경우는 그 강도가 훨씬 더했소. 조선 인민에겐 항일정신이라는 또 다른 '저항의 병소'들이 자라고 있다고 보고, 낙인을 찍어서 가혹하게 탄압했던 것이오. 아다시피 일본이나 조선의 사회주의자는 세계 어느 나라 사회주의자들보다 온건한 사람들이오. 조선의 경우는 더 허약했소. 경찰과 헌병들이 세상에서 존재해서는 안 되는 가장 극악무도한 악마로 설정해 박멸해야 할 벌레 취급해서 그렇지 가장 온건한 사상범들이었소.

그런 조선인에게 일제는 훨씬 잔인했소. 지금도 그 연장이오."

"세 번째 내전은 무엇인가요."

"남북 대결이오. 분단이 이런 내전의 좋은 토양을 만들어주고 있소. 사회주의자도 있지만, 그들은 항일이라는 나무 아래서 물을 받아먹고 번식해온 민족주의의 틀 안에서 자라난 세력들이오. 분단이 되고, 북에 소련의 아류인 프롤레타리아 정권이 들어서면서 좌우 대결, 남북 대결, 자유주의 대 공산주의라는 대결구도로 몰아가서 그렇지 내면은 같은 혈관 속에 흐르는 같은 민족주의자의 피요. 일본 제국주의가 빨갱이가 없으면 나라를 지탱할 힘이 없었듯이, 한반도에도 지금 일본이 행한 지배 프레임으로 빨갱이 타도로 몰아가고 있소. 좌우대결, 남북대결이 부각되면 자연스럽게 고등 사찰계 경찰들의 활약상이 돋보일 것이고, 나라는 헌병국가, 경찰국가로 전락해가는 것이오."

"절망입니다. 그럼 네 번째 내전은 무엇입니까."

"지금 제주도에서 목격하고 있소. 첫 번째, 두 번째, 세 번째 내전이 결합하면서 주민 자치와 나라의 독립정신을 가차없이 부수고 있소. 제주도민 대 정부 토벌대와의 내전이오."

"군대는 그래도 중립 아닙니까?"

뒷자리의 청년이 물었다.

"힘은 행사하라고 존재하는 관성을 갖고 있소. 힘을 가지면 누구나 그 유혹에서 벗어나기 어려운 법이요. 총을 갖고 있으면 쏘고 싶은 욕망이 따르는 것이오. 총의 사용이 지휘관의 품성에 따라 억제되는 수도 있지만, 그 자체로서는 불완전하단 말이오. 불안한 침묵이오."

"경찰과 청년단에 이어 군대도 제주도 너는 죽었다, 라고 할 수 있다는 거군요?."

"공명심이라는 것이 나쁘게 작동하면 인간의 욕망을 가장 나쁘게 사용하는 흉기가 된다는 것을 알아차리시오. 이런 무법천지의 토양에선 굳이 이성적인 판단을 기대할 수가 없소. 지휘관이 인간적인 시각을 가진 사람이라면 선한 의지가 일시적으로 작동할 수 있지만, 그것은 요행일 뿐, 요즘 세상에 그런 요행을 바란다는 것은 미신적인 믿음과 다를 바가 없소. 온정주의만으로 희망을 가질 수 없소."

"결국 결사 항전밖에 없습니다."

박재동이 비장한 어조로 선언하듯 외쳤다. 현호진이 이었다.

"혁명은 이론이 아니라 액션 플랜입니다. 중산간 마을, 선흘리 대흘리 세화리 상도리 쪽을 유의해서 보고, 우도 쪽과의 연락 체계도 차질없이 갖도록. 지침이 잘 전달되지 않는 경우가 있소. 전달 속도도 느리고."

"전화 한 대 없고, 경찰과 군대 초병들이 요소요소에 지키고 있고, 비밀리에 그들을 피해 다녀야 하는 사정이니 불가피한 측면이 있습니다."

"비밀 루트 개척이 중요해요. 지금 몇 가지 일이 진행되고 있습니다. 토벌군보다 서청과 대청의 동태를 파악하시오. 다들 미치광이가 되어가고 있소. 아울러 당부하고 싶은 것이 있는데, 습기가 많고 물이 많은 진지 동굴은 가능한 한 피하시오. 고뿔 걸리기 딱 좋은 날씨에, 동굴 환경이 최악이오. 한 사람이 고뿔에 걸리면 모두 전염되어서 총 맞아 죽는 것보다 더 비참해지는 결과를 가져올 수 있소. 기침 소리 하나에 조직원이 전멸할 수 있소."

그는 이렇게 말하고 참석자 하나하나를 살펴보았다. 모두가 결의에 차있으나 절망적인 그늘이 역력했다.

"9연대와 라인이 작동되고 있다는 첩보가 들어왔는데 사실입니까."

한 청년이 물었는데, 현호진은 대답하지 않았다. 대신 시계를 들여다 보더니 자리에서 일어났다.

"나는 나가봐야겠소. 길자가 우리집에 한번 가봐요. 걱정없이 잘 지내고 있다고 전해주고, 아이들 먹는 것만은 빼먹지 않도록 해요."

이럴 때의 현호진은 혁명자 이전에 평범한 지아비였다.

"상준이를 잘 찾아보도록."

그는 홀연히 사라졌다. 그가 사라진 뒷 모습이 허허로웠다. 누구 하나 안위가 걱정되지 않은 사람이 없었으니, 이런 시기엔 친구, 친척, 가족을 찾는다는 것 자체가 슬픔이었다.

엄마는 남자를 이긴다

바다 멀리에서 불빛이 깜빡 켜졌다가 사라졌다. 얼마 후 똑같이 불빛이 켜졌다가 사라졌다. 무슨 신호인 것만은 분명해보였다. 돛배가 서서히 항구로 들어오고 있었다. 그 배가 임시 가설한 부교에 정박하자 부둣가에 대기하고 있던 청년 몇이 우루루 돛배 쪽으로 달려 갔다.

"꼼짝 마라."

그들은 배 위에 올라 뱃머리에 서있는 선장과 뒤쪽에서 닻을 내릴 준비를 하던 선원들을 모아 구석으로 몰아붙였다.

"하부장님, 그게 아닌데요? 고깃배예요."

선체를 뒤지던 청년 하나가 달려와 하대칠에게 보고했다.

"위장선이다. 그럴수록 샅샅이 뒤져라."

배 밑창에는 갓 잡은 싱싱한 물고기만 가득차 있었다.

"밀선이 아니란 말이가?"

그들은 밀수품을 실은 배가 들어온다는 첩보를 받았다.

"우도 앞바다에서 고기를 잡았습니다."

배의 뒷 구석에 처박힌 선장이 억울하다는 표정을 지었다.

"해상 봉쇄된 걸 몰랐네? 요것들이 간뗑이가 부어두 배꼽 밖으로 나왔군. 시국이 어떤 시국인데 멋대루 바다에 나가네?"

"저녁 횟감으로 올릴 것들입니다."

"누구한테?"

"민정장관님 특별허가를 받고 나가서 작업하고 오는 길입니다."

"고래? 민정장관?"

맨스필드 민정장관이라면 누구나 깜빡 죽었다. 선장이 항행증을 내보였다.

"왜 그럼 일찍 말하지 않구. 그리고 깜깜한 밤중에 위험스럽게시리 어둡게 들어오네?"

"물때가 좋아서요. 고기가 많으면 정신이 없습니다."

그들은 검색을 마친 뒤 배에서 물러났다. 얼마 후 바다 가운데 떠 있던 동력선 진미호가 움직이기 시작했다. 어선을 미리 보낸 것은 일종의 미끼였다. 어선을 바다 가운데로 나오도록 하고, 밤이 깊자 부두로 들여보낸 것이었다. 항행증도 여러 장 준비해놓고 있었다.

청년단은 아직 부두노조를 장악하지 못했다. 뱃사람들은 일제강점기부터 부두의 살벌한 노동환경과 노동자의 거친 생존법칙에 따라 끈질기게 생명력을 이어온 세력이었다. 청년단과 대립하는 도내 유일의 집단이었다. 암흑가의 조직보다 더 결속해있는 이들 때문에 청년단은 가능한 한 부두노조 노동자들과는 충돌하는 것을 피하고 있었다.

배재정은 첩보를 입수해 먼저 고깃배를 들여보낸 다음 부두로 진미호를 접안시켰다. 다시 검은 물체의 하나가 동력선으로 빨려들어가듯 안으로 들어가고 있었다. 그는 선체 후미의 배 밑창 방으로 들어갔다. 대기하고 있던 배재정이 그를 맞이했다.

"이번에 가지고 온 건 무엇입니까."

"모포올시다."

"산 사람들 때문이오?"

사진봉은 마땅치 않은 표정이었다.

"여름철이니 모포값이 떨어졌습니다. 이곳은 바람이 많고, 일교차가 심해서 언제나 모포가 필요해요."

"폭도들에게 제공할 생각 아니오?"

배재정이 웃으며 대답했다.

"장사꾼이 구분이 무슨 필요가 있습니까. 물건만 사겠다면 적에게도 무기를 팔지요."

"배사장 배짱은 놀랍소. 다른 건 뭐가 있소?"

"라디오, 신발, 모자, 의약품, 담배 등속이오."

"담배는 나에게 넘기시오."

"오백 보른데 반 넘기겠소."

사진봉은 군말없이 고개를 끄덕였다. 다른 청년단원들은 엉겨붙기를 좋아했지만 그는 한번 결정한 것은 번복한 적이 없고, 크게 부족하지 않으면 그대로 수용했다. 하긴 가만히 앉아서 잇속을 챙기는 것이니, 그에게는 고마운 일이었다.

"모포도 100장 주시라요."

"그건 현금이오."

"좋소. 내일 오전까지 보헤미안으로 사람 보내시오. 결재해주갔소.”

“아이들 좀 챙기시오. 이 사람 찾아오고, 저 사람 찾아오고, 불편합니다.”

사진봉이 말없이 고개를 끄덕였다. 시달렸을 것이다. 서청대원들의 무용담을 들어보면 선주들이 무던히도 당했을 것이라고 생각되었다. 그는 그것을 봐주는 조건으로 선주들로부터 삥을 뜯고 있었다.

뜨거운 정사, 그리고…

깊은 밤, 사내 하나가 훌쩍 담을 뛰어넘었다. 어디선가 개 짖는 소리가 들려왔지만 사위는 고요적막했다. 사내가 익숙하게 집안으로 들어서더니 안방으로 들어갔다. 안방은 비어 있었다. 사내는 방 안을 두리번거리더니 반쯤 기울어진 문짝을 일으켜 세워 바로 세우고 광을 지나 골방으로 들어갔다. 거기에 가느다랗게 숨죽이며 누워있는 사람이 있었다.

“에미나이네?”

그가 이불을 제치자 누워있는 사람이 조금 움직였다. 납작 누워있는 사람은 여자였다.

“몸 많이 상했네? 나 섭외부장이다.”

정용팔이 누워있는 여자 곁으로 다가가 쭈그리고 앉았다.

“지난번 우악스러워서 무서웠디? 이젠 걱정하디 말라우. 아이들 두 곧 데려다 줄 기야. 뭣 좀 먹으라우.”

그가 어깨에 메고 온 배낭에서 이것저것 물품을 꺼냈다.

“우리 애들….”

하고 여자가 중얼거렸다. 그녀는 모든 것을 체념했고, 삶의 의지도

포기한 상태였지만, 아이들에 대한 집착은 강했다. 아이들만 보면 숨을 쉴 것 같았다.

"이것 좀 먹구 정신 채리라우. 애들은 곱게 자라구 이서."

배낭에서 꺼낸 물품은 미군부대에서 나온 카스테라, 파운드케익, 우유. 주스 따위와 카라멜, 땅콩 등속이었다.

"아이들 데려다 주세요."

"강태실 여사, 걱정 하지 말라니까니. 님자 생각부텀 하라우. 두 애들 곱게 자라구 이서."

그가 팔을 넣어 그녀를 안아 일으켜 세웠다. 그녀 유방이 그의 가슴에 와 닿았다. 출렁거리는 젖무덤이 와 닿자 그는 잠시 아찔한 현기증을 느꼈다. 순간 충동이 일었지만 잡은 물고기는 서두르면 안 된다. 처음엔 우격다짐이지만 일단 내 것으로 만들었으면 병아리 다루듯 해야 한다. 그녀를 보면 정이 묻어나고 사랑이 솟는다. 한번으로 쪽내는 것이라면 몰라도 오래 끌고 갈 여자라면 그녀 마음을 사야 한다. 부드럽고 섬세하게, 부드럽고 섬세하게….

"아이들 데려다 주지 않으면 죽을 거예요."

"걱정 내려 놓으라우. 여기서보담 더 잘 먹이고 보호하고 있으니까니 한숨 놓으라우. 아주마니가 보호하고 이서. 그냥 이녁 몸만 잘 챙기라우."

그가 우유팩 주둥이를 손톱으로 딴 뒤 그녀 입에 갖다 댔다. 그녀가 말없이 받아먹었다.

"내 조사 다 했디. 강태실 여사, 여학교 출신이더누만? 모범생이더누만. 제주여학교 학적부 뒤졌디. 지난번 일은 미안하우다. 내 좋아서 덤볐대서. 본의가 아니었으니까니 리해해 줘야디. 나도 순정이 있구 의리가 이서. 고래서 사과하러 와서."

정용팔은 그녀에게 폭 빠졌다. 이런 감정은 처음이다. 만나지 않고는 견딜 수 없었다. 눈을 뜨거나 감고 있거나 그녀가 눈앞에 선연하게 어른거렸다.

"남편 찾아오는 기 아니디?"

그는 이제 그녀 남편을 경계하고 있었다. 질투심을 유발하는 그의 강력한 연적이었다.

"강태실 여사랑 나랑 단 둘이서 얘기 나누고 싶어서 와서. 나 순정이 이서. 강태실 여사에게 아름다운 감정 가지고 와서. 나한테도 순정이 있다니까니. 내 순정은 진하디까니. 내 순정은 정말 진하디."

그는 말이 짧아서 같은 말을 되풀이했다. 정용팔이 카스테라를 잘게 부숴 그녀 입에 디밀었다.

"불 커디 않아두 괜찮구먼. 분위기 있구, 감정이 있구…."

그는 말없이 입을 오물거리며 먹는 그녀를 보고 마음이 놓였다. 그녀는 굶은 끝에 먹다 보니 식욕이 돋았다. 변변히 끼니를 해결하지 못한 상황에서는 어떤 것도 맛이 있었다.

"주스도 이서. 오리지날 주스야. 하와이 오렌지나무에서 직접 열매를 따서 꽉 쥐어 짜가지구 미군 군용선으루 실어서 가져온 것이라서 원액이라누만. 이거 먹으면 얼굴이 뽀송뽀송 고와지구, 원기가 돈다는 기야. 피부가 아름다워진다는 기야."

그가 또 다른 팩의 주둥이를 따서 그녀에게 내밀었다. 강태실이 그것을 받아 힘있게 빨아마셨다. 목줄기로 넘어가는 소리가 또렷하게 들렸다. 정용팔은 뿌듯한 마음으로 그녀를 지켜보았다. 역시 산 목숨은 식욕이 우선이다. 어떡하든 살아야 한다. 그녀가 음식을 먹다 말고 갑자기 울음을 터뜨렸다.

"우리 아이요."

무엇을 먹어도 아이들부터 생각나는 것이었다.

"걱정하디 말라니까니. 곱게 자라구 이서. 절대루 아이들 다치디 않게 하가서. 울어대서 애들 보살피는 아주마이가 기르구 있디. 조용한 곳에 가 이서. 미군 구호품으로 잘 먹고 있으니까니 영양은 좋디. 당신이 내 말 잘 들으믄 금방 데려다 주가서."

"정말이요?"

"거럼 거럼."

그가 그녀를 끌어안았다. 이불 위로 눕히자 그녀는 저항 없이 그대로 쓰러졌다.

"내가 많이 후회했디. 당신을 거칠게 다룬 거이 몹시 가슴 아팠디. 나두 하나의 인격으로 사는 사람인데 말이우다. 이렇게 좋은 녀자를 함부로 대해서 미안했대서. 모르고 한 일이니 용서해줘야디, 안 그래네? 난 이녁을 사랑하디. 엄청 사랑하디. 나도 순정이 이서."

그는 말이 많았고, 그녀는 기왕 무너진 이상 말없이 그를 받아들였다. 정용팔로서는 이렇게 부드럽고 예쁘고 눈부신 여자는 처음 겪는다. 수도 없이 여자를 탐했지만 강태실만한 여자를 만나지 못했다. 강태실이 생각난 듯 또 말했다.

"아이 데려다 줘요."

"지금 열이 오르는데 그런 말 꼭 해야 하네? 걱정하디 말라우. 걱정하디 말구 나한테 충실하라우, 집중하라우. 당신 거 맛이 이서. 빨아들이는 힘이 빨판 같다야. 환장하게 넘어질 판이다야. 안 그러네? 나 너무 좋아."

그는 열심히 동작을 취했다.

"아이 안 데려다 주면 죽을 거예요."

"알갔어 알갔어. 당신 죽으면 나도 죽을 기다. 손해볼 일 왜 내가 하니. 곰방 데려다 줄 거우다. 난 당신을 사랑한다. 나두 순정이 있다니까니. 나도 외로운 놈이디. 그런 놈 사랑하면 안 좋으니? 자주 오가서. 괜찮네?"

"아이만 데려오면요."

"알았다, 알았대서…."

그는 붕 뜨는 기분이었다. 아, 마침내 여자의 마음을 사는구나. 내 생애 이런 고상한 사랑도 얻는구나. 절대로 놓쳐선 안 되지. 그는 속으로 끝없이 중얼거렸다. 일을 마치자 그녀가 다시 채근하듯 말했다.

"내일 아이 데려와요."

감정이 정리되는데 또 같은 말을 되풀이하자 순간 정용팔은 성질이 뻗쳤다. 섹스를 마치면 모든 것이 허무하고, 왜 이렇게 매달렸던가 하는 자괴감이 드는데 그녀는 예의 아이 타령이다.

"당신 왜 그러네? 꼭 아이를 걸구 넘어져야 하가서? 나 만나는 거 아이 때문이네?"

"그래요. 아이 안 오면 당신 안 만날 거예요."

환상이 확 깨져버린다. 그러나 어쩔 수 없다. 그녀를 놓칠 수는 없는 것이다.

"아이 걸고 넘어지는 것 같아서 마음이 안 좋았댔는데, 정말 날 사랑한다 말하면 안 되네?"

"사투리 쓰지 않으면 안 돼요?"

"그야 버릇이구, 태생지가 고래서 고랬는데 당신이 불편하믄 앞으로 쓰지 않가서. 당신이 쓰지 말라는데 쓰갔네? 서청표 안 나게 하라 그 말이디? 고래, 표 안나게 하가서."

강태실은 정용팔이 거칠지만 생각보다 따뜻한 구석이 있다고 생각한다. 단순하게 사는 남자다. 무엇보다 아이를 데려오도록 하려면 그에게 충실해야 한다. 정용팔이 그녀 옆으로 벌렁 누웠다. 그녀가 반쯤 몸을 일으켜 그의 입에 주스 팩을 갖다 댔다. 그가 게슴츠레 눈을 뜬 채 주스를 죽죽 빨아 들이켰다. 어둠 속에서도 행복에 젖은 정용팔의 모습이 그대로 느껴졌다.

"주스 맛이 상큼하디만 당신 맛보단 못하디. 긴짜꼬 맛을 어디에 비교하갓나."

다음날도 그는 강태실을 찾았다. 그 다음날도 나타났다. 보름쯤 지난 후 그녀는 마침내 짜증을 냈다.

"정말 아이 데려오지 않을 거예요?"

이제 어느새 신분과 위치가 바뀌어 있었다. 그는 강태실과의 달콤한 사랑이 아이들로 인해 깨질 것이 두려웠다. 지금은 그녀를 독차지하지만 아이들이 오면 차 순위로 밀리거나, 언제 차일지 모른다.

"남들 시선이 이서. 고래서 다른 집으로 옮기구 좀 있다 데려올 거우다."

"약속을 안 지키고 있잖아요!"

"너 자꾸 아이들 데려다 달라는 거 보니 날 사랑하는 게 아니구만. 아이들 때문에 날 이용하는 거 아니가?"

그가 의문을 품으면서 성질을 냈다. 꼭 자신의 순정을 이용하는 것 같다.

"아이를 잃은 엄마가 어떻게 남자와 편하게 잘 수 있나요? 그런 여자들만 만났나요? 그러면 그 사람들 찾아가세요. 난 아이들 찾아갈 거예요. 거기서 애들과 함께 살 거예요. 찾아 나서면 금방 찾을 수 있어요. 제주읍내는 좁거든요."

"그건 안 되디. 내 체면이 말이 아니디. 내 허락없이는 안 되디. 그리구 당신 말고는 다른 여자들 한 타스로 갖다 줘두 이젠 싫디. 나는 당신 이외는 생각하는 녀자가 절대루 없다니까."

"그러면 날 행복하게 해주어야죠. 사랑하는 사람의 청을 거부한 사랑이 사랑인가요? 내 아이 내가 찾겠다는데, 그게 뭐가 나빠요?"

"당신은 반동의 아이만 생각하네? 당신 남편, 그렇디 현호진이 고자의 새끼들만 생각하네? 난 개좆이네?"

정용팔이 순간 화를 냈다. 질투심이 폭풍처럼 밀려오고 있었다.

"그럼 나는 뭐여요? 당신의 정부예요? 당신의 성놀이개예요?"

"정부란 말 괜찮다, 하하하."

이 자를 다루기란 쉬운 것 같은데 힘들다. 기분 내키는 대로 움직인다. 그의 방향으로 세상은 운행된다. 금방 약속했다가도 어느 순간 뒤집고, 들어줄 듯하다가도 또 뒤집는다. 운전대는 그가 잡고 있고, 힘은 강고하다.

"당신을 사랑하지만 난 아이들도 사랑해요. 아이들이 없는데 마음이 아프지 않겠어요?"

"당신 마음이 아프면 나두 아프디."

그러면서 그가 그녀 몸을 더듬는다. 그녀는 모욕적이지만 참는다. 그가 요구하는 대로 응해주는 육체가 그의 마음을 녹여내는 유일의 무기라는 생각에 절망을 한다.

"당신, 이제 떳떳해야죠. 뭐가 두렵나요. 몰래몰래 만나는 것, 남자답지 못해요. 떳떳하게 아이들 데려와 함께 살면 더 자연스럽죠."

"일부러 그런 말하는 거디? 고건 날 매장하는 기야. 지금은 그럴 때가 아니디. 남의 시선이 이서."

"계속 이럴 거면 단장한테 찾아가서 난 당신 정부라고 말할 거예요."

"너 정신 있네 없네? 지금 어떤 시기인데. 여자와 상간(相姦)하는 거 집중 단속하는 거 모르네?"

"더 잘됐네. 그리구 사내대장부가 약속을 했으면 지켜야지, 한두 번도 아니고 그게 뭐예요?"

"아이 데려다 주면 나는 차일 것 같다."

"그렇게 속좁고 옹졸한 인간이라면 나는 그런 인간과는 하루도 함께 살 수 없어요."

그러자 그가 급하게 말했다.

"알가서. 집요하누만. 내가 항복이다. 내일 데려다 주가서. 대신 우리 관계 소문 안 나게 한다는 거 약속하라우."

"당신이 더 지켜요. 그리구 당신이 나 버리지 않는다고 약속해요."

"그야 두 말하면 개소리디. 사랑하디. 사랑하구 말구. 백만 번 천만 번 사랑하디."

그가 붕 뜬 기분으로 흡족하게 웃었다. 그러나 그 후 정용팔은 돌아오지 않았다. 그가 찾지 않은 어느 날부터 강태실은 그가 궁금하고 불안해졌다. 사고가 생겼나, 다른 여자 만났나. 묘한 질투심과 함께 그리움이 쌓였다. 그렇다고 수소문하고 다닐 수 없었다. 누구에게 내놓고 말하기엔 그것은 엄연한 사련(邪戀)이었다. 그런데 한 달 만에 거짓말같이 그가 찾아왔다.

"그새 말랐네."

그녀는 울음이 복받쳐올랐다. 야릇한 감정의 혼란이 오고 있었다.

"내 알디. 사랑은 무엇보다 약속을 지키는 것이구, 사랑하는 이를 불편하게 하디 않는 일이라는 걸 알디. 하지만 부득이한 일이 있었어. 내 생각 많이 했네?"

그녀가 눈물 머금은 채 고개를 끄덕였다. 그가 만족한 듯 웃으며 그녀를 눕히자 그녀가 더 간절한 듯이 그를 받아들였다.

"몸 조심하라우. 집에 콕 박혀 이서. 중산간 마을 대대적으루 소탕
작전 벌일 거야. 꼼짝 말구 집안에 박혀 이서. 물품 많이 갖다 줄 거
니까니 먹구 입구 바르구 몸 잘 가꾸고 이서. 당신 몸이 상해지니 나
두 마음이 언짢다야. 당신 몸이 상하면 내 마음도 상하디. 내 사랑
영원히 천년은 가야디."

한바탕 격랑이 휩쓸고 지나간 뒤 그가 그녀 젖을 주물럭거리며 속
삭였다. 그녀도 진정으로 말했다.

"당신도 몸조심해요."

"집을 옮기가서. 며칠만 기다려. 좋은 적산가옥 하나 물색해 놓았
디. 아무도 몰래 숨어들어가 살자우. 현호진 고새끼 잊으라우. 공산
당 놈에 새끼는 영원히 이 땅에서 박멸해야디. 그리고 내 당신 행복
하게 해줄 거우다."

그는 희망에 부풀어 있었다. 그리고 다시 마지막인 것처럼 불타는
사랑을 나누었다.

"정용팔 이거 요즘 실성한 거 아니가?"

구대구 부단장이 정용팔의 동태를 살폈다. 근래 정용팔의 행동이
완연히 달라져 있었다. 허공에 붕 뜬 모습이고, 어떤 환상 속에 갇혀
있는 듯했다. 그러면서 미제 물품들만을 골라 축냈다. 상인들에게
넘길 물건들을 들고 어디론가 튀었다. 그들은 청년단 사무실에 옹기
종기 모여앉아서 뜨악한 표정으로 자리를 피한 정용팔을 여전히 성
토했다.

"여자에게 제대로 물린 것 같다. 저 자는 두 번 이상 찾는 놈이 아
닌데 말이디…."

"하던 대로 살지 않으믄 동티가 나는데 불안해서 못 보갔다."

"그렇디. 고양이에게 무늬 치면 호랑이 된대? 미친 새끼, 사는대루 살아야디."

"하하하, 꼴에 요즘 포마드 바르고 구리무 바르구 폼 낸다야. 표가 나두 너무 나."

"고 자가 할 일 안 하니 우리반이 남원반만도 못 하다. 어떻게 해야 여자에게서 뽑아올까."

"야야, 그런 시시한 얘기 고만 하구 중산간마을 소개 작전 준비하라우."

하대칠이 화제를 바꾸었다. 일차로 남자들을 체포하고, 그중 청년들을 무장해제 시킨다. 양민과 폭도 구분을 할 수 없으므로 모두 폭도로 인정한다. 반발하거나 저항하면 밟는다. 그자들은 폭도들과 내통하고 있다. 폭도 진압이 제대로 되지 않는 것은 주민들의 미온적인 태도 때문이다. 어쨌거나 경찰보다 실적을 더 내야 한다. 확실히 존재감을 보여주어야 한다. 정용팔이 언제나 용감하게 선두에 섰는데 그는 요즘 엉뚱한 지점에서 놀고 있다. 대창으로 단번에 숨통을 끊어놓은 실력을 갖춘 용맹하고 힘좋은 청년인데 계속 구름의 층 위에서 놀고 있다. 그런 그가 자칫하면 영영 떠나버릴 것 같아서 함부로 다룰 수도 없다.

밤이 깊자 정용팔은 다시 강태실의 집으로 향했다. 그는 어느 누구의 미행도 따돌리기 위해 택시를 세 번이나 갈아타고 좁은 읍내를 돌았다. 아이들은 칭얼댔지만 읍내를 몇 바퀴 돌자 이내 지쳐서 잠이 들었다. 집으로 들어서서야 그는 만족한 웃음을 지었다.

"표가 난단 말이다. 몰래 숨겨서 데려오느라 참으로 고생했다."

공치사 받으려고 말했지만, 강태실은 아이들을 부여안고 한동안 울었다. 아이들도 엄마를 만나자 엄마 품에 안겨서 울음을 터뜨렸다.

"내 수고는 눈에 안 보이네?"

"고마워요. 역시 당신은 사내예요."

한참 만에 그녀가 그를 의식하고 칭찬했다.

"칭찬 들을라구 한 것은 아니지만 당신이 기쁘니까니 나도 기쁘디. 그게 행복이라는 거디."

"고마워요. 이제 평안도 말 안 쓰고, 평범한 제주 사람으로 살기로 해요."

"알갔어. 무슨 말뜻인지 알갔어. 이거 잘 챙겨두라우. 배 두 척 값은 될 기야. 잘 살아야디."

그가 두둑한 류색을 그녀에게 내밀었다. 배가 빵빵한 류색 안에는 돈이 가득 들어 있었다. 제주도 사람들은 돈의 가치를 선박 값으로 계산하는 습성이 있었다. 배 한두 척이면 큰 부자였다.

아이들은 정용팔을 보고 경계의 빛을 보였다.

"아이들 재워. 급하다."

오늘은 일찍 자리를 털고 나가야 했다. 청년단에게도 오해를 사면 안 되었다.

"당신은 나만 보면 섹스만 하고 가려구 해요? 그렇다면 위안부 찾아가요."

그녀가 생콩해진 얼굴이 되자 그가 잇몸을 훤히 드러내고 소리없이 웃었다.

"그게 아니구, 회의가 있댔어."

"그러면 그냥 가세요."

"그게 말이라구 하네? 애 데려다 주니 벌써 변심했네? 난 칭찬받으려구 아이들 데려다 놓았는데 하는 말이 기껏 그기가?"

"아이들 재워놓고 기념으로 술도 한 잔 해야 할 것 아녜요? 오늘은 회의에 빠지세요. 기념일이잖아요. 사랑의 기념일. 아이들과의 재회 기념일…."

"와우, 그 말 명언이다. 미안하우다. 내가 갖다 놓은 조니워커 있디? 고걸 먹구 축하하자우. 가족재회에 취하구, 사랑에 취하구, 세상에 취하구, 여자에 질탕 취하자우. 물 좋은 당신 두고 그냥 가는 바보가 세상에 어디 있네? 사랑하는 당신을 사랑하디 않으믄 영원한 바보디…."

그가 들뜬 채로 그녀를 껴안았다.

"아이들 재울 테니 뒷채로 가 있어요. 거기가 분위기 나요."

"애들이 보면 또 어때. 어른들이 장난질하는 걸루 알 텐데…."

"안 돼요. 그런 모습 보여주면 평생의 나쁜 기억으루 남아요."

아이들이 잠이 들자 그들은 뒷채 방으로 자리를 옮겼다. 불량소년 소녀들이 어설픈 어른 흉내를 내기 위해 찾아든 골방처럼 방은 좁고 아늑했다.

"내가 그렇게 좋네? 니 남편보다두?"

정용팔은 조니워커 스트레이트 석 잔에 확 올랐다.

"내 남편이 누구예요?"

"산으로 간 현호진이 말이다."

"남편이 아니구 원수예요. 산에다 내다버린 지 오래예요. 그 사람 말 두 번 다시 꺼내지 말아요. 내 남편은 당신이우다."

그녀가 평안도 말로 다정하게 짚었다. 정용팔이 더 화끈 오르는 기분이 되었다.

"요게 요렇게 나를 녹여놓는단 말이다. 내 가슴이 무너질 것 같다야."

행복이 가슴에 가득 차서 눈물이 쏟아질 것만 같다. 호사다마라고, 이런 행복이 어느 순간 날아갈 것만 같아서 그는 조바심이 났다. 정말 이런 행복이 언제 있었던가. 떠돌이생활, 거칠게 살지 않으면 무엇 하나 챙길 수 없는 나날들. 그렇게 여기까지 돌멩이처럼 구르며 흘러왔다. 거칠지 않으면 생존할 수 없는 인생이었다. 여자들도 닥치는 대로 밟았다. 그런 어느 날 비단결같이 고운 여자를 만났다. 인간에겐 열심히 살면 기회가 온다는 것을 그는 그녀를 통해 알았다. 그는 연거푸 술을 마시고, 육포를 질근질근 씹었다. 그리고 한순간에 그녀를 올라탔다.

"오래오래 넣어줘요."

진한 술 냄새와 몸에서 칙칙한 시금내가 났지만 그런 냄새도 감당할 만큼 그녀는 익숙해졌다.

"니 남편도 이랬댔니?"

"당신이 최고야요."

"고래고래, 좋다 좋아. 오늘은 술을 좀 먹었더니 길게 가누나. 마음이 합쳐지니까 더 오른다야. 니 거는 역시 최고의 긴자꼬다. 내 생전에 이런 맛은 처음이디. 절대루 절대루 당신을 누구에게도 빼앗기지 않가서."

그는 혼자서 마구 지껄였다. 그녀가 신음소리를 토해내더니 이윽고 자지러졌다. 그럴수록 그는 더욱 힘을 쏟았다. 일을 끝내자 누구랄 것도 없이 퍼져버렸다.

"당신 고생했어요."

그녀가 일어나 준비한 꿀물을 그에게 먹였다. 그가 벌컥벌컥 마시더니 곧 깊은 잠에 떨어졌다. 그녀는 일찍 잠든 것이 아까운 듯 그의 몸을 흔들었다. 육중한 몸은 움직임이 없을 정도로 곯아떨어졌다. 그녀는 한참 만에 일어나 머리맡 궤짝에서 기다란 끈을 끄집어냈다. 그것은 단단하고 질긴 삼끈이었다. 그것을 조심스럽게 그의 목에 감았다. 그는 여전히 코를 곯았다. 그녀는 목을 감은 노끈을 한 순간에 있는 힘을 다해 조였다. 그가 처음엔 내뱉듯이 격한 소리를 내고 두 손을 앞으로 뻗었지만 빈 허공을 가를 뿐이었다. 온 힘을 다해 끈을 조이자 한참 후 그의 팔이 아무렇게나 내팽개쳐졌다. 그래도 그녀는 정신없이 목을 조였다. 온 몸이 땀으로 젖었다. 그가 더 이상 움직임이 없다는 걸 확인하고 끈을 놓자 그녀는 힘이 전신으로부터 빠져나가는 것을 느꼈다.

하지만 할 일이 남았다. 수면제를 탄 물잔의 나머지 물을 뒷문을 열고 버렸다. 다음으로 광으로 그를 끌고 갔다. 육중한 몸을 옮기는 데는 힘에 부쳤지만 어디선가 개 짖는 소리가 나자 저도 모르게 힘을 냈다. 낑낑거리며 광 마루짱 한쪽을 들어올려 그를 바닥으로 밀어넣는 데는 반 시간쯤 걸렸다. 마루짱 밑은 밀주를 담가 숨겨놓기 위해 파놓은 흙구덩이가 있었다. 거기에 그를 묻고 미리 준비한 삽으로 흙을 퍼와서 덮고 널빤지 마루짱을 다시 깔고, 그 위에 보리가마니를 풀어 넣자 새벽녘이었다. 그녀는 미리 챙겨놓은 가방과 먹을 것을 쓸어 담고 아이들을 챙긴 다음 부둣가로 나갔다. 그 후 그녀의 행방을 아는 사람은 아무도 없었다.

제22장
제주 9연대, 첫 배속지

채명산은 첫 배속지가 제주 9연대로 발표되자 기분이 몹시 상했다. 생도시절 성적이 형편없거나 무슨 사고라도 치면 교관들은 곧잘 "너 제주도로 유배 보내버린다!"라며 호통을 쳤다. 제주도 배속은 누구나 귀양살이로 인식했는데, 하필이면 그곳으로 발령나니, 납득이 가지 않았다. 그는 함께 배치된 다른 친구들을 찾았다. 모두 여섯 명이었다.

"이거 엿 먹이는 거 아냐? 4·3 사건이 났는데, 불구덩이로 우릴 집어넣어? 통위부(현 국방부)로 가서 경위를 알아보자구."

1948년 4월 6일 국방경비대사관학교 5기생 졸업식과 함께 생도들은 소위로 임관되었다. 입교 5개월 만에 졸업과 동시에 장교가 되어 배속지를 명령받았다. 채명산은 400명 생도 중 성적이 20위권이었다. 교과목은 물론 각개전투, 유격훈련, 총검술 등 어느 것 하나 실력이 빠지지 않았다.

채명산은 제주 배속자 네 명과 함께 서울 남산 밑 회현동에 소재한 통위부로 갔다. 인사참모 면회를 신청하자 박진경 중령이 나타났다. 그는 함께 간 김영작 소위와 대학 동기라며 반가워했다. 채명산은 박 인사참모에게 방문한 용건을 말했다.

"성적이 우수한 제가 왜 제주도로 파견됐는지 알고 싶어서 왔습니다."

박 인사참모의 안색이 금세 변했다. 새파란 신입들이 군대 명령을 무시하고 항의하러 오다니, 불쾌한 표정이 역력했다. 그가 경상도 말씨로 물었다.

"그게 불만이가? 제주 파견을 원치 않나?"

"교관들이 성적이 좋지 않거나 행실이 좋지 못한 후보생은 제주도로 보내버린다고 했습니다. 우리는 교과목이든 훈련과목이든 성적이 좋은데 제주도로 쫓아버리니 이해가 안 갑니다."

오해라는 듯 그가 웃으며 부드럽게 말했다.

"귀관들을 배치한 것은 전적으로 내 뜻이다. 성적이 좋고 똑똑한 장교들을 일부러 선발해 제주도로 배치했다. 일부러 너희를 선발한 것인데, 그기 섭섭한가. 그렇다면 다른 곳으로 배속시켜줄까? 하지만 좀 지나보면 알 것이다. 어떤가?"

인사참모가 자신을 인정해준다고 하니 채명산은 갑자기 생각이 달라졌다. 월남한 이후 어느 누구로부터 대접받아본 적이 없었다. 홀홀단신 남으로 내려온 외로움은 컸다. 그런데 그가 자신을 인정한다는 것이다.

"감사합니다. 일본속담에 사내는 자기를 인정하는 사람을 위해 죽는다고 했습니다. 영광입니다."

채명산이 말하자 다른 소위들도 동의했다. 박 중령이 호주머니에서 봉투를 꺼내더니 내밀었다.

"제관들이 와주니 나도 기쁘다. 오늘 월급날인데 이걸로 막걸리한 잔 마시그라"

따지고 보면 제주도로 간다고 해서 나쁠 것도 없었다. 북한에서 탈출한 사람으로서 남한 땅은 모두 낯선 땅이었다. 제주도는 경치라도 좋다. 그에게는 어딘들 특별히 좋고 나쁠 것이 없었다.

1948년 4월 10일, 인천에서 미 군용선을 타고 제주로 가는 26시간의 뱃길은 심한 멀미로 고생했지만, 미지의 세계에 대한 기대가 큰 만큼 마음은 설레었다. 바다에서 바라보는 제주도는 그림처럼 아름다웠다. 한라산에서 밑으로 내려올수록 푸른 숲과 크고 작은 봉우리들이 선명하고, 붉은 꽃무더기들이 불붙은 듯 피어 있었다. 폭동이 났다는 것이 실감나지 않았다.

부두에 내려 인근 식당에서 요기를 하고 나오는데 길바닥 여기저기에 사람의 시체가 나뒹굴고 있었다. 비로소 전략지구라는 실감이 왔다. 사람들은 무심히 지나칠 뿐, 크게 신경을 쓰는 것 같지 않았다. 무표정이 일상이 되어버린 것 같았다. 청년들이 죽창을 어깨에 메고 4열 종대로 구령에 맞춰 행군하는 모습도 보였다.

채명산이 9연대 2중대 2소대장으로 부임한 다음 날, 직속상관인 문상길 중대장이 전체 중대원을 연병장에 소집했다. 그는 채 소위에게 중대 병사들을 향해 취임인사를 하라고 시간을 주었다. 채명산이 단 위에 올라 "내가 오늘부터 여러분과 생사고락을 함께 할 채명산 소위다!"라고 밝히며 일장 연설을 했다. 호기심으로 가득 찬 모습으로 신임 장교를 바라봐야 할 병사들이 하나같이 그를 매섭게 쏘아보고 있었다. 증오의 눈초리라고 해야 옳았다. 섬뜩하게 느껴보기는 처음이었다. 그는 인사말을 하는 둥 마는 둥 하고 단을 내려왔다.

"채명산은 이북에서 도망쳐 나왔다"는 소문이 미리 퍼져 있었음을 그는 나중에 알았다. 그들은 위대한 김일성 장군을 배신하고 남하한 반동분자로 그를 낙인찍었고, 이런 비애국자는 신생 조국의 장교로서 문제가 있다는 인식이었다. 다음 날 이변이 생겼다. 병사들이 몰려들더니 그의 손을 잡아보려고 소동을 벌였다.

"김일성 장군과 악수한 손이라면서요?"

그가 북한에서 김일성 장군을 만나 악수를 나누었다고 얼핏 말한 것이 소문이 난 모양이었다. 그들은 신출귀몰한다는 전설적인 항일 독립투사 김일성 장군을 흠모했고, 평양에서 연설했다는 것에 더욱 흥미를 갖고 있었다. 채명산도 평양에서 그의 연설을 듣기 전까지는 그가 전설적인 영웅 김일성 장군인 줄 알았다. 백발이 성성한 60대가 되어 있어야 할 식민지 소년들의 위대한 김일성 장군의 모습은 없고, 새파란 청년이 김일성이라며 연설장에 나타났다. 하지만 그도 김일성은 분명했다. 일제 시 항일 독립투쟁을 하던 선구자들은 위장용, 또는 신분세탁용으로 가명을 쓰거나 이름을 서너 개씩 바꿔서 사용하고 있었기 때문이다.

채명산은 병사들에게 그가 동명이인이라는 말을 하지 못했다. 병사들을 실망시킨다는 것은 또 다른 상처를 주는 것이고, 다른 한편으로 그의 존재감이 사라질 수 있다. 김일성 장군과 어떻게든 인연의 끈을 맺었다는 것은 병사들로부터 존경받을 수 있는 근거가 된다. 취임 인사 때 쏟아진 싸늘한 시선을 돌이켜 볼 때, 그런 인연이라도 갖고 있는 것이 재산이 되는 것이다. 설사 그가 가짜라고 해본대야 믿지도 않을 뿐더러, 공연히 오해를 살 수 있다.

정보가 이렇게 빈곤하니 가짜 뉴스가 진짜처럼 판치고, 군중들은 그에 따라 들뜨고 환호하고, 반대로 실망하거나 좌절했다. 정보가 없으니 자기 신념이나 기호에 따라 믿고 싶은 것만 믿고, 보고 싶은 것만 보는 것이 대세였다. 불확실한 시대일수록 그런 것은 더욱 어지럽게 거리에 부유하고 있었다.

며칠 뒤 인근 산에 폭도들이 출몰했다는 첩보가 들어왔다. 채명산은 비상을 걸어 소대 병력을 이끌고 산으로 올라갔다. 병사들을 위장 복장 조치하고 산을 뒤졌다. 토벌대라는 신분노출은 또 다른 위험성을 내포하고 있었다. 그들 역시 공격 목표가 되는 것이다. 폭도들은 그림자도 없고, 어느 골짜기에 이르자 소나무 숲에서 한 소년이 토벌대 병력 앞에 나타났다.

"내가요, 산 속에서 일본군이 버리고 간 탄약더미와 총기 수백 정을 발견했다고요."

소년이 엉뚱하게 자랑했다. 소년은 소학교 6학년쯤 돼 보였다. 채명산은 묵살하고 그에게 명령했다.

"산 속에 있으면 위험하다. 즉각 하산하라."

"무기가 있다니까요. 그걸 내가 찾아냈어요."

소년이 거듭 자랑스럽게 말하는데 표정이 사뭇 진지했다.

"그렇다면 그곳으로 가보자."

부대원들이 그를 앞세워 골짜기 깊숙이 들어갔다. 소년은 방향을 잃었는지 탄약과 장비가 은닉돼 있는 장소를 찾지 못했다.

"너 이 녀석, 우릴 속이고, 함정에 빠뜨릴 작정 아니냐?"

이렇게 의심했으나 소년 스스로 실망하며 연신 머리를 긁적였다. 중화기를 다뤄본 분대원 중 하나가 한 곳에서 코를 큼큼 하더니 소리쳤다.

"탄약 냄새가 납니다. 인근에 있는 것 같습니다."

수색을 계속하는데 한쪽 골짜기에서 "여기다!" 하는 외침이 들려왔다. 소리가 난 쪽으로 달려가 보니 과연 소나무 숲속에 가려진 천연 동굴이 나타나고, 그 안에 상당량의 군 장비와 한 리어카분의 탄약, 일제 구구식 소총 수백 정이 발견되었다. 무기를 노획한 것은 하나의 전과였다. 물자와 무기가 절대 부족인 군에서는 무기를 획득하면 적을 섬멸하고 온 것 이상으로 높이 평가했다. 적으로부터 무기를 획득한 것으로 간주되었다. 무기 노획자는 상이 주어지고, 배식도 한동안 달라졌다.

채명산은 소년의 머리를 쓰다듬어주며 휴대했던 비상식량 C레이션 한 통을 주었다. 소년이 과자 나부랭이보다 껌을 꺼내더니 질경질경 씹으며 좋아라 했다. 안전지대에 이르러 모두 풀밭에 둘러앉았다. 큰 전과를 올린 듯 모두 기뻐하는데, 소년이 갑자기 한쪽에 세워둔 대원들의 구구식 총을 움켜쥐더니 채명산을 향해 겨누었다. 순식간의 일이었다. 소년이 방아쇠를 당긴다는 것이 안전장치를 풀지 못해 실탄이 발사되지 못했다. 소년이 다시 장전하는데 이번에는 탄창이 밑으로 뚝 떨어졌다. 병사 한 명이 뛰어들어 소년을 덮쳤다. 다른 병사가 달려가 찍어누르면서 소년을 생포했다. 소년을 포승줄로 묶고 무릎을 꿇린 뒤 한 병사가 외쳤다.

"즉결처분하겠습니다!"

채 소위는 순간 머리가 아찔했다. 첫 부임지에 와서 첫 작전으로 새파란 소년부터 즉결처분한다? 그것은 전혀 생각해보지 않았고, 즉결처분이란 제도가 있는지조차 몰랐다. 그도 소년기에 서툴고 부족하고 허기가 진 시절이 있었다. 상점에 가서 훔쳐온 것을 친구들과 나누며 영웅이 된 기분으로 우쭐댄 적도 있었다.

"살려 줘라."

"네?"

"보내줘."

채명산은 일부러 남의 말처럼 말했다. 소년이 이상하게 자신의 분신처럼 느껴졌다. 연민의 감정이 싸하게 가슴으로 파고들었다. 부하는 지지 않았다.

"아닙니다. 총을 들어 소대장에게 공격했으면 적입니다. 군율을 지키기 위해서도 즉결처분해야 합니다."

"철딱서니 없는 소년이다. 분별력 없는 아이를 어떻게 죽이겠나. 좀더 심문해보라."

병사들이 소년을 무릎 꿇린 채 다그치기 시작했다.

"왜 소대장님을 죽이려 했는가."

한참 후 소년이 말했다. 별로 두렵거나 무서워하는 기색이 없었다. 어딘가 좀 모자란 구석이 있었다.

"나는요, 산에 들어간 삼촌 심부름을 갔다가 마을로 내려가는 길인데 무기고를 발견했어요. 그것을 신고하면 선물을 받을 줄 알았는데 알고 보니 인민유격대가 아니잖아요. 청년단이잖아요."

소년은 위장복을 한 군인들을 자신이 따르는 인민유격대나 입산자로 착각했던 모양이다. 그런데 알고 보니 서북청년단이나 대동청년단 무리다. 어린 것들도 청년단체에 반감을 가지고 있었다.

"아무래도 처분해야겠습니다."

처치가 분명해졌다고 본 한 대원이 주장했다. 채명산은 내키지 않았다.

"생포해서 함께 하산해. 어리석고 철모르는 녀석의 돌출 행동을 처단하기엔 저 인생이 불쌍하잖나. 저런 아이 죽여서 뭐하겠나. 모자란 놈 같은데…."

"데리고 갈 바엔 그냥 내려 보내겠습니다. 귀찮아집니다."

"알았다. 조심해서 내려가도록 조치해라."

소년은 석방됐다. 비탈로 한참 내려가던 소년이 잡목 숲 사이로 기어서 몰래 올라오더니 은닉 무기고로 숨어들었다. 그리고 총을 한 자루 메고 도망치기 시작했다.

"멈춰!"

한 대원이 뒤따라 달려가며 소리쳤다. 그래도 소년이 달렸다.

"멈춰! 도망가면 쏜다!"

소년이 휙 돌아서더니 소리쳤다.

"무기고는 내 거예요. 내가 발견했어요! 아저씨들 가져가지 마세요!"

그는 은닉 무기고를 자신의 것으로 생각하는 모양이었다. 마치 산에서 죽은 꿩을 하나 주운 행운으로나 여기고 있는 것이다. 그때 탕, 소리가 나고 소년이 아무렇게나 고꾸라졌다. 다른 소대원이 소년을 향해 쏴버린 것이다.

"누구야?"

채명산이 소리쳤다.

"안 됩니다! 저놈이 무기를 휴대했습니다! 안 보셨습니까? 소대장님을 공격했잖습니까."

소대원이 소리치고, 쓰러진 소년에게 달려가 총을 수습했다. 채소위는 귀대하자 수색작전 결과와 함께 소년 처치 상황을 보고했다. 소속 중대장 문상길 중위가 듣고 있더니 표정 없이 차갑게 말했다.

"누가 쏘았나?"

누구도 나서지 않았다. 그가 재차 물었다.

"누가 쏘았냐니까!"

대답 없이 한동안 긴 침묵이 흘렀다. 여전히 나서는 대원이 없었다.

"이 새끼들, 사실대로 말하지 못해?"

"제가 쏘았습니다."

견디다 못한 채명산이 불쑥 앞으로 나섰다. 부하에게 책임을 돌릴 수가 없었다. 당장 귀싸대기가 올라왔다. 문상길이 군화발로 그의 정강이를 걷어찼다. 채명산이 앞으로 고꾸라질 뻔하다가 고통을 참으며 자세를 곧추 세워 우뚝 섰다.

"적인지 아닌지도 구분 못해? 그렇게 해서 선무공작이 되겠어?"

"상대가 총을 들었습니다. 나를 쏘려고도 했습니다."

그것은 의문의 여지없는 사실이었다. 생포하라고 했는데 부하가 쏘아버리니 어쩔 수 없었다.

"너 교인이지?"

그가 엉뚱하게 물었다.

"그렇습니다."

"나 역시 교인이야. 살생은 범위와 기준이 있어! 어린 학생을 쏘아 죽였다면, 그건 옳지 못하다. 묶어서 생포해 와야지, 이렇게 해가지고 대민 선무공작이 되겠어? 그 무기고는 우리가 보호한다. 누구에게도 노출시키지 말라."

"알겠습니다."

일본군은 태평양 전쟁 말기 제주도에 군단 병력을 주둔시키고 본토 결전에 대비했다. 나가스루 사비시게 중장이 이끄는 3개 사단과 1개 혼성 사단으로 구성된 병력 6만여 명의 일본 제5군이다. 군단 병력이 무기를 비축했다면 엄청난 양이다. 이 무기를 패주 시 가져가지 못하고, 바다에 빠뜨리거나 한라산 동굴진지에 은닉하고 돌아갔다. 문상길이 말했다.

"유기된 무기들을 우리가 발굴했으니 철저히 관리하라. 죽은 소년은 묘를 잡아 고이 묻어주라. 민가에 알려지지 않도록 하라. 오늘 일은 이것으로 일소에 붙인다. 해산하라.”

병사들 앞에서 위관이 뺨을 맞는 것은 이례적인 일이다. 채명산은 수치스럽거나 불쾌하게 여기지 않았다. 병사를 대신해 기합을 받는다는 것은 지휘관으로서 갖는 배려의 덕목이지, 결코 모욕이 아닌 것이다. 아닌게 아니라 다음 날부터 소대원들이 그를 보는 눈빛이 달라졌다. 하나같이 존경하는 눈치였다.

주말, 스리쿼터를 타고 제주 읍내를 가는데 도로사정이 좋지 않아 차가 가다 서다를 반복했다. 김익창 연대장이 신임 장교들을 회식시켜 준다고 해서 읍내로 나가는 길이었다.

“신임들, 제주도 구경할 만하지?”

상황은 긴장된 나날인데 연대장은 의외로 느긋했다.

“제주도는 경치가 그만이야. 인심 좋고 해녀들이 따온 전복을 초장에 찍어 먹는 맛이 좋지.”

그렇게 말하고 한 곳에 이르자 그가 갑자기 운전병에게 스톱 명령을 내렸다. 차가 멎자 그가 차에서 내려 밭에서 모이를 쪼고 있는 꿩 무리를 향해 총을 겨눴다. 가늠쇠를 목표물에 맞추더니 그대로 총을 발사했다. 꿩들이 푸드득 날고, 한 마리가 떨어져 바닥에서 퍼덕거리다 동작을 멈췄다.

“가져오게.”

운전병에게 명령하자 단련이 된 듯 운전병이 단숨에 밭으로 올라가 죽은 꿩을 가지고 왔다.

“오늘 회식이 푸짐할 거야. 가면서 몇 마리 더 잡지.”

실제로 가는 도중 다섯 마리나 잡았다. 두 마리를 식당 주인에게 주고 세 마리를 살을 발라 꿩 전골을 끓이니 푸짐한 술안주가 되었다. 술이 엔간히 돌자 연대장이 무용담을 털어놓았다.

"내가 지프를 타고 전속력으로 달리는데 말이야, 가까운 보리밭에서 꿩이 날아가는 기라. 내려서 한 방을 쐈더니 두 마리가 동시에 떨어지는 거야. 그걸 두고 일전쌍조(一箭雙雕)라고 하지, 하하하. 화살하나로 꿩 두 마리를 잡았단 말이야. 운전병더러 주워 오라고 해서 갖고 오는데 개굴창 커브 길에 누군가가 돌덩이로 도로를 막아놓고 있는 거야. 폭도들이 그랬구나 하고 차를 세우니까 과연 폭도 4~5명이 총을 들고 구렁창에서 기어나오는 기라. 모두가 눈이 빨개져가지구 나를 노려보며 다가오더라니까. 요자식들, 밤잠도 못자고 활동하누나 싶어서 불쌍한 생각이 왈칵 들더군. 그래서 꿩을 건네주면서 가서 삶아 먹고 기운 차리라고 했지."

어디까지 농담이고, 어디까지 진담인지 모르지만 그의 천연덕스런 말에 모두 웃기는 했으나 씁쓸했다. 토벌 대상자에게 기운 차리라고 꿩을 건네주다니, 전쟁 중인데 사냥 나온 포수처럼 이렇게 한가할 수 있을까. 그는 '육군 3대포'로 통하는 '경상도 낭만파'였지만, 그래서 그런지 인생관 자체가 군인 세계와는 거리가 먼 사람 같았다.

"국경(국방경비대)이 왜 개똥 취급받는지 제주에 와서 알게 되었습니다."

채명산 소위가 투덜거리듯 뱉어냈다. 채명산의 옆자리엔 김이구 소위가 앉아 있고, 탁자를 사이에 두고 앞자리엔 선임장교 문상길 중위가 앉아 있었다. 문 중위가 신임 채명산과 전속 온 김이구를 축하하기 위해 모슬포의 한 식당으로 이끌어 자리가 마련되었다. 김이구는 문상길과는 고교 동기였다. 그는 사고를 쳐서 진급을 못했다.

그들은 막걸리를 몇 되 마셨다.

"개똥? 왜? 난 경찰놈들 떡실신이 되도록 패주었던 사람이야. 광주 4연대 시절이지."

김이구가 말했다. 1947년 6월 광주 4연대 하사가 휴가를 받아 고향인 영암군 신북에 갔다가 경찰과 시비가 붙어 영암경찰서에 연행되었다. 소식을 듣고 그를 인수하러 간 4연대 장교와 헌병들이 구타당하고 구금되었다. 이러자 4연대 병사 300여 명이 무장한 채 트럭을 나눠 타고 영암경찰서를 습격했다. 기관총이 난사되는 교전 끝에 4연대 병사 6명이 죽고 수십 명이 부상당했다. 수습하러 출동한 연대장 이한림 소령도 구금되었다. 김이구는 이한림 소령의 부관이었다.

"내가 지서주임 놈을 납치했지. 그자를 월출산 골짜기로 끌고 가서 연대장과 우리 병력을 풀어주지 않으면 쏴버리겠다고 권총을 뽑아서 그자 이마빡에 갖다 붙였지. 그자가 발발 떨면서 뒤따라온 부하에게 명령하더군. 빨리 가서 풀어주라고. 사내대장부가 그런 담력이 있어야지."

그 후 진상조사를 요구했으나 유야무야되고, 그는 제주 9연대로 전속되었다. 이 충돌은 후일 여순사건에도 영향을 미쳤다. 이런 충돌은 전국적으로 비일비재했는데 하필이면 그 무렵 구례경찰서에서도 경찰들이 국방경비대 병사를 조롱하고 구타하자 여수 14연대 병력이 경찰서를 타켓 삼아 무장하고 공격에 나선 것이다.

"대구 10·1사건은 어쩐 줄 알아? 복잡하게 말할 것 없어. 주민과 경찰 간의 대결이야. 그러지 않겠니? 주민이 부당하게 당하는데… 이때 나는 대구5연대 소대장이었어. 쌀값이 폭등하는데 순사놈들이 야매로 쌀을 거둬들이는 거야. 그 난리 속에서도 이권에 개입하는 거지. 강제로 미곡 수집령을 내리고, 수집 가격이 생산비에도 미치지 못하니 농민들이 항의하고, 그래서 쌀을 몰래 숨기지. 그러면 경찰력이 동원돼 가택을 수색하고, 잡힌 자를 싸대기 갈기고 연행하는 거야. 주민이 분노하지 않겠어? 이것을 보고 내가 경찰놈을 두들겨 팼지. 대구사람들, 자신들 대신 패주니 얼마나 시원하겠어. 이렇게 해서 국경은 주민의 지지를 받는 거야. 사고 후 나는 광주로 쫓겨났다가 이렇게 제주까지 왔어. 이런 자부심으로 복무하는데 국경이 똥이라고?"

문상길이 정색을 했다.

"잘 들어. 일본 패망으로 선물처럼 우리에게 해방이 왔지? 하지만 외국 군대의 분할 점령으로 우리 국토가 양분되고, 이 시간 현재 나라 이름도 없이 백성들은 개처럼 끌려왔어. 이게 무슨 망발이냐. 이 땅엔 해방의 빈 공간만 있을 뿐이야. 점령의 시간만이 존재할 뿐이란 말이다!"

선동하나? 채명산은 의아스럽고 불안했다. 김이구가 받았다.

"미 군정이 경찰에게는 양질의 무기를 지급하고, 복장도 세련된 서지 바지인데 군인들한테는 구식 총에 헐어빠진 일본군복이지. 그래서 홧김에 그 새끼들 패버리는 거야."

"미소 점령군이 한반도에 군인을 두지 않기로 합의한 것 모르나?"

"그런 것도 있었나요?"

채명산이 물었다. 그는 두 사람에게 깍듯이 존대말을 썼다.

미국과 소련은 2차 세계대전 종전관리 회담을 통해 점령 지역에 군대를 두지 않기로 합의했다. 그러나 말이 그렇다 뿐, 음성적으로 군대를 양성했다. 누가 먼저라고 할 것이 없었다. 북한은 보안대— 평양정치·군사학원을 만들어 장교를 배출했다. 남한의 미 군정은 남조선국방경비대라 이름짓고, 경찰의 예비조직이라고 규정했으나 내면적으로는 군사조직으로 편성했다. 겉으로는 감추고, 속으로는 군사단체를 만드는 이런 이중적인 스탠스 때문에 군의 정체성, 처우 등 모든 것이 엉성했다.

적으로부터 국토와 국민의 생명과 재산을 보호하는 군인이 교통 안내를 하고, 도둑이나 강도를 잡는 경찰보다 지체가 떨어진다는 것 때문에 국경과 경찰 간에 자존심 싸움, 관할권 싸움이 잦았다. 차별에 대한 분개심은 하부 조직으로 내려갈수록 컸고, 충돌이 잦았다.

미군 고문관의 보고서에 따르면, 해방 이후 2~3년간 국방경비대와 경찰의 충돌이 1주일에 1회 꼴로 일어났다고 보고되었다. 외출 나가면 패싸움을 벌이고, 총격전까지 벌였다. 이는 좌익계가 선동한 측면도 있었다. 김이구도 그중 일원이었고, 사고뭉치 장교로 지목돼 이곳저곳으로 전출되었다.

"경찰과 군인이 견원지간이 된 본질적 이유가 있지."

김이구가 설명했다. 해방 직후 건준 등 소속 청년들이 치안을 맡았는데, 갑자기 일제경찰 출신들로 교체되었다. "호랑이가 온다"고 으름장 놓아도 울음을 그치지 않던 아이가 "순사 온다"고 하면 뚝 그친다는 유래에서 보듯, 경찰은 일제강점기 공포와 두려움의 대상이었다. 강제징용과 일본군위안부 강제모집, 군 기피자 색출, 일제 저항자 추격, 사상불온자 검거, 그리고 전쟁물자 징발이라는 이유로 쌀 뺏어가고, 그릇 뺏어갔다. 창씨개명 안 했다고 잡아다 가두었다. 일본 군국주의를 받쳐주는 핵심 기둥으로서 경찰은 그렇게 역할을 했다.

마침내 해방이 되었다. 저지른 업보 때문에 이들은 한동안 숨죽이고 살았다. 그랬던 이들이 어느 순간 다시 등장하더니 신생 조국의 실서유지 최일선에 나섰다.

국방경비대에는 성분이 다양한 청년들이 모여들었다. 순혈주의
의 경찰과는 확연히 달랐다. 신원조회 제도가 없었기 때문에 경찰에
쫓기면 그대로 군대로 피신하는 청년들도 있었고, 사회주의 운동자
들도 다수 포함되었다.

미 군정은 초기 미국식 민주주의를 실현한다는 원칙을 세워 지원
자는 성분을 가리지 않고 받아들였다. 하사관들은 실전 경험이 있
는 사람들이었다. 이들이 경찰과 맞짱뜨는 주체로 떠올랐다. 민족정
통성이 결여된 집단과의 맞짱… 경찰에 불만을 가진 군인들은 처우
가 열악할수록 이런 점을 내세워 경찰에게 보복하는 태도를 보였다.
처우 불만과 사회에 대한 불만이 그런 식으로 표출되었다. 채명산은
술을 마시긴 하지만 뭔가 답답한 것이 목에 걸린 것 같았다. 두 사람
사이에 덫에 걸린 기분이었다.

김달삼을 아나?

"대대장, 우리 꿩 사냥 나갈까."

어려운 것도 쉽게 생각하고, 언제나 태평인 것처럼 보이는 김익창
연대장이 오민균을 연대장실로 불렀다.

"사격솜씨 보여 주시려구요?"

"내 사격솜씨 어떻게 아나."

"소문 났습니다."

"하하하, 소문났다면 실력을 보여주어야지."

두 사람은 가볍게 군장을 하고 문도지오름 도너리오름 쪽을 골라
산을 올랐다. 고지가 비교적 높고 경사진 곳이었다. 고지대라서인지
아직도 벚꽃이 지지 않고, 음지쪽엔 진달래꽃이 만발했다. 산이

꽃으로 물든 것 같았다. 한가롭고 평화로운 풍경이었다.

　김익창의 사격 솜씨는 소문대로였다. 꿩들이 게으른 탓도 있겠지만 그가 쏘는 족족 명중이 됐다. 총알 하나로 수리 두 마리를 꿴다는 실력이었다. 김익창은 목표치인 꿩 다섯 마리를 채우자 바위 섶에 앉아 휴식을 취했다. 그 옆에 오민균이 앉았다. 건너편 산에서 소쩍새 울음소리가 청명하게 울렸다.

　"후쿠치야마(福知山) 예비사관학교에 다닐 때 나는 특등사수였네. 그런 것들이 나를 느긋하고 여유롭게 했지. 사람들이 시시하고 하찮게 보였어. 헐떡이며 사는 모습들이 사사롭게만 보였다니까. 도 닦던 도사가 득도를 한 뒤의 한적이랄까. 천의무봉처럼 세상만사를 여유롭게 보게 되었네."

　연대장은 추억을 더듬고 있었다. 그가 계속했다.

　"요즘은 자꾸 후쿠치야마 생도 시절이 생각나누만. 역시 그리운 것은 그리운 것이야. 후쿠치야마 성을 구경 가고, 고베로 가서 태평양 넓은 바다를 바라보며 사나이 대장부의 야망을 불태웠지. 고국이 그리우면 동해물이 출렁거리는 도요카로 나가서 망국의 한을 달랬지. 주말 외출시간이면 죽 여행을 다녔어. 교토 근교 비와호에서 보트를 타던 때 가슴 설레었지."

　그렇게 말해놓고 그는 먼 산을 바라보았다. 그는 계속 감상에 젖었다.

　"육군 소위로 임관하자마자 만주로, 태평양으로 전쟁이 끝날 때까지 전선에 있었지. 하지만 이건 남의 전쟁을 하는 거잖아. 남의 잔치에 와있는 것처럼 마음이 늘 불편했지. 맞지 않은 옷을 입고 나선 사람 같았어. 마음은 방관자였어. 언제 독립이 될지 모르는 암울한 상황인데도 나라를 찾는 날을 꿈꾸며 광야를 헤매는 사람들이 있었는데, 나는 그걸 의식하지 못했네. 가명을 네 개나 사용하며 관헌을 피해다니던 동창생을 외면한 적도 있었어. 한 발짝만 들어가면 생생한 민족의 아픔을 느낄 수 있었는데, 난 거기로부터 격리돼 있었던 거지. 나라 잃은 우리의 허무와 좌절을 위로하기 위해 자신의 안락과 행복을 기꺼이 희생한 사람들이 있었는데, 난 격리돼 있었던 거야. 해방되자 그게 미안하고 부끄럽더군. 이제부터라도 조국의 건아로서 부강한 나라를 만들자, 두 번 다시 나라를 빼앗기지 않는 부국강병의 군인이 되자. 그런 각성으로 여기 섰네."

그는 크게 숨을 내쉬며 바람에 출렁이는 숲을 바라보고 있었다. 가슴이 시린 표정이었다. 그러다가 뚱딴지같이 물었다.

"오 소령 부모님은 잘 계신가?"

"네. 부모님은 한학을 하신 분입니다. 젊었을 적엔 측량기사로도 활약하셨는데 지금은 인근 젊은이들을 모아 가르치고 계십니다. 저는 아버님한테 〈훈몽자회〉, 〈동문선습〉, 〈명심보감〉을 배웠습니다."

"아, 그렇군. 그래서 의젓하구먼. 오 소령한테는 함부로 범접할 수 없는 어떤 무언가가 있어. 그걸 카리스마라고 하지. 좋은 군인 멘탈리티야. 그래, 그대로만 가게. 오 소령만큼의 인생관과 세계관을 갖춘다면 나라가 무엇이 걱정이겠는가. 나는 조국을 사랑하는 사람을 존경하네. 조국을 사랑하지 않는 사람은 어느 민족으로부터도 버림받게 되어있지. 하지만 지금 이게 뭔가. 어디서부터 잘못됐는지 모르겠네. 나라 꼴을 보면 화가 나네. 잔혹했던 것은 한때로 족하지 않는가⋯."

"맞습니다. 연대장 각하, 맨스필드 중령과 무슨 문제가 있었습니까."

오민균은 연대장이 맨스필드를 만났다는 소식을 들었다. 맨스필드는 미육군 중령으로 제주도 주재 미 군정관 겸 9연대 고문관으로 복무하고 있었다. 그는 군정장관, 민정장관, 고문관으로도 불렸는데 어느 호칭이든 상관하지 않았다. 그는 미 군정 정치장교로 와있는 버치와 대학 선후배 관계였다. 그는 제주읍내 제주도청에 설치한 미 군정관실에 상주하면서 9연대와 산하 부대와 수시로 연락을 취했다. 다른 군정관과는 태도가 달랐다.

"그 친구 난처해졌어. 제주도 사람들의 좋은 친구가 될 수 있는 사람인데 말이야….."

"난처한 일이라뇨."

"미국인들은 지역 특수성이나 역사적 맥락을 보지 않고 오로지 자신들의 목표, 그것을 달성하려는 욕망만 갖고 덤비지. 하지만 맨스필드는 달라. 미국 명문대학 출신다워."

"합리적이라는 것입니까."

"그렇지. 모든 관점은 커먼센스야. 임지에 부임해 오면 그 지역민의 성향과 기질, 역사, 문화, 풍속, 생활방식 정도는 파악하고 직무를 수행해야지. 이 친구는 상식의 눈으로 제주 실태를 보고 문제해결점을 찾으려고 노력해. 나와 일치하는 게 많아. 지적 풍모가 넘치지."

김익창은 부대 내에 대대장들이 있었지만 마음을 터놓을 사람은 오민균뿐이라고 생각했다. 다른 간부들은 성실한 직업군인일 따름이었으나 오민균은 또 다른 무엇인가가 있었다. 그래서 그를 불러 사심없는 대화를 나누고 싶었다.

"내가 9연대로 부임해오니 가관이더군. 연대 병력이라고 해도 숫자가 대대 병력도 안 되는 거야. 그래서 내가 첫 번째 한 임무는 모병이야."

연대장이 호주머니에서 구겨진 전단지를 꺼내들었다. 경비대 모병 광고 전단이었다.

— 국방경비대는 좌도 아니고 우도 아니다. 동포를 사랑하고 조국을 위하여 순국하려는 피끓는 젊은이들의 애국 군사기관이다. 우리들은 모국(某國)의 주구도 아니다. 일개 정당의 이용 기관도 아니다. 다만 안으로는 자주 독립을 추진시키고, 밖으로는 국방의 중책을 완수하려는 국가의 간성이다

전단지를 읽고 나서 김익창이 말했다.

"이렇게 해서 제주도 청년들이 군에 들어온 숫자가 얼만 줄 아나? 50명이 안 되었어. 대부분 문맹이고 농사짓거나 고기 잡다가 온 청년들이었지. 육지 놈들은 한 놈도 안 왔어. 왜 그런 줄 아나?"

오민균은 대답 대신 그를 바라보았다.

"모두들 제주를 유배지로 생각하는 거야. 9연대는 상관에게 밉보이거나 사고에 연루되면 귀양 보내는 곳으로 인식됐어. 총사령관까지 자기 비위에 어긋나면 "너 제주도로 귀양이다"하고 즉시 9연대로 보내버렸지. 전의 연대장도 그랬고, 나 역시도 명동거리를 산보하다가 총사령관 부인에게 경례를 안 한 죄로 추방되어 왔다네. 와보니 이런 낙원이 없는데 말일세. 할 일도 많고 배울 것도 많은데 외면해. 차별과 멸시가 얼마나 무서운 것인가를 직접 보고 알았네."

"저 역시 제주도에 흠뻑 빠졌습니다. 마을마다 학교가 세워진 걸 보고 놀랐습니다."

"그거 말일세. 일본에서 돌아온 귀향자들이 고향을 위해서 한 일이네. 배워야 산다면서 일제 땐 야학과, 해방 이후엔 학교 설립운동이 뜨겁게 일어난 거야. 중앙정부에서 방치한 고장이라서 문맹률이 높았으나 지금은 육지를 능가해. 마을마다 초등학교, 면마다 중등학

교 세우기운동이 벌어져서 많은 자제들이 공부하고 있다네. 상부상조하고 배려하고 헌신하는 정신을 갖고 있네. 이곳은 자주자조자립 정신이 강해. 아름다운 공동체야."

오민균은 도쿄에서 만난 이시하라 상이 떠올랐다. 그는 아나키스트가 지향하는 생활조합운동, 인권옹호, 외세 배격과 자주의 본성이 제주도에 있다고 했다. 이것을 연대장도 말하고 있는 것이다.

"제가 아는 일본의 거리의 사상가가 있습니다. 그는 제주도 해녀분과 결혼해서 제주도에 빠지게 된 분입니다. 그분의 관점이 현지에 와서 보니 맞아 떨어지더군요. 일본인이 제주를 더 잘 알아요."

"그래. 규슈지방이나 오사카에 제주도 출신이 많지. 그들은 개척 정신이 강해. 홋카이도, 사할린 탄광지대까지 진출하고, 해녀들도 진출했지. 그들은 함경도 청진 함흥지방까지 나갔다구만. 지금 이 지역 사람들이 단정 단선 반대운동을 편 것도 청진 함흥지방으로 간 고향 해녀들 때문이란 거야. 분단되면 영영 못 나오니까 말이야. 지엽적이긴 하지만 그런 애민정신이 깃들어 있어. 하긴 분단을 막자는 자체가 애민정신 아닌가…."

"이념과 상관없이 절실한 문제죠. 제주도 사람들이 해방이 되자 고향으로 돌아온 숫자가 3만 명이라는 말을 듣고 놀랐습니다. 제주 인구의 상당수가 해외에서 떠돌았던 셈이죠."

"그래. 제주도 사람들 육지 사람들과 가치관이나 사는 방식이 다르긴 하지. 자치의 열망이 뜨거운 곳이야. 공동체의 자립과 나라의 자주 독립을 함께 추구하는 커뮤니티야. 몽양 선생이 만든 건국준비위원회와 그 이후 이름이 바뀐 인민위원회도 제주에 아직까지 존치되어 있네. 일제가 물러간 뒤 건준이 실질적으로 각 면과 마을행정을 이끌어갔는데 건준이 해체된 이후에도 존치되어서 행정공백을 메우고 있어. 모범적인 지방자치 정부인 셈이지. 이 기구가 결속과 연대의 바탕이 되고 있어. 치안활동과 농사법교육, 학습회, 체육대회, 야학운영 등을 전개하고 있더군. 정권을 인수받은 미 군정도 이를 고맙게 생각해야지. 미 군정이 해야 할 일을 대신하고 있으니까. 부정만 할 것이 아니라 커뮤니티를 잘 이끌어가는 지방 단체는 기득권을 인정해주고, 결성되지 않은 곳을 결성하도록 견인하면 되는 거야. 그런데 분탕질하면서 적대시하고 있어."

"그건 부당한 간섭과 탄압이죠."

"평화롭게 자주적으로 살겠다는 지역사회를 일제 때보다 더 가혹하게 몰아붙여버리니, 억울함을 대변할 지원세력이 생겨난 거지. 육지 사람들은 제주에서 반란이 난 줄 아는데, 그게 아니잖나. 내가 여러 생각 끝에 오 소령을 부른 걸세."

"무슨 하명이라도 주시면 따르겠습니다."

"맨스필드 군정장관이 내게 부탁한 것이 무엇인 줄 아나?"

"설마 토벌작전을 강화하라고 지시한 것은 아니겠지요?"

요즘 분위기가 그랬다. 미군사령부에선 암암리에 초토화 작전을 밀어붙이려 하고 있었다. 그들은 뒤에 숨는 대신 경찰과 청년단, 군대가 밀어붙이도록 독려하고 있었다.

"그게 아닐세. 나더러 반란군사령관을 만나라는 거야. 협상을 진행하라는 거지."

지금 전력 증강과 전력 재배치를 추진하고 있는데 대화를 추진한다? 뭔가 이율배반적인 지침 같았다. 9연대는 4월말부터 출동명령을 받고 있었다.

"상황이 강경 모드로 간 것 아닙니까?"

"아니지. 4·3 이후 제주도 유지와 관공서 대표가 중심이 되어서 시국대책위원회를 조직했잖나. 족청(민족청년단)도 나서서 시국수습 특사대를 조직하고, 반란군 측과 연석회의를 개최하여 사건의 평화적 해결을 도모하려고 하고 있지. 결렬됐지만 말이야. 그래서 병력을 증강했던 거야. 일종의 무력 시위고 협박이지. 대화에 응하지 않으면 조지겠다. 증원부대가 파견된 이후 우리도 본격적으로 전투준비를 했잖나. 하지만 나나 맨스필드의 기본 방침은 평화적 평정이야. 경찰 등 강경파가 반발하지만 대화파 중엔 미국 쪽에도 맨스필드 군정관 같은 사람이 있어. 그가 딘 소장을 설득했다더군."

"그거 잘 됐군요. 기회일 것 같습니다. "

오민균의 가슴이 벅차올랐다. 그래, 평화가 답이다. 평화가 길이다. 평화가 밥이다….

"하지만 도처에 덫이 깔려있네. 자칫 잘못했다간 나서지 않은 것만도 못할 수 있어."

"무슨 일이든지 리스크는 있습니다. 두려워하지 마십시오. "

"살상을 막으려면 당연히 시도해야지. 대대장이 저쪽 비선 만나줄 수 있나?"

김익창이 제의했다.

"이건 명령이네. 특명이야. "

김익창이 오민균을 뚫어져라 바라보았다. 그가 그냥 사냥 나가자고 한 이유가 아님을 오민균은 알았다. 오민균은 얼른 대답하지 못했다. 막중한 임무인데 가능할까. 일을 성사시키려면 제주 인맥이 있어야 하는데 없었다. 라인이 있더라도 성사시킬 수 있을지, 두려움이 컸다. 양측은 너무도 서로를 불신하고 있었다.

"그쪽과 선이 닿지 않나? 일본 유학파 말일세. 현호진인가 그 자 말일세."

현호영의 오빠 현호진. 일본대학 출신. 현호영과 사귀고 있는 것을 김익창이 어떻게 알고 있는 것일까.

"천사원에 자주 구호물품 갖자 주었지?"

역시 그는 꿰뚫고 있었다. 그가 이윽히 오민균을 바라보았다. 그 눈빛엔 너는 날 못 속여, 하는 암시가 깔려 있었다.

"현호진의 여동생 있지 않나. 그 여선생을 설득하게."

한참 만에 그가 대답했다.

"알겠습니다."

"하지만 문제가 있어. 경무부가 문제야. 경무부장이 강경해. 우리를 의심하네."

"의심이라니요?"

"음해지. 미친놈들이지. 우리가 폭도 편이라잖아. 경무부장을 나도 좀 아는데 자파 세력을 확장하는 도구로 경찰을 이용하고 있어. 군을 경찰의 하부조직으로 둔다는 생각도 여전히 갖고 있지. 어느 나라에 그런 편제가 있나? 그것도 백성들로부터 원성을 사고 있는 경찰 하부조직으로!"

그는 자존심이 상한다는 듯 입을 쩝 다셨다. 미 군정은 경비대의 병력 증강을 서두르지 않은 대신 경찰에 대한 지원은 아낌이 없었다. 경찰은 창설 직후부터 미제 최신형 카빈 소총을 지급받았고, 국방경비대는 일본군이 쓰다 남은 낡은 군복과 무기도 구식인 99식 소총과 38식 소총으로 무장했다. 탄환도 지급하지 않은 상태였다. 그런 위상 때문에 경찰은 신설되는 국방경비대 병사를 업신여기고 조롱했다(이한림 회상록 '세기의 격랑' 72p).

일본군 대령 출신 이응준 미 군정 고문은 국방경비대 창설 무렵, 지원입대자의 사상과 신원을 조사하여 군조직의 정체성을 명료히

하자고 제안했으나 묵살됐다. 미 군정 챔프니 군사국장과 아고 대령은 이런 요구에 반대했다. 민주주의 국가에서 사상의 자유가 허용되어야 한다, 그것이 일본 군국주의와 미국의 자유민주주의가 구분되는 기준이다, 이것이 전승국의 선물이다….

미 군정은 미소공동군사위원회 합의를 따른다는 이름 아래 군 육성 대신 국내 치안유지를 위한 경찰 보조역을 두기로 했다. 국내에는 군인도 아니고 향토예비병도 아니고, 그렇다고 경찰도 아닌 어설프고 어정쩡한 위치의 군대가 들어섰다. 이 통에 혼란을 겪는 쪽은 하부 지휘관들이었다. 키를 어느 쪽에 두어야 할지 갈팡질팡했다. 가치관의 혼란, 정체성의 혼란이 가중되었다.

민주주의 국가에서는 이념을 달리해도 군인이 될 수 있다. 그것은 이론상 맞지만 위험한 발상이었다. 신생국일수록 국토를 방위하는 군인은 국가정체성이 명료한 국가관이 서야 한다. 이상주의적 관점에서도 그것은 사상대립, 이해 충돌로 갈 수 있다.

남한에는 해방과 더불어 광복군, 조선의용군, 항일 빨치산부대 등 중국과 만주, 시베리아에서 활동하던 군인 출신 중심으로 군벌 시대가 활개를 치고 있었다. 일본군 출신 주요 인물들은 사회적 분위기상 초기 자숙하는 태도를 보였지만, 어느 날부터 전면에 나타났다. 미 군정이 이들을 기용했다.

군사단체는 난립했다. 조선국군준비대, 조선임시군사위원회, 학도대, 한국혁명군, 장총단, 장병대, 학병단, 치안특별감찰대, 조선국군학교, 군사주비회, 대한무관학교, 광복청년회, 한국광복군군사원원회, 광복군 국내지대, 건군준비위원회 보안대, 학병동맹 등 무수한 좌파 및 민족성향의 군사단체가 난립했다. 반면에 우익 군사단체는 광복군 이외 뚜렷하게 존재하지 않았다. 해방직후 사회적 분위기는 민족주의와 사회주의 성향을 지닌 지식인이 대세를 이루었듯이 군사 단체 또한 크게 다르지 않았다.

　찬반탁 과정에서 청년단 중심으로 좌파 대항 조직이 생겨났다. 경찰이 각종 청년단체 결성을 지원했다. 미 군정이 좌익계를 불법화하면서 이들 단체들이 크게 발호했다. 박헌영의 월북을 계기로 좌파에 대한 대대적인 체포령이 내려지자 서북청년회 등 극우 단체와 깡패 조직들이 전면에 나서 반공단체로 변신했다. 이들은 군사단체의 좌익계를 타격하고, 시민 소요를 진압하는 행동대로 나섰다.

　군부 내에는 만주 관동군 헌병대 출신들이 있었는데, 이들이 우익 청년단체와 공동전선을 폈다. 만주군 헌병대는 소련군에게 체포되어 영창에 갇힐 운명에 있었는데, 극적으로 탈출해 38선을 넘어 군부의 정보팀을 장악했다. 이들은 만주와 시베리아에서 밀정으로 활약했거나, 일본군으로부터 비용을 받아 밀정을 부려서 독립군을 잡고, 독립군의 자중지란을 부추겼다. 그들의 입장에서는 해방이 되었다고 해도 항일 독립군 세력이 정권을 잡으면 소련군에게 당한 것처럼 남한 사회에서도 똑같이 당할 것을 우려했다.

　"우리가 먼저 치는 기다."

　김창동의 독백이었다. 미 군정과 경찰의 지원 아래 나라의 주도권을 잡아갈 때, 그들의 힘은 막강했다. 민족주의 세력이나 사회주의 세력이 궤멸시키는 데 그들의 역할은 지대했다. 이들을 못 견딘 나머지 일부는 북으로 넘어가고, 일부는 지하로 잠복하고, 일부는 체포되어 사라졌다. 이로 인해 많은 인재가 요구되는 신생조국 건설의 인적 자원이 절대적으로 고갈되었다. 양측의 대결로 신생조국의 인재 풀이 초토화되어버린 것이다. 그 자리에 일제 치하의 낡은 세력들이 테크노크라트라는 이름으로 신생 조국의 핵심 요직을 차고 들어앉았다.

이응준의 제안대로 애초에 선발과정에서 미리 좌우를 선별하거나 구분해 뽑았더라면 이런 혼란과 막대한 인적 손실은 막았을지 모른다.

— 민주주의 원칙론으로 인하여 공산당의 활동을 허용한 것은 미군정 당국의 일대 실책이었다. 창군 이념에 있어 동상이몽을 생기게 하는 과오를 저지른 결과가 비참한 인적 손실로 나오고 말았던 것이다. —〈'이응준 회고록'의 일부.〉

이 과정에서 이상주의를 꿈꾸던 청년장교일수록 희생을 강요받았다. 하지만 이응준의 생각이 꼭 정답이랄 수 없었다. 시대의 모순을 극복하려는 집약된 에너지가 부족한 것이 본질적인 문제였기 때문이다. 우리의 운명을 우리 스스로 운전대를 잡으려는 세밀한 노력이 결여된 것이 큰 원인이다.

김익창 연대장은 잡은 꿩을 하나씩 줄에 묶어 옆구리에 매더니 자리에서 일어났다.

"이 정도면 저녁 술안주로는 넉넉하겠지?"

"그렇습니다. 모처럼 취해야 되겠군요."

"하지만 요즘 술맛이 안 나. 모함들이 너무 많아서 함부로 누굴 만나지도 못해. 대대장도 주의하게. 무슨 뜻인지 알겠나?"

"알겠습니다."

오민균은 짧게 대답했다. 돌이켜보니 그도 오해를 사고 있었다.

"주위를 뱅뱅 돌면서 저를 노리는 자들이 있습니다. 사감으로 세상을 사는 자 같습니다. 한번 물면 놓치 않는 맹견이랄까요?"

김익창이 물었다.

"오 소령은 어느 편인가."

그가 정면으로 오민균을 응시했다.

"저는 누구 편도 아닙니다. 오직 민족의 편입니다."

"민족, 그런 추상적인 용어는 그만 두고, 김달삼을 알고 있나?"

"직접 알지 못합니다."

"그러면 현호진과 접선하게. 특명일세. 기밀을 요하니 철통 보안이야. 반드시 성과를 내야 해. 누군가는 나서야지. 성과 못내면 다 죽네."

"맨스필드 군정장관이 동의합니까."

"언질했잖나."

연대장이 길게 심호흡을 하고 나서 다시 말했다.

"그자를 만나려고 하는 게 무슨 뜻인지 알겠나? 책임이 지구와 같은 무게감이야."

제23장
어디가 숲이고 어디가 늪인지

"길자, 있수꽈?"

이른 새벽인데 누군가 밖에서 고길자를 찾고 있었다. 아직 잠자리에서 일어나지 않은 고길자가 밖의 인기척을 듣고 자리에서 일어나 봉창문의 작은 구멍을 통해 밖을 내다보았다. 일찍부터 체화된 방어 본능이었다. 봉당 앞에 허리 굽은 마을 어른이 서 있었다.

"아즈방, 호끔만 이십서게(아저씨, 잠깐만 계세요)."

고길자가 그를 알아보고 옷을 주섬주섬 꿰입고 밖으로 나갔다. 고길자 본 어르신이 우두망찰 그녀를 바라보고 서있었다.

"안녕하우꽈? 헌데 이른 새벽에 무슨 일로⋯."

어르신은 겁에 질려 있었다.

"호끔만 이십서게."

그녀가 부엌에 들어가 물을 한 사발 떠와 어르신에게 내밀었다. 그가 사발을 받아 벌컥벌컥 물을 마시더니 떠듬떠듬 말했다.

"참말로 기막히다. 지실(감자) 밭에 나갔다가 중치(준치) 말린 것 좀 보러 우뭇개 쪽으로 갔는디, 내 귀 눈이 왁왁하우다(캄캄했다). 바닻가에 웬 개들허구 고냉이(고양이)들이 몰려들어서 모래밭을 헤집는데, 송애기(송아지)나 몽생이(망아지) 강생이(강아지) 죽은 것으로 알았지. 그런디 사람의 시체가 나오는 것이야. 어허, 이게 무슨 일이꽈? 산이영 바당이영 몬딱 사람의 시체다."

"어떵하우꽈?(어떻다구요?). 설마 잘못 보았겠지요?"

"게메, 양 경하믄 얼마나 좋겠수꽝(그러게, 그냥 그러면 얼마나 좋겠나). 시방 갑서양(가보라). 눈이 왁왁해서 더 이상 못 봤는디 아무래도 동상만 같으다. 우뭇개 쪽으로 쭉 가당 물골 솔밭 쪽으로 가믄 되마씸."

그는 이 말을 남기고 황망히 대문 밖으로 사라졌다. 자욱한 안개가 마당으로 스며들어오고 있었다. 적선의 진군처럼 밀려오는 안개는 어느새 그녀 발목까지 찼다. 고길자는 옷을 갖춰 입는 둥 마는 둥 하고 밖으로 나갔다. 누가 일부러 심지도 않았는데 밭 끝머리에 갯무꽃이 무더기로 피어 있었다. 그것들이 안개에 젖어 하늘거리는데 웬지 처연해보였다.

"뭐가 있다고 이른 새벽에 마실 나섰나. 부지런도 하시지."

공연한 걱정이라며 속으로 중얼거리는데 마음 한 켠으로는 불안했다. 요즘 꿈자리도 뒤숭숭하고, 실제로 하루가 편할 날이 없었다. 마을이 불타고 사람들은 쫓기고 끌려가고, 그런 과정에서 핏발 선 눈으로 서로 보복하는 일이 일상화되었다. 현호진과의 연락도 두절되기 일쑤여서 무엇 하나 진전되는 것이 없었다. 그만큼 경찰의 방어벽은 주도면밀했다. 갈수록 비집고 들어갈 수 없고, 이쪽의 청년·해녀 활동의 전략자산만 노출되었다. 산에서 내려와 간만에 집에 들렀다. 그런데 아무도 없다. 모든 것이 헝클어지고 어수선한 기분이다.

생각이 깊어질수록 그녀는 웬지 두렵고 무서웠다. 망아지 새끼일 거야. 산짐승일 거야. 뜬금없이 상준이는 무슨…. 고길자는 박재동을 불러세워 바닷가로 나갔다. 바다는 장판처럼 잔잔하고 해무가 끼어서 평화로웠다. 물골을 타고 바닷물이 들어오는 모래밭 끝머리에 과연 개 몇 마리가 무언가를 헤집고 있었다.

박재동이 앞서 나가 손짓과 발짓으로 개들을 물리치고 물체 가까이 다가가자 고길자도 뒤를 따랐는데, 그녀는 그 자리에 풀썩 주저앉고 말았다. 나쁜 일은 불길한 예감을 적중시킨다. 마을 어르신도 시체의 주인공을 확인했지만, 차마 그렇게 말해주지 못했던 것인데, 그녀는 그럴 리가 없을 것이라고 믿었을 뿐이었다. 고상준과 임순심의 처참한 시신이 모래밭에 드러나 있었다. 고길자가 모래를 움켜쥐며 절규했다.

"청년단 놈들이야. 그놈들이야. 죽일 놈들, 죽일 놈들."

그러더니 벌떡 자리에서 일어나 결연히 소리쳤다.

"죽여버릴 거야!"

"누나, 고정해."

"난 살고 싶지 않아. 어떻게 키운 앤데. 어머니 아버지 가시고, 저것 하나 남았는데, 이제 뭘 바라고 사니. 물설고 낯설고 험한 일본 땅 벗어나서 내 고향 찾아온 꿈이 부모 잃고 동생 잃고, 고작 이것이냐? 못된 놈들…."

그녀는 어제 삼경쯤 야음을 틈타 강태실의 집을 다녀왔다. 집은 비워져 있었고, 사람의 흔적은 찾아볼 수 없었다. 이상한 일이다, 여기며 돌아오는데, 우익 청년단원들이 샅샅이 마을을 쓸고 다니고 있었다. 긴급 첩보사항으로 마을 청년을 시켜 각 마을 청년회에 전통을 넣어 이 사실을 알리고 몰래 집으로 숨어들었다.

"가자. 그놈들이 시방 신양 고성 종달리를 훑고 있다."

그녀가 앞장서 걸었다. 걷는다기보다 숨가쁘게 뛰는 걸음이었다. 빈 마을의 초입, 매캐하게 불탄 냄새가 퍼져오는 가운데 한 집에서 청년들이 술에 취해 곯아떨어져 자고 있었다. 간밤에 작업을 마치고 전복, 문어, 소라 따위로 안주삼아 됫박 소주를 질탕하게 마신 끝에 퍼져서 자고 있었다. 고길자가 헛간에서 곡괭이를 찾아 움켜쥐고 방 안으로 들이닥치더니 잠든 청년들을 향해 마구 내리찍었다. 그중 한 청년 두상이 쪼개지고, 다른 청년은 옆구리에서 창자를 쏟아내더니 뻗었다. 순식간에 일어난 일인지라 그들은 고스란히 당했다.

옆방의 청년들이 습격에 놀라 몸을 피하더니 그중 몇이 달려들어 서 그녀를 휘어잡았다. 동시에 곁의 청년이 곡괭이를 빼앗아 그녀를 쳤다. 이상한 소리를 내며 그녀가 고꾸라졌다. 청년들이 달려들어 각목과 총신으로 그녀를 누더기가 되도록 난타했다. 피와 살점이 벽에 튀겼다. 그래도 분이 안 풀리는지 한 청년이 카빈총에 착검한 총신으로 그녀 가슴을 마구 찔렀다. 뛰어 들어오는 박재동을 쓰러뜨려 총 개머리판으로 그의 옆구리를 강타했다.

"죽이지 마라. 생포해라."

누군가가 외쳤다. 그들이 박재동을 꽁꽁 묶었다. 방 안에는 피비린내가 진동했다.

"이름은?"

"박재동입니다."

"기밀 문서상에는 금융조합에 다니다 야산대가 되었군. 아주 악성인데? 사실인가?"

취조경찰의 어깨에 부착된 견장에 무궁화 두 개가 붙어 있었다.

경감 계급이 직접 취조에 참여하는 것은 보기 드문 일이었다. 아마도 체포되어온 사람의 비중에 따라 직접 나섰거나 수사인력이 부족해서 나서는지도 몰랐다.

"나는 서울에서 파견된 박 경감이다. 신사적으로 나오는 혐의자에겐 그만큼 인격적으로 대한다. 너와 말씨름하고 싶지 않으니 순순히 대답하라. 이건 신사협정이다. 알았나?"

각오했다는 듯 박재동이 네, 하고 대답했다. 바로 옆방에서 날카로운 비명 소리가 들려왔다. 무엇에 찔리고 뼈마디가 꺾이는지 외마디 소리에 숨이 꺽꺽 넘어가는 소리가 났다. 사이사이 절규하듯 아아악 하는 소리가 들려왔다. 건너쪽 취조실에서는 남자가 엉엉 울면서 살려달라고 애걸하고 있었고, 다른 쪽 방에서는 혐의자가 개새끼야, 죽여라! 하고 발악하듯 소리 지르고 있었다. 박재동은 겁나지 않았다. 체념했다기보다 모든 게 시시해보였다. 길자 누나의 참혹한 살해장면을 보고, 고상준 임순심의 주검을 본 뒤 이제는 모든 것이 하찮게 보였다. 무서울 것이 없었다.

"그래 넌 마르크스주의자군. 그래서 특별히 나에게 배정된 거야. 그래, 박재동이, 마르크스주의가 뭔지나 아니?"

박재동은 침묵했다.

"네가 대답하지 않으면 내가 말해주지. 소비에트를 비롯한 사회주의 국가는 혁명을 통해 평등세상을 만든다는 거지. 모든 사유재산을 몰수해 생산수단을 국유화하고, 국가가 운용하면서 중앙집권 경제체제를 유지한다는 것이지. 이것을 제주도에 접목시킨다 이거야. 공동생산하고 공동 이익을 취하고, 그게 공산주의 기본 이론 바탕이지. 사유재산과 자본주의를 부정하는 이념… 안 그래?"

"난 그런 것 모릅니다."

"그래? 하지만 내가 알고 있다. 너희들 내장부터 빨갛잖아. 무산자계급 운운하며 무장혁명, 무정부주의 어쩌고 공산세력을 확장시키려고 준동한 것, 모를 줄 알았나? 그래, 마르크스레닌주의가 지향하는 가치가 뭐냐."

"잘 알지 못하지만, 마르크스레닌주의의 중앙집권 경제체제는 인간의 자발적인 경제활동을 억압하기 때문에 실패할 것입니다. 그래서 지지하지 않습니다. 인간의 근원적인 욕망을 무시한 공산주의 경제 실험은 실패합니다."

"너에게서 그런 말이 다 나오다니, 놀랍군."

"그 이념은 생산성 저하로 이어지니까 내 사고와는 맞지 않습니다. 생산성 저하는 인간의 욕망을 잠재우기 때문에 필연적으로 실패합니다. 지지하지 않습니다."

"보통이 아닌데? 빨갱이들은 이론 무장이 잘 돼 있다던데, 과연 그렇군. 체포되니 이제 벗어나보자고 공산주의를 비방하는 것 아닌가?"

"평소 소신입니다."

"헌데 왜 그렇게 불만이 많나?"

"세상에 불만이 많은 것과 공산주의와는 상관이 없습니다. 나는 공산주의자가 아닙니다. 모순에 대해서 말할 뿐입니다. 정당하게, 정상적으로 살자는 것 이상도 이하도 아닙니다. 폭력적인 공권력이 평화로운 마을을 유린하지 말라는 것뿐입니다."

"유린?"

"그렇습니다. 제 친구가 청년단에 의해 살해되었습니다. 고길자 누나의 단 하나뿐인 남동생입니다. 고상준이란 그 친구가 여자 친구와 함께 바닷가를 산책하다 둘 다 비참하게 죽었습니다."

"고상준은 낭만파더군. 일본군 위안부 출신 처녀와 열애중이었다며? 그 여자에게서 군표가 삼백 장이나 나왔다. 소용도 없는 걸 가지고 있더군. 그런 중에 그자가 마을을 순찰중인 우리 청년단원을 찔렀다. 그러면서 연애질이나 해? 갈보와 섹스하러 모래 사장으로 갔다는 놈이?"

"모욕하지 마십시오."

"그게 모욕이라고? 정당한 수사 결과다."

"그녀는 갈보가 아닙니다. 잘못된 세상의 피해자입니다. 고상준은 정당방위입니다."

"공권력에 대항하는 것이 정당방위?"

"권력을 나쁘게 사용하면 제도폭력이죠. 그러면 저항해야죠. 야만에 침묵하는 것은 지성인의 태도가 아닙니다. 비겁한 행동입니다. 지금 제도권력은 약자들을 쩌누르는 흉기가 되었습니다."

그는 할 말을 다 하겠다는 태도였다.

"제법인데? 그래서?"

"삼팔선을 나누는 남북 분단을 영구화하고, 미국에게 사대 의존하는 자들을 경멸합니다. 그들은 안보 장사로 빨갱이 타령을 하며 양심세력을 잡아가두는데 우리는 결코 빨갱이가 아닙니다."

"그러면 뭔가?"

"민족의 아들일 뿐입니다."

"니기 주장한다고 해서 민족의 아들이 되니? 니가 공산주의를 감추려 한다고 감춰지니? 생떼를 쓰며 감추려는 것을 보니 역시 넌 레닌과 스탈린을 추앙하는 빨갱이야. 지금은 그저 살아보겠다고 마르크스레닌을 욕보이는 기회주의자고."

"기회주의자는 아니지만 레닌과 스탈린을 환영하는 건 맞습니다."

"그래, 이제 제대로 실토하는군. 그래서?"

"히로시마에 원폭이 투하됐다는 소식을 듣고, 스탈린이 일본에 대한 공격을 명령했다는 소식을 접하고 우리는 고무되었습니다. 일본을 타격하는 자는 어떤 누구도 우리의 벗이고, 영웅이니까요."

"그놈들이 만주 진격에 그치지 않고 함경도 경흥과 함흥으로 밀고 내려오고, 평양을 접수하고, 삼팔선에 이르렀다. 침략군이 아닌가?"

"미군과 합의한 것입니다. 미군이 들어오라고 독려했습니다. 소련군에 비해 미군이 한 달 이상 늦게 한반도에 상륙하게 되었으니 소련더러 일본을 몰아내라 했던 것이죠. 미국이 늦게 들어오면서 꼬이게 만들었습니다."

"미군이 늦게 들어와서 꼬이게 했다?"

"그렇습니다. 더 일찍 들어오거나, 아예 들어오지 말거나. 들어왔다면 사사건건 흩트려놓지 말거나."

"그건 무슨 논리냐."

"소련과 야합해 경계선을 그어놓았으니 빨리 들어오건 늦게 들어오건 중요한 것은 아닐지 몰라도 우리에겐 엄청난 비극을 초래했습니다."

"그 반대의 상황도 괜찮다고? 그러니 니들은 천상 빨갱이다. 소련군이 부산까지 진격해도 좋다?"

"처음에 나는 미소 양군이 우리나라를 해방시켜주는 군대로 알았습니다."

"이 자식아, 전쟁의 열매는 힘으로 따지 않으면 맛볼 수 없어. 남에게 의존해서 해방을 구걸하는 민족주의자도 있나?"

박 경감의 말은 맞았다. 따지고 보면 그는 미국의 앞잡이었지만 말은 정확했다.

"현실을 직시해라. 우리편에 서면 넌 확실하게 미래가 보장된다. 그 좋은 머리로 입신 출세할수 있는데, 뭐가 부족해서 세포가 되었나. 단도직입적으로 묻겠다. 지금 전향서를 쓰겠나?"

박재동은 대답하지 않았다.

"조국은 너를 부른다. 여기에 자술서를 쓰고, 전향서에 서명하라. 그렇지 않으면 넌 청년단을 살해한 핵심 세포라는 혐의에서 헤어나지 못하고 골로 가게 되어 있어. 죽지 않으려면 전향해서 너의 두뇌를 조국건설에 사용하기 바란다. 내가 상부에 보고해서 보석 조치하겠다. 이건 내 재량이다. 너를 보호하는 마지막 카드다."

"뭐하는 짓입네까?"

경위 계급장을 단 경찰관이 불쑥 취조실로 들어왔다. 그는 무슨 시시껄렁한 농담 따먹기 하느냐는 투로 박 경감을 노려보며 어슬렁거렸다. 가슴에 부착된 명찰에는 최동칠이라고 이름이 박혀 있었다. 글자가 마모되어 자세히 들여다보지 않으면 이름을 식별하기가 어려웠다.

"지금 뭐하십네까."

"전향서를 받는 중이야!"

"그러니까니 인테리 경찰은 중앙에서 근무해야 한대니까. 저놈들은 우리 청년단원을 죽인 놈들이야요. 그러고도 박 경감님을 갖고 놀고 있소. 그냥 쏴 죽여도 시비 걸지 못하게 되어 있는 놈들이야요. 고런데 전향서란 말입네까. 갈아먹어도 시원찮을 놈을 전향시킨다고요? 감정노동 고민하라우요. 내가 알아서 처리하갔소."

"전향시켜도 될 놈이오."

"고따구 사치스런 이론 아무짝에도 쓸모가 없소. 퇴근하시오. 내가 알아서 처리하갔수다."

얼굴이 흰 서울의 인테리 경찰은 전투 현장에선 쓸모짝이 없는 인간들이다. 제주 현실을 몰라도 너무 모른다. 그래서 그는 왕따를 당하고 있었다.

"잘 해보시오!"

박 경감이 벌겋게 달아오른 얼굴로 문을 박차고 밖으로 나갔다.

"개새끼, 진창 속의 연꽃처럼 혼자 고고하려고 해! 전문학교 출신이면 출신이지, 지 혼자 고상한 척하면 떡이 나오네 밥이 나오네? 창백한 인텔리라는 것들 노는 꼬락서니란 게 개뿔도 아니야."

더욱 화가 치민다는 투로 박재동을 스치며 연이어 귓방망이를 갈겼다. 박재동의 먹살을 쥐어잡더니 복도 끝 어둑한 방으로 끌고 갔다. 비릿한 피 냄새가 역겨워서 박재동은 순간 구토증을 일으켰다. 시멘트 바닥은 물이 흥건히 젖어 있었다. 실내 중앙에 고정된 철제 의자가 놓여 있고, 그 옆에 기계장치가 갖춰져 있었다. 그가 말없이 박재동의 옷을 벗기더니 의자에 앉힌 다음 발을 묶고, 손을 뒤로 젖혀 의자에 묶었다. 철제 의자는 기계장치와 연결되어 있었다. 그가 박재동을 끝 방으로 끌고 온 이유를 알 것 같았다. 그 방은 고문 설비가 잘 갖춰져 있었다.

"니네들이 내 사랑하는 단원들을 죽였다. 내가 가장 신뢰하던 놈들이다. 그 아이들을 죽인 맛이 어떠하다는 것을 똑똑히 보여주마."

그가 박재동의 얼굴을 뒤로 젖혀서 수건을 씌운 뒤 옆의 바께쓰 물을 얼굴에 쏟아 부었다. 물이 따갑고 매워서 숨을 들이킬 수가 없었다. 고춧가루를 푼 하수도 물이었다. 숨이 막히자 물을 마시고 마는데, 아아아, 온 몸을 떨면서 고개를 흔들지만 그럴수록 매운 물은 눈으로 코로 입으로 스며들었다.

"테러분자들을 찾아내야 하지 않갔어? 어디 숨갔나."

대답을 들으려고 한 말은 아니었다. 그냥 말해본 것뿐이었다. 그는 계속 고춧물을 퍼부었고, 박재동이 푸푸 물을 뱉어내며 몸을 뒤틀다가 밑으로 굴러 떨어졌다. 그가 박재동을 세우더니 도르래 장치가 되어있는 셔터를 누르자 철제 의자가 엘리베이터처럼 마루짱 밑으로 쑥 내려갔다. 마루짱 밑에는 물웅덩이가 있었다. 시금내가 진하게 풍기는 것으로 보아 하수가 흐르는 개천인 모양이었다. 기계장치가 거듭 작동되자 박재동의 의자가 물속으로 잠겨 들어갔다. 얼굴이 잠기고 머리 끝까지 수면 밑으로 잠겼다. 그는 첨벙거리며 발악했지만 그럴수록 물만 들이켰다. 물 속에서 몸부림을 치며 허우적거리면 의자가 슬며시 수면위로 올라왔다. 그것도 잠시, 다시 물속에 잠기고, 발버둥을 치면 슬며시 올라왔다. 그 사이 닥치는 대로 물을 들이켰다. 삼십여 분 그렇게 잠겼다 떠오르자 그는 늘어졌고, 배는 동산만큼 불러왔다. 의자가 마루짱 위로 올라와 멎자 최동칠 경위가 물었다.

"이번엔 통닭구이야. 맛나게 구워지는 통닭구이디. 전기선 넣어서 돌려주지."

"살려 주십시오."

"고렇디. 진작에 고렇게 말해야디. 하지만 나두 받는 거이 이서야 살려주지. 어서 말해봐."

뭘 말하라는 건지 알 수 없었다. 머뭇거리자 주먹뺨이 올라왔다.

"간나새끼, 너희 야학반 놈들 야밤에 누빈 상황을 내 모를 줄 알았네? 현호진이란 자, 김달삼과 김익창 연대장하구 접선하는 거하구, 부산 5연대에서 파견돼온 오민균 대대장이란 자하구 접선하는 거이 우리가 모르는 것 같네? 고걸 니 입으로 말해보란 말이다."

금시초문이었다. 어떤 것도 그는 알지 못했다.

"모릅니다."

"고롷디. 니네는 모른다는 기 답이디. 하지만 보자우. 정말 모른다는 게 답이 되는가."

"아닙니다. 모릅니다."

"모르면 죽어야디. 모르는 놈이 기밀을 알았댔으니까니 저승밥이 돼야디. 하지만 네놈이 모를 리가 없어. 비밀정보는 주모자끼리 공유하는 거 아니간?"

"모릅니다."

"니네들은 언제나 그렇게 말하디. 정직하고 진실한 척 하디. 까놓고 보면 말짱 거딧말이디."

그가 어두운 구석을 향해 소리쳤다.

"이 새끼 소시쩍 감자 훔쳐먹은 것까지 깡그리 토설하도록 조지라우."

그제서야 어둠 속에 쥐죽은 듯이 의자에 앉아있던 경찰 보조 둘이 나타났다. 박재동은 그들이 구석진 자리에 있는지조차 몰랐다. 그들이 박재동 곁으로 다가와 박재동의 양다리에 각목을 끼우더니 힘껏 옆으로 제꼈다. 우두둑 뼈 부러지는 소리가 났다. 아아악! 그는 비명을 지른 뒤 정신을 잃었다. 고통 속에 까마득한 동굴 속으로 빠져드는 것 같은데, 어느 순간 정신이 들었다. 그들 중 하나가 바께쓰의 물을 그의 얼굴에 뒤집어 씌우자 그새 정신이 돌아온 것이었다. 그들은 뭐라고 묻는 법이 없었다. 고문만을 위해 존재하는 기계처럼 움직였다. 그들이 그의 손목을 잡더니 손톱에 대침을 찌르기 시작했다. 아아악 아아악… 궁둥이를 들썩거리며 숨넘어가는 소리를 지르지만 소용이 없었다. 두 경찰 보조는 무표정했다. 그의 손끝에서 핏물이 떨어져 바닥을 적셨다.

"자식이 생각보다 대가 약하군."

최동칠이 손수건만한 창문을 통해 들어오는 햇살이 비치는 의자에 비스듬히 앉아 지켜보며 손톱을 줄톱으로 다듬으며 남의 말처럼 투덜거렸다. 한참 후 그가 손목시계를 들여다 보더니 밖으로 나가면서 말했다.

"마무리하라우. 난 저녁 파티가 있다."

젊은 경찰들은 알겠다는 것인지 모르겠다는 것인지, 대답 없이 다시 그를 의자에 묶어놓고 고무 호스를 그의 입에 쑤셔 넣더니 배가 터질 때까지 물을 먹였다. 뒤이어 천장 들보에 줄을 잡아당겨 몸을 매달아놓고 쇠좆매로 그의 얼굴과 몸뚱이를 가격했다. 쇠좆매가 떨어질 때마다 그의 얼굴과 등짝이 죽죽 줄기를 긋고 자국이 시뻘겋게 돋아났다.

거꾸로 매달린 그의 입에서 끊임없이 물이 쏟아져 나왔다. 물이 거의 쏟아져 나왔을 때쯤 그는 숨이 멎었다. 두 경찰이 들보에서 그를 끌어내려 구석에 처 박았다. 정해진 절차처럼 시신 처리는 다른 경찰보조원이 들어와 처리했다. 그들은 여전히 말이 없었고, 늘 해오던 것처럼 익숙하게 일을 처리했다.

공포의 트라우마

김익창이 오민균을 불러내 한라산을 올랐다.

"내가 그자를 만나려는 이유가 무엇인 줄 알겠나?"

오민균이 생각하더니 대답했다.

"국가에 대한 충정 때문입니다.

"국가에 대한 충정? 그렇게 거창한 건 아닐세. 산으로 들어간 사람들, 모두가 다정한 내 이웃들 아닌가. 동포들이란 말일세. 단순히 무자르듯 양민, 폭도, 빨갱이, 구분할 수가 없어. 마구잡이로 몰아붙이니 도망가 숨고, 그러다 보니 폭도가 돼버린 거야. 김달삼을 만나려고 한 것도 그 때문이야. 그 길이 옳다고 믿지 않아?"

"그자야 각하를 만나고 싶어하겠죠. 궁지에 몰렸으니까요.

"궁지에 몰리고 안 몰리고가 중요한 것이 아니라, 안전하게 마을 사람들을 돌아오게 하는 것이 문제지 않나?"

순간 오민균 자신도 폭압구조의 틀 속에 갇히지 않았나 생각했다. 폭력을 당연한 듯이 받아들이고 있는 것이다.

"그들은 산 짐승이 아니니까 나오게 해야지."

"그렇습니다. 원한을 극복하려면 수십 년, 수백 년, 아니 영원히 회복 못할지도 모릅니다. 전쟁은 단순하지 않죠. 인간의 교만과 편견과 광기가 생명을 밟는데, 죽는 자나 죽이는 자의 희생은 물론이고, 그 가족 모두 트라우마 속에 나머지 생을 살게 될 것입니다. 단지 그 자리에 있다는 이유 하나만으로 죽고 죽인다는 건, 천번 만번 생각해도 씻을 수 없는 치욕이자, 고통이자, 비극이죠."

"근본에 대한 성찰이 없는 만행⋯ 불행히도 우리에겐 양심이 배아되지 못했어. 개인행위의 최후의 심판자인 양심이 성장하지 못하도록 구조가 만들어져버렸어. 폭압의 식민지 권력이 그렇게 만들고, 거기 가담한 자들이 그렇게 몰아갔어. 허상인 허깨비 장난을 하는 동안 교만이 양심을 압도해버렸어. 인간의 품위, 자존, 명예, 공동선을 무참히 밟는 세상이 되어버렸어."

"그러니 그들을 구해야 합니다. 인간 양심으로 사는 세상을 만들어야지요."

"다 그렇다는 것은 아니지만 힘 가진 자들이 힘을 너무 잘못 사용하고 있어. 나도 승리를 목표로 한 전사지만, 지금 적과 싸우는 것이 아닐세. 그래서 수치스럽네. 무지한 백성을 상대로 이기는 전쟁이 무슨 의미가 있나. 그들이 우리가 격멸해야 할 적인가. 싸울 가치가 있는가. 한겹 돌이켜보면 무망한 짓이지 않나? 그렇게 안 해도 권력을 얻지 못하나? 긴 호흡으로 보면 우주의 운행이라는 것이 한 치의 오차 없이 돌아가고 있다는 걸 알 수 있지. 역사의 진행도 마찬가지야. 그러면 추후 무엇으로 이 비극을 변명하고 감당하려고 하지? 세상을 흔든 네로 황제도, 히틀러도, 무솔리니도 결국 망하잖아. 오명만 남기고 멸망하고 말잖나."

어느새 산이 녹음으로 풍성해보였지만, 그런 것들조차 슬퍼보였다.

"내 뜻이 이러하니 전달하게. 군말 없이 협상에 임하라고. 조건 없이 받아들이라고. 그렇지 않으면 처참한 결말이 온다고. 현호진이가 김달삼 브레인 맞지? 아직 확신이 안 서서 중단시켰는데, 진행해야 될 것 같네."

"잘 모르겠습니다. 그보다 분명히 할 게 있습니다. 군정관이 이 문제를 과연 승인했습니까?"

"맨스필드는 믿을 수 있어."

"정상적인 라인을 타고 내려온 지침인지를 살펴야 합니다. 개인적 휴머니티인지, 공적 지침인지 다시 확인해야 합니다."

그는 연대장이 쉽게 낙관하고 있는 것이 우려스러웠다. 어떤 공명심에 불타 과욕을 부리는 것이 아닌가….

"내가 처음 9연대 부임해올 때, 나는 부연대장이었지. 어느 날 맨스필드를 방문해 도내 상황을 브리핑했네. 그는 내 정보가 신뢰할만하다고 평가해주었어. 그 후 날 연대장으로 진급시켜 주었지. 유약한 것 같지만 힘을 쓸 때는 쓰네. 좋은 관계야."

그는 맨스필드 군정관을 만나 제기한 도내 상황을 설명해주었다.

미 군정은 조선 민족의 역사와 일제의 억압 통치 구조를 검토하지 않고 경찰조직을 치안유지의 중심에 세운 게 문제다. 4·3사건 발생의 원인은 단순하다. 경찰이 비행을 저지르는 서북청년단을 비호함으로써 긴장이 격화되었다. 청년단은 금품 갈취와 폭력, 부녀자 강간을 일삼았다. 주민들이 경찰에 고발하고 항의하면 은폐되거나, 도리어 고발자를 탄압했다. 중소형 상선들이 일본 등지에서 사들인 물품을 밀수품이라고 압수하고, 선주와 상인을 잡아가두었다. 상부상조하며 평화롭게 사는 고을에 착취가 자행되니 주민들이 반발했다. 따라서 9연대의 작전계획은 ①제9연대가 진압의 책임을 지고 ②폭도들은 국방경비대 군인을 적으로 삼지 않으니 국방경비대가 경찰과 주민의 중간에서 쌍방을 격리시키고 ③일정한 냉각기를 가진 후 범법자를 색출하여 처벌대상은 처벌하고, 방면할 사람은 방면하여 민심을 안정시킨다…. 〈김익렬의 '실록 유고' 중 일부〉

이렇게 보고하자 맨스필드가 고개를 끄덕였다.

"연대장 각하의 분석에 동의하오. 이 전쟁은 승리하더라도 어떤 누구로부터도 환영받지 못하는 전쟁이오. 외교 교서의 기본 지침 중 하나가 '자국민을 비방하고 조롱하는 외교관은 절대로 상대하지 말라'고 했소. 그 사람은 언제든지 조국은 물론 우방국도 배신할 사람이라고 보기 때문이오. 자국민을 탄압하는 자는 더 말할 나위가 없소. 어느 누구로부터도 환영받지 못할 거요. 그래서 공존의 길을 찾아야 해요. 폭도사령관과 연락을 취하시오."

김익창은 그 지시를 본격 이행하고자 오민균을 산으로 불러낸 것이다. 한동안 추진하다 만 계획을 재가동한 것이다.

"경무부가 우리 계획을 비틀어버릴 수 있네. 강경 기조야. 하나부터 열까지 소탕작전이야. 동족이 동족을 살해하는 비극을 꾸미지. 이걸 막아야 하네."

이런 가운데 지역 유지들이 나서지만 위험한 도박을 하거나 기회주의자로 낙인찍힌다. 미온적으로 대응하니 적에게 시간만 벌어주고, 국면을 어렵게 만든다는 비판만이 돌아온다.

"맨스필드 같은 사람이라도 곁에 있으니 활로를 찾아보자는 거지. 결단력이 부족하긴 하지만, 그런 사람이 곁에 있다는 것도 우리에겐 행운이야. 동족을 굴복시켜야 하고. 쓸어버려야 한다는 청소 전략을 막아야 해. 경찰 수뇌부 말이야. 맨스필드는 경찰 정보가 민심과 동떨어진 것이어서 짜증난다고 했네. 우리 판단이 일치했으므로 작전 계획을 수립하기가 수월하다면서 내 방침대로 책임을 지고 양민과 폭도를 하산시킨 뒤, 범법자를 색출하여 처벌하고, 민심을 안정시켜야 한다고 지침을 준 것이야."

"알겠습니다. 다녀오겠습니다. 필요하다면 군정장관도 만나고 오겠습니다."

"맨스필드는 일정이 잡힌 뒤 만나도 늦지 않아. 군말없이 현호진을 만나게. 알아보니 그는 핵심 참모야. 어쨌든 난 역도도 애국자도 되고 싶지 않네. 다만 인간이 되고 싶을 뿐이야."

산 아래 펼쳐진 바다가 햇빛을 받아 빛나고 있었다. 산 능선의 숲들이 싱싱하게 하늘거렸다.

상품과 밀수품의 차이

"왜 이렇게 예고도 없이 찾아왔어요?"

현호영이 마당으로 달려나오며 반갑게 오민균을 맞았다. 풍금소리가 울려퍼지는 가운데 아이들의 노랫소리와 재잘거림이 흘러나왔다. 현호영은 전에 보던 때보다 밝고 살이 더 오른 듯했다. 그래서 그런지 고아원도 생동감이 있어보였다.

"아버님께 인사 드리려구요."

"왜 갑자기? 아버님은 지금 불편하세요. 올케 언니가 행방불명이 된 지가 꽤 됐잖아요."

하지만 그녀는 모처럼 만에 설레는 눈치였다. 오민균을 보면 그녀는 가슴이 부풀었다.

"마무리하고 나올 게요."

그를 마당에 세워놓고 현호영이 교실로 들어가더니 잠시 후 외출복으로 갈아입고 나왔다. 연한 연둣빛 바탕에 물방울 무늬가 진 원피스 차림이었다. 푸른 수의(囚衣)같은 제복을 입은 것과는 아주 딴판이어서 그는 한동안 그녀를 눈부신 듯이 바라보았다. 어떻게 저런 여자에게 슬픔과 고통이 존재할까. 길을 걷자 그녀가 그에게 팔짱을 끼었다. 하늘거리듯 깡총 걸음을 걸으며 룰루랄라를 외쳤다. 그런 그녀 모습이 그의 가슴을 저며 왔다. 이 여자에게 슬픔을 안겨주어선 안 된다.

아담한 돌담을 끼고 작은 물이 흐르는 개천을 건너자 그녀 집이었다. 정원엔 활엽수와 관엽수들이 울창하고, 꽃들이 화사하게 피어 있었다. 구실잣밤나무를 위시하여 녹나무과 등의 난대림식물이 알맞게 자라서 집은 숲속에 묻혀있는 듯이 보였다. 육지와 다른 특수한 지형 조건과 기후 때문인지 아열대성 식물분포를 보여주고 있어서 이국적 풍치를 더해주었다. 오민균은 정원을 통해 이 집의 정서를 엿볼 수 있었다. 현호영이 현관으로 들어서자 응접실에서 남자들의 두런거리는 목소리가 흘러나왔다.

"손님이 왔나 봐요."

그녀가 속삭이고 오민균의 팔을 잡아 안채의 복도를 지나 끝 방으로 갔다. 그녀 어머니가 천장을 바라보며 침대에 누워 있었다. 손에는 묵주가 들려있었다.

"엄마, 오 소령님 왔어요."

김혜자 여사가 놀라 반쯤 자리에서 일어나 앉았다.

"어서 와요."

오민균은 김 여사를 향해 깍듯이 거수경례를 붙이고 그 자리에 섰다.

"거기 소파에 앉아요. 아이에게서 얘기 들었어요. 아이가 너무 좋아해서 탈이에요. 여자가 먼저 나대면 빈충맞는데…. 부모님은 고향에 계시고?"

오민균이 소파에 앉으며 대답했다.

"네. 충청북도 청원 고향에 살고 계십니다. 여덟 동생들 뒷바라지에, 농사일에 바쁘시죠."

"그래, 그 많은 식구에 힘드시겠군. 좋은 세상이 와야 하는데… 내 몸이 성치 못하니 도움이 못되고, 애아버지가 너무 수고가 많아요."

그녀가 가볍게 한숨을 내쉬었다.

"엄마, 응접실에 누가 왔어요?"

"누가 왔단다. 오빠 일 땜에 청년단 사람들을 만나는 모양이다."

청년단 사람? 순간 오민균의 뇌리에 뭔가 스쳐지나가는 것이 있었다. 현호진 때문인가? 읍내의 청년단 사람이라면 혹시 사진봉?

"그 사람들이 또 아버지를 괴롭히는 거예요?"

"그런 소리마라. 오빠를 어떡하든 구해야 할 것 아니냐. 올케도 찾아야 하고."

김 여사가 울상을 지었다. 울상은 이미 그녀의 인상이 되어있는 듯했다. 자신의 신병과 자식의 문제로 늘 슬픔과 우울을 달고 사는 나날이니 얼굴 표정이 그늘이 질 수밖에 없었다. 응접실에서 사람들이 나가는 소리가 났다. 손님들이 나간 뒤 그녀 아버지가 헛기침을 했다. 들어와도 좋다는 신호였다. 응접실로 들어서자 탁자에 다기들이 놓여있고, 재떨이에 담배꽁초가 수북했다.

"아버지, 오 소령님이 인사드리러 왔어요."

현문선 사장이 현호영 곁에 서있는 오민균을 이윽히 바라보았다. 오민균이 부동자세를 취하고 거수경례를 올렸다.

"얘기 들었소."

그는 엷게 웃었다. 그는 일찍이 일본으로 건너가 게이오 대학을 나오고 고향에 돌아와서 상선을 운영하는 사업가로 변신해 부를 일구었다. 수삼 년래엔 더 많은 경제적 특수를 누렸다.

"아버지, 오 소령님 어때요?"

현문선 사장은 빙그레 웃기만 했다. 오민균이 현호영의 집을 찾은 이유를 설명했다.

"현호진 선생님 거처지를 알고 계십니까? 야산대 지휘부에 소속해 있다는데…."

현문선 사장이 얼굴을 찌푸리는 듯했다. 그리고 굳게 입을 다물었다. 피해의식이 몸에 밴 듯한 모습이었다.

"걱정하지 마십시오. 도우러 왔습니다."

놀라는 아버지를 바라보는 현호영도 놀라고 있었다. 그녀를 찾아온 것으로 알았는데, 그는 오빠의 행선지를 알려고 찾아온 것이었다. 오빠 행적은 그녀 자신도 알려고 하지 않았고, 알 필요도 없었다. 만에 하나 잡혀가 심문을 받으면 고문을 못이긴 나머지 도리 없이 불어야 한다. 그런 것에 대비하기 위해서도 애당초 알려고 하지 않았다. 모르면 거처지를 댈 수 없는 것 아닌가. 그런데 이 사람이 오빠 행방을 묻는다. 입도 뻥긋하지 않다가 아버지를 만나 다짜고짜 묻다니. 순간 그녀는 어떤 배신감을 느끼고 오민균을 곁눈으로 흘겨보았다.

"어르신, 제 말씀 잘 들으셔야 합니다. 현호진 선생님을 만나야 일이 풀릴 수 있습니다."

현문선 사장이 현호영을 건너다 보더니 눈짓을 했다.

"그래요. 호영 씨, 잠깐만 나가 있어요. 있다가 시내 나가서 맛있는 것 사줄 게요."

그녀가 못미더운 표정을 짓다가 문을 열고 밖으로 나갔다.

"내가 금방 청년단 사람들을 만난 건, 아무래도 그들이 아들을 잡아서 요절낼 거라고 보았기 때문이오. 그래서 손을 써보는 거요. 며느리 행방도 그들이 알 것이고…."

현문선 사장이 담배를 찾아 입에 물었다. 그의 손과 입술이 파르르 떨리고 있었다. 오민균이 탁자에 놓인 라이터를 집어들어 불을 켜서 그의 담배에 갖다 댔다.

"남들이 아이를 의인이라고 하지만, 부모 가슴을 새카맣게 타게 만드는 처사는 불효자요. 대세는 기울었고, 피해를 막아야 하니 달리 방법이 없소."

"어르신, 말씀 놓으십시오. 제가 거북합니다."

현 사장이 자세를 고쳐 앉더니 가느다랗게 웃었다.

"그럼 말 놓겠네. 내 아이를 좋아하는가."

"좋아합니다."

그가 거리낌없이 대답했다.

"좋아하는 것에도 증명이 필요하지. 목적없이 좋아한다는 건 불확실한 시대일수록 위험하니까."

현문선 사장도 어떤 확신을 갖지 못하고 있었다. 사는 것이 절망적이어서 그렇게 물었을 뿐이었다. 이런 난세에 그 어떤 것도 확실한 것이 없다. 자기 말이 사사롭다고 여겼던지 그가 말을 바꾸었다.

"어떻게 내 아들이 야산대 지휘부에 있다는 것을 알았나."

"제주도내에서 폭도대사령관과 동창 관계를 유지하는 사람은 현호진 선생 외에 없습니다."

"폭도대란 말은 적절치 않네."

그는 분명했고, 오민균은 속으로 아차, 했다. 연대본부에서 늘상 쓰던 용어를 기계적으로 사용했을 뿐이었는데, 현문선 사장은 용어 하나에도 신경을 쓰고 있었다. 제주도 사람들의 심중을 헤아릴 수 있었다. 자식에 대한 신뢰가 그만큼 크다는 것도 알 수 있었다.

"저는 밀사 역으로 현호진 선생님을 만나야 합니다."

"밀사? 그게 뭔가."

"이유는 아드님께 직접 말하겠습니다."

"나한테 말하지 않고 만나게 해달라는 것은 나를 믿지 못하겠다는 뜻 아닌가. 그런 사람에게 아들의 행선지를 어떻게 말해줄 수 있는가."

오민균은 목소리를 낮추어서 또박또박 말했다.

"말씀드리지 못한 것을 이해해 주십시오. 아시게 되면 더 혼란스러워질 수 있습니다. 어떤 선입견을 가지시면 어르신께서도 고민하시게 됩니다."

"누구를 위한 일인가."

"모두를 위한 일입니다."

"그러나 나는 알지 못하네."

현문선 사장과 오민균 간에 긴장감이 감돌았다. 그는 오민균이 구체적 계획을 말하기 전까진 대답하지 않겠다는 태도로 무겁게 자리에 앉아있었다. 도리없이 오민균이 입을 열었다.

　"미 군정이 우호적일 때 사태를 종식시켜야 합니다. 저희 군은 엄정중립인데, 그런 우리 군을 못마땅하게 여기는 세력이 있습니다. 상세히 말씀드리지 못한 점 이해해 주십시오."

　"토끼몰이로 무장자위대 몰아붙여서 토벌하고, 그 공명심으로 입신 출세하려고 하는 자들… 군이 회담을 성사시키더라도 그 세력들이 틀어버릴 텐데… 군을 장난질하는 무리들로 몰아붙이면 군이 더욱 설 자리가 없을 텐데…."

　그는 사태를 꿰뚫고 있었다.

　"그걸 알고 저희도 속전속결로 성사시키려고 합니다."

　"그것이 덫에 걸릴 수 있네. 나이브한 생각일 수 있어. 힘 있는 자들은 어떤 미션을 걸어도 성공하는 거야. 힘이 약한 자는 어떤 정당한 행동을 해도 상대의 의도대로 가고 마네. 그러니 강자는 언제나 이기고, 약자는 밟히지. 정의와는 상관이 없어. 그게 현실이야."

　"그래도 나서야 합니다. 이건 미 군정과 협의가 이루어진 것입니다."

　그가 자리에서 일어나 오민균에게 다가오더니 그의 손을 굳게 잡았다.

　"이젠 다 듣지 않아도 됐네. 자네 같은 사람이 조국의 군인이라는 것이 자랑스럽네. 지금 도민들이 외롭네. 사실 나는 내 아들의 행방을 모르네. 알려고 하지도 않았네. 알면 피차 어려워지니까. 대신 자네가 찾아주면 얼마나 좋겠나."

　그의 눈에 눈물이 글썽였다.

"어르신, 최선을 다하겠습니다."

"저녁 먹고 가게."

오민균의 가슴으로 뜨거운 것이 차오르고 있었다. 모처럼 먹어보는 집 밥. 그를 식구로 받아들이겠다는 뜻이란 것을 그는 알았다. 하지만 지금 그럴 시간이 없었다.

"고맙습니다만, 갈 곳이 있습니다."

"어디 가려고?"

"청년단입니다."

"청년단은 왜?"

"그것까지 말씀드려야 합니까?"

"그래 신중해서 좋네. 나에게 비밀을 말해주는 것도 사내답지 못하지. 더 이상 묻지 않겠네. 다만 성공해야 하네."

"유월 이내 타결해야 합니다. 녹음이 우거지면 상호 시간이 없습니다."

"게릴라전으로 들어가면 더 힘들어진다? 녹음이 우거지기 전인 유월 이내에? 과연 시간이 없군. 어서 가보게. 일하다 보면 용처가 있을 거야. 용돈 좀 줄까."

그가 서랍을 열어 봉투를 꺼냈다. 오민균은 거절했다.

"그걸 쓰고 다니면 더 오해를 받습니다."

현 사장이 말없이 고개를 끄덕였다. 그는 따뜻한 시선으로 오민균을 바라보았다. 신뢰가 가는 장교라고 믿었다.

"읍내를 관할한 사 단장이란 자가 다녀갔네. 아들도 그렇지만 며느리가 불안하이. 내가 그를 불렀지만 그 역시 섭외부장이라는 자가 행방불명이 됐다면서 나를 염탐하러 왔네. 그자들이 아들 잡을 속셈으로 계속 뒤를 캐고 있었던 모양이야. 우리 애 현상금이 김달삼, 조몽구 급이래나 어쩐다나…. 아들이 섭외부장을 처치했을 거라고 보네."

그의 얼굴에 깊은 슬픔이 어렸다.

"그자들이 먹고 살겠다고 해서 모금도 해주고, 사재도 털어주었는데 한 녀석이 다녀가면 다른 자가 와서 협박을 하는 걸세. 당연히 받아가야 할 것처럼 권리가 되어버렸네. 밀무역을 한다고 협박해서, 그런 말 들으니 더 이상 지원해줄 수가 없었네. 그런 오해를 받고 지원해주면 부당한 행위를 인정하고, 보아달라고 하는 셈이니까. 그랬더니 배를 가져갔네. 그걸 아들이 용납할 수 없었네. 그런 과정에 가르치는 학생이 삐라를 뿌리다 경찰서에 잡혀서 죽어 나왔네. 온 몸이 피멍투성이가 되고 머리가 깨지고, 다리가 부러진 몸을 받아오니 현호진 선생이 가만 있을 수 없었다네."

그는 아들을 현호진 선생이라고 불렀다. 아들을 깊은 신뢰와 함께 자부심으로 받아들인다는 뜻으로 그는 받아들였다.

해방이 되자 제주 선주들이 재일 귀환동포의 인력수송과 재산 운송으로 호황을 누렸다. 귀국선 우키시마 호가 의문의 폭발사고로 수장된 이후 귀환자들은 경험많은 제주 선박들을 주로 이용했다. 이때 갑자기 들어온 서북청년단이 제주의 선박들을 단속하기 시작했다. 사들여오는 물품을 압수하고, 항의하는 선주를 경찰서로 끌고가 구타했다. 각 항구는 자유항 비슷하게 선박들이 자유롭게 운항하면서 상품들을 거래했는데, 이것들을 세관 아닌 경찰과 서북청년단이 압수하고는 그들이 밀매하여 돈을 버는 것이다. 일종의 약탈행위였다.

거래선이 부산·여수·목포 항으로 변경되고, 제주도에서는 무역이 지하로 잠복하기 시작했다. 경찰은 청년단을 앞세워 읍내는 물론 산간마을까지 단속에 나섰는데, 어느 시점부터 그것이 일상 업무가 되었다. 압수의 강도는 날로 더했고, 집에서 사용하는 쓸만한 그 릇 따위도 밀수품이라고 매겨 압수하거나 벌금을 부과했다. 주민들 은 일제 치하보다 더한 식민지생활을 살고 있다고 울분을 토로했다.

〈김익렬의 '실록유고'중 일부 발췌〉

"오 소령의 어깨가 무겁겠군."

대문을 나온 오민균을 향해 현문선 사장이 나직히 뇌었다.

매국(賣國) 단선단정(單選單政)을 결사 반대!

제주도 미 군정관 사무실에 미군측 주요 간부들과 한국측 간부들 이 모였다. 회의는 미24군단 작전참모인 슈미트 중령이 주재했다. 참석자는 맨스필드 제주군정장관과 군사고문관 부케넌 중령, 제주 도 파견 병력을 책임지고 있는 제라미 소령, 제주 CIC책임자 카터 소령이었다. 한국측에서는 새로 부임한 문치성 지사, 이윤배 경찰서 장, 사진봉 서청 단장이었다. 슈미트 중령은 주한미군사령관의 지시 사항을 직접 보고했다.

"모든 종류의 시민 무질서는 종식되어야 한다는 것이 사령관의 뜻 이오. 게릴라 활동을 약화시키기 위해 국방경비대와 경찰 사이에 확 실한 협력이 이뤄지도록 해야 합니다. 경찰과 청년단의 활동은 고무 적인데, 군은 별개로 움직이니 유감입니다. 분발이 요구됩니다. 미 군은 여기에 개입하지 않을 것입니다."

시민 무질서는 종식되어야 한다는 것과 게릴라 활동을 신속히 약 화시켜야 한다는 것은 토벌해야 한다는 다른 표현이었다. 슈미트 중 령이 제주 CIC책임자 카터 소령을 향해 물었다.

"그동안의 정보 보고가 신뢰할만 하오?"

카터 소령이 각반에 철해진 서류를 펴 살피더니 설명했다.

"제주 동남방 산간마을에 경찰 병력과 청년단을 투입했습니다. 바다로 향한 모든 출구와 도로를 봉쇄하고 마을로 통하는 출구도 봉쇄하고 가옥을 수색하여 숨겨진 무기, 전선 절단기 등을 찾아내고, 또 용의자, 단체조직가, 공산주의자를 색출했습니다. 이중 특이한 사항은 마을에 젊은이는 없으며, 밖에서도 눈에 띄지 않는다는 사실입니다. 첩보원이 마을 여인들에게 젊은이들이 어디 있는지 물었을 때, 그들은 세 종류의 대답을 했습니다. 첫째 나의 남편은 죽었다, 둘째 나의 남편은 본토에 있다, 셋째 나의 남편은 일본으로 갔다… 남편이 없다고 대답한 사람은 거의 없었으며, 이러한 진술은 대개 거짓이었습니다. 모두 산으로 간 것입니다. 강압적으로 질문을 하면 한결같이 모른다고 답변을 바꿨습니다."

"일반적인 현상이오?"

"그렇습니다. 이들은 산으로 숨어들어간 자들과 연계된 것을 확인할 수 있습니다. 그들은 대부분 혈연으로 맺어져 있습니다. 입산한 자들과의 관계가 불가피한 것이며, 그들은 반도(叛徒)의 산간마을을 소각한다는 계획이 알려지면서 자발적으로 입산해 반도들과 합세했습니다. 보복전이 나오는 이유입니다."

"반도와 산간 주민간의 연합이라… 교전하게 되면 어떻게 됩니까."

"그들은 수백 명이며, 재래식 무기로 무장하고 있습니다. 화력은 신통치 않습니다. 신속히 토벌하지 않으면 섬 전체가 적색지대가 되고 말 것입니다."

이윤배 경찰서장이 끼어들었다.

"지금 정보관이 말한 것과 같이 현재 제주엔 반도와 주민의 구분이 없습니다. 양민이 언제든지 반도로 돌변할 수 있는 것이 제주도의 특수한 사정입니다. 제주 사투리에 '괸당'이라는 말이 있습니다. 한 다리, 두 다리 건너면 모두 친인척이란 뜻입니다. 그래서 폭도를 잡기가 힘듭니다. 서로 끈끈하게 연결되어 있으니까요. 그런 중에도 나는 내가 잡고자 하는 자들을 끝내 잡아냈습니다."

그러더니 자기 경험담을 소개했다. 그는 무장대 활동 근거지에 순경 여러 명과 함께 잠복했다. 제주도는 봄철 주로 초가지붕을 이어 올린다. 육지는 볏짚으로 지붕을 잇지만 제주도는 새(띠)를 사용한다. 새는 한라산 기슭 초원지대와 습지대에서 자생하는 억새의 일종이다. 이것을 베어와 마당에 말려서 쌓아두고 봄철 지붕을 엮어 올린다. 이 새 더미가 바로 쫓기는 자의 은신처다. 산사나이들은 밤이면 산에서 내려와 집에 머물고 새벽이면 올라간다. 집에 오더라도 새 더미 속에서 지낸다. 새 더미는 건조하고 따뜻하고 포근하다. 습기찬 동굴과는 완연히 다르다. 그래서 모처럼 단잠을 잘 수가 있다.

"새 더미에서 자다가 위기가 오면 이자들은 밑에 판 구덩이 속으로 들어갑니다. 구덩이를 파놓고 판자를 올린 다음 새 더미를 쌓아두지요. 새 더미 밑 구덩이에서 굼벵이처럼 웅크리고 지낼 수 있소이다. 우리가 아무리 새 더미를 죽창으로 찔러봤자 잡을 수 없는 건 바로 이 때문이오. 그러면 어떻게 잡느냐."

그가 참석자를 휘 둘러본 다음 자랑스럽게 말을 이었다.

"새 더미에 불을 놓으면 해결되지요, 하하하. 새는 불이 잘 붙고, 화력이 대단해서 더미 속에 있는 놈은 물론이고, 더미 밑 구덩이 속에 갇힌 놈들도 불에 타죽거나 훈제가 되지. 새 더미를 옮긴 곳은 반드시 폭도가 잠입해 들어가 있다는 것이라는 사실을 명심하시오."

슈미트가 경찰서장을 바라보더니 이상한 표정을 지었다. 그의 용맹성은 인정하지만 주민을 바라보는 시선이 꼭 저래야 하는가 하는 복잡한 표정이었다.

"무장 반도, 즉 인민해방군이 주장하는 타도 목표는 경찰과 청년 단이고, 국방경비대는 아니다? 그자들은 이간질을 하고 있소. 군인들에게는 대단히 우호적입니다. 말하자면 분리 작전이오."

"9연대장과 무장 반도 책임자가 같은 일본군 학병 출신이라는 것 아십니까? 그래서 서로 싸울 의사가 없다는 묵계가 되어있는 것 같소. 군인들은 반도와 조우해도 접전을 회피합니다. 토벌을 계획해도 미리 기밀이 누설돼 허탕을 칩니다. 국방경비대 놈들이 방해하고 있습니다. 수사가 필요합니다."

"연대장과 무장 반도 대장이 같은 일본군 학병 출신이라고?"

슈미트 중령이 묻다가 수긍이 간다는 듯 스스로 고개를 끄덕였다. 맨스필드가 말했다.

"그러면 대화가 가능할 테니 그들을 협상 테이블로 끌어들이는 방법을 고려해봅시다."

"안 됩니다."

이윤배 서장이 단칼에 잘랐다. 경무부 방침은 그와는 정반대인 것이다.

"왜 그러시오?"

맨스필드가 물었다.

"그자들로 인해 엄청난 경찰 병력의 손실이 있었습니다. 열두 개 지서가 습격을 당했습니다. 경찰 가족이 죽었습니다. 4·3을 기억하지 못합니까. 공권력을 조롱하고 단독 선거를 반대하고, 이건 엄연히 국가에 대한 모반입니다. 제주도지구 남로당 총 책임자 김달삼, 이덕구, 김민성, 김성규, 김용관 등은 소위 제주인민해방군이라는 군사 조직을 편성해서 5·10선거를 보이콧하고, 주민을 선동해 경찰서를 습격했습니다. 이자들은 가난하고 무지한 마을 청년들을 선동해 무장대를 결성했는데, 각 읍면에 반도(叛徒) 중대를 편성하고 일본군이 매몰한 무기와 탄약을 찾아내 무장했습니다. 제주도 12개 읍면 모두 12개 중대를 편성하고 있소이다. 그 규모는 9연대 병력과 화력을 능가합니다. 그 세력은 적게는 사백 명, 많게는 천수 백 명을 헤아립니다. 지휘는 일본군 출신과 중국 팔로군 출신들이 맡고 있습니다. 이러니 경찰 병력으로 당해낼 수 있겠습니까? 이런 상황인데도 9연대 놈들은 방관하고 있소이다. 반란군 놈들과 하등 다를 바 없습니다."

"그 숫자가 어디에 근거하는 거요?"

"폭도대 숫자는 더 많을 수 있습니다. 제주도민 전체가 가담하고 있다고 보니까요. 나는 오직 그들에 대한 복수의 일념으로 회의에 참석했습니다."

"복수하기 위해서 싸우는 거요?"

"물론 나라를 위해서입니다."

"왜 주민들이 폭도 편에 서게 됐소? 그 반대도 마찬가지고…."

한동안 침묵이 흘렀다. 문 지사가 나섰다.

"개과천선시켜야 합니다."

"아닙니다. 해결방식이 틀렸습니다. 관용을 베풀면 기어오릅니다. 그들이 옳다고 더 당당할 것입니다. 불씨를 안고 갈 뿐이오. 지금 폭도들은 엄청난 화력으로 무장하고 있습니다. 세가 불기 전에 쓸어야 합니다."

"그들이 엄청난 무기를 소지하고 있다는 근거는 무엇이오?"

카터 소령이 물었다.

"대정 앞 바다에는 일본군이 버리고 간 총알과 포탄이 몇백 톤 버려져 있습니다. 전쟁 말기 일본군 제58군의 군단병력이 버리고 간 무기들입니다."

그것은 일본군을 무장해제시킨 뒤 미군이 버린 것들이었다. 미군이 무기를 해체하고 폭파했지만 수습하지 못한 무기도 꽤 되었다. 일본군 제58군은 한라산을 복곽 진지로 구축해 요새화했다. 1945년 초 제주에는 일본군 포병연대, 박격포대대, 공병대대, 로케트대대, 보병사단, 병참지원부대, 군병원, 공군기지, 해군기지 등 육해공군이 총망라돼 배치되어 있었다. 6만의 군단 병력은 한라산과 해안지대에 주요 땅굴을 파 방어진지를 구축했다. 그중에는 천연 땅굴도 있었지만 대부분 노무자를 징발해 파들어갔다. 일본군은 미군이 일본 본토를 점령할 것에 대비해, 최후의 일전을 벌일 병력을 제주에 집결시켜놓고 있었다.

일본 패망 후 제주에 상륙한 미군은 미처 버리지 못하고 방치한 일본군 무기와 폭탄을 바다에 수장시키고, 비행기·탱크 등을 폭파하는 등 무기들을 해체했다. 그 시설과 총기와 폭탄의 상당량이 방치되었는데, 그중 일부가 무장폭도에게 넘어갔다는 것이다.

어느 날 '복시환' 모리배 사건이 터졌다. 일본에서 화물을 싣고 서귀포항으로 귀항하던 30톤 규모의 복시환이 밀수선으로 나포되었다. 배에는 서귀포 출신 재일동포 단체인 건친회가 고향에 보내는 전기 가설 자재, 학생들에게 나눠줄 학용품과 책들이 실려 있었다. 이 화물에 서북청년단, 경찰, 군정 관리까지 개입해 압수하면서 파문을 몰고 왔다. 도민들이 비난하자 경찰은 주민들을 체포했다. 이런 그들을 보고 청년들이 일제히 일본군이 버리고 간 화기로 무장을 해버렸다. 부케넌 고문관이 물었다.

"인텔리겐자들이 무장폭도 리더가 된 것은 어떤 연유입니까."

경찰서장이 대답했다.

"그자들은 인텔리가 아니라 빨갱이들이오. 주민을 선동하는 폭력 집단이오. 이걸 보시오. 미군을 '미제 식인종'이라 부르고, 우리 경찰을 그들의 '개'라고 부르고 있습니다."

경찰서장이 서류 봉투에서 구겨진 인쇄물을 꺼내 내밀었다.

동포들이여! 경애하는 부모 형제들이여!

4·3 오늘은 당신님의 아들 딸 동생이 무기를 들고 일어섰습니다.

매국 단선 단정을 결사적으로 반대하고 조국의 통일독립과 완전한 민족해방을 위하여!

당신들의 고난과 불행을 강요하는 미제 식인종과 주구들의 학살 만행을 제거하기 위하여!

오늘 당신님들의 뼈에 사무친 원한을 풀기 위하여!

우리들은 무기를 들고 궐기하였습니다.

당신님들은 종국의 승리를 위하여 싸우는 우리들을 보위하고,

우리와 함께 조국과 인민의 부르는 길에 궐기하여야 하겠습니다.

이 내용을 통역관이 꼼꼼하게 통역하자 맨스필드 군정장관이 물었다.

"이건 그들의 상투적인 레토릭이오. 나는 이미 알고 있었소."

"중국에서 활동하던 공산 무장대들도 참여하고 있소이다. 팔로군, 조선의용군이오."

"그들은 항일무장대 아니오? 일본군에 대항했던 우군이 아닌가."

"당신들이 경계하는 빨갱이입니다."

맨스필드가 고개를 갸우뚱했다. 정리가 안 된다는 표정이었다. 그는 이 좁은 섬에 공산정권을 세운다는 것이 믿어지지 않았다. 설사 혁명조건이 무르익었다고 해도 정부군과 세계 최강군인 미 주둔군과 맞서 싸워 이긴다고? 무모하거나 어리석거나, 죽기를 자청했거나 셋 중 하나다. 같은 동포가 더 살육을 부른다. 죽여야만 한다고 더 적대적이고 증오하고 저주한다. 무슨 이익 때문인가. 맨스필드가 고개를 살래살래 저으며 다시 물었다.

"그들은 북한 공산정권을 지지하는가?"

"당연히 그렇지요."

"그런 정황은 없소."

맨스필드 군정관이 경찰서장의 의견을 반박했다. 경찰서장이 지지 않고 대들었다.

"그자들의 접선을 우리가 모르고 있을 뿐이오이다. 간단한 문제가 아니올시다."

"복잡하다는 견해엔 동의하오. 하지만 좀 더 신중해야 할 일이오."

"맨스필드 군정장관의 뜻을 헤아리겠습니다."

문치성 지사가 받았다. 사진봉은 조용히 앉아서 회의를 지켜보기만 했다. 시키는 일이라면 몰라도 저간의 사정은 알 바가 아니었다. 타격목표가 설정되고, 미행 감시 대상이 결정되면 행동으로 옮기면 되는 것이다.

"무장 폭도들이 북한과 연결돼 있다는 인과 관계는 없습니다. 궁지에 몰리면 그런 선택지를 선택할 수 있겠지요. 지금 이 시점에선 북한도 외부에 에너지를 쏟을 만큼 내부 정비가 돼있지 않습니다. 제주도까지 직접 관여할 힘이 없을 것이라는 것입니다. 미 군정의 정책 미흡과 경찰의 과격성, 식량난에 대한 해결책 미흡, 그러면서 주민에 대한 박해 등이 겹쳐서 자생적으로 저항세력이 나타난 것이지, 이들이 북과 연결된 공산당이라고 볼 수 없습니다. 주민들을 의식화하고 조직화한 자들이 유학생 출신들인 것은 부인할 수 없지만, 국가 전복을 꿈꾸거나 북과 연계해 공산혁명을 꿈꾸는 자들이라고 볼 수 없습니다. 굳이 말한다면 이상주의를 꿈꾸는 리버럴리스트이자 민족주의자들입니다. 상황이 악화되면 어떤 누구와도 손을 잡을 수 있겠지요. 궁지로 몰리면 지푸라기라도 잡는 심정이니까요. 그러니 앞으로가 문제입니다. 그들이 외부에 손을 뻗치기 전에 사태를 진정시켜야 합니다. 강경 진압은 증오와 복수심만 불태울 뿐, 해결책이 되지 못합니다. 대화로 진정시킬 수 있소."

문지성이 역설하자 맨스필드가 고개를 끄덕였으나 경찰서장이 화를 내 소리쳤다.

"경찰을 모략하는 겁니까? 그들은 분명 공산당과 손잡고 있소. 육지 본토 빨갱이들과 손잡고 있소!"

CIC 카터 소령이 나섰다.

"조사한 바에 따르면, 이자들이 본토의 반란 세력과 접선한 증거는 없습니다."

카터는 제주의 반란이 독특하다고 보고 있었다. 타 지역 반도와 연계되지 않고 단독으로 일어난 사건이라는 것이 독특했다. 그 자체가 폭약을 안고 진지에 뛰어드는 자폭집단이나 다름없는 것 아닌가. 독 안에 든 쥐처럼 섬 안에 갇혀 자멸할 것이 빤한데 그들은 왜 굳세게 반항하는가. 백전백패가 분명한데 왜 항전하는가.

"그들의 저항의 강도를 모르고 하는 한가한 소리 듣자고 내가 여기 온 사람이 아니오!"

경찰서장이 자리를 박차고 일어났다. 제주 지사가 그를 향해 말했다.

"궁지에 몰리면 쥐도 늑대에게 대듭니다. 극도로 몰리니 도민을 인질삼아 저항하는 것이오. 문제가 어디 있건 지금은 그들이 살려고 협상을 기대하고 있소."

"살려고 협상을 바라는 자들에게 관용을 베풀 여유가 없습니다. 틈을 보여선 안 됩니다. 벌써 협상의 틈새로 그자들이 이간질하고 있습니다. 협상파가 문제올시다."

맨스필드는 쉽게 결론을 내리기 어렵다고 보고 회의를 마무리삼아 단정적으로 말했다.

"대화에 응하지 않으면 가차 없이 격멸할 것이오."

경찰서장이 무슨 뜻인지 알고 소파 옆 옷걸이에서 제모를 집어 머리에 푹 눌러쓰고는 팔을 거칠게 내저으며 밖으로 나갔다. 사진봉도 뒤따랐다. 밖으로 나오자 햇빛이 눈부시게 쏟아지고 있었다. 삼거리 쪽으로 나오니 거리의 담벼락에 벽보가 어지럽게 나붙어있었다. 벽보에는 '국방경비대는 도민의 동무' '친일경찰 몰아내고 민족군대 지켜내자' 따위의 문구가 적혀있었다.

"개자식들!"

경찰서장이 뒤따르는 사진봉을 향해 물었다.

"누구 짓 같은가?"

"폭도들이지요. 국방경비대가 경찰에 가세하는 것을 막겠다는 심리 전술입니다."

"미 군정이 폭도들과 협상하려고 한다. 사 단장, 구좌면, 남원면, 서귀면, 조천면, 애월면 쪽으로 모두 나가라. 사건을 만들 필요가 있다. 마구 부숴버려야 협상이고 나발이고 뒷말이 안 나온다. 내 말 뜻 알아듣겠나? 이건 중앙의 지시다. 알았나?"

"알겠습니다."

제주사태는 각자 보는 관점과 겪은 경험에 따라 각기 해석이 달랐다. 그러니 해결 방법 또한 가지가지였다.

제24장
"에미나이 꿰찰 재주가 있나?"

사무실 분위기는 무겁게 가라앉아 있었다. 구대구 부단장, 하대칠 조직부장 등 간부들 대여섯 명이 의자에 둘러앉아 있었지만, 누구도 먼저 입을 열려고 하지 않았다. 한동안 침묵이 흐르는데, 사진봉 단장이 책상을 꽝 치며 소리쳤다.

"아직도 동선을 캐지 못했다는 게 말이 되니? 어떻게 생겨먹은 조직이길래 이 모냥이야?"

그는 행방불명된 정용팔을 찾고 있었다. 사진봉이 하대칠을 쏘아보며 다그쳤다.

"조직부장, 대원들 제대로 관리되고 있나?"

하대칠이 멀뚱히 허공을 바라보고만 있다.

"말해보라우. 개인행동 하지 말구, 반드시 복수로 움직이라고 하지 않았네? 오늘부터 조천 구좌 남원 서귀 성산포 쪽을 뒤지라우. 섭외부장을 꼭 찾아내구, 삐딱한 놈들 골라내 조지라우!"

제주도 동북부 지역을 치는 명분은 이렇게 세워졌다. 그 지역이 유독 폭도들의 준동이 심했다. 청년단은 경찰의 친위대. 도정(道

政) 간부회의를 마친 뒤 이윤배 경찰서장으로부터 지시받은 것을 행동에 옮기는 것이다.

"휴전이 되면 죽도 밥도 안 된다. 너희들 밥줄이 어떻게 되는 줄 아나? 무슨 말인지 알갔나?"

경찰서장은 이렇게 그를 닦아세웠다. 청년단의 실적 부족도 지적했다.

"요즘 기강이 해이해졌단 말이다. 신고되는 민폐를 묵인해주며 뒤를 보아주었더니 벌써 배가 불렀어? 마음이 콩밭에 가 있는 거야?"

지적을 받았으니 그는 돌아와 청년단 회의를 소집해 간부들을 다그치기 시작했다. 쇠뿔은 단 김에 뽑아야 하고, 조직은 조져야 기강이 선다.

"정 부장 행방을 꼭 찾으라우! 마을마다 뒤져서 밀어붙이라우."

사진봉은 문제를 부각시켰다. 그러나 문제가 되니까 문제가 될 뿐, 조직은 진작부터 균열이 나타나기 시작했다. 개인플레이가 일상생활되었다. 무엇이든 먹고 튀는 놈이 임자였다. 그것을 지금에 와서 문제를 삼으니 조직부장으로서도 답답한 일이었다. 4·3 이후 응원경찰대와 서청이 증파되고, 그 숫자가 좁은 땅덩어리에 까맣게 깔렸다. 이제는 계보도 따질 수 없고, 각 면 소재지에 누가 왔는지조차 잘 모른다. 그런 중에 누구나 한 몫 잡아 될 생각만 했다. 조직의 덩치가 크다고 해서 자랑할 것이 못 된다는 것을 그는 그간의 경험을 통해 알고 있었다. 감당할 만큼만 세를 만드는 것이 조직 관리의 기본인 것이다.

"하 부장, 일어서!"

하대칠이 자리에서 일어났다.

"뭐이 할 말 없어?"

"고 자, 에미나이하구 튄 것 같습네다. 고넘 머리에 뽀마드 바르구, 양복두 맞춰 입구 나댕겼댔는데, 일을 낸 것 같습네다."

"어떤 에미나이? 하두 숫자가 많아서리."

"괜찮은 에미나이가 하나 머리에 스치는 게 있습네다."

"괜찮은 에미나이? 고런 양아치 새끼가 괜찮은 에미나이 꿰찰 재주가 있네? 염소 새끼가 무늬쳐서 호랑이 행세한다는 말은 들었다만서두…."

"굼벵이도 뒹구는 재주가 있으니까요. 현호진이 여편네하구 튄 거 같습네다."

하대칠이 미심쩍은 눈을 연방 굴렸다.

"현호진이 여편네?"

"네. 고 여편네도, 고 집 애들도 모두 사라졌습네다."

"에미나이가 사라졌으면 애들 없어지는 건 당연한 거 아니가?"

말도 안 되는 것을 말이라고 씨부린다는 투로 사진봉이 퉁을 주었다.

"현호진 집에 가봤더니 모두 사라졌습네다. 아새끼들이 있대시면 꼬랑지가 잡힐 거우다만…."

"고 집 에미나이가 깡패 새끼하구 배맞아 도망갈 만큼 정숙치 못하진 않다. 뭔가 간계가 있다."

구대구 부단장이 나섰다.

"단장님, 제주 여자들 연애질 잘하는 거 모르십네까. 어지럽게 자유분방합네다."

"부단장이란 자가 그렇게 사물을 보지 못하네? 이 수많은 수컷들이 모두 발정 나서 돌아댕기는데 온전한 여자가 남아나갔네? 순진한 여자 잡아 조지구서 정조가 어떻구, 정숙이 어떻구 까발리네? 부녀자가 억울해서 목매 자살한 것도 못 보았네? 앞으로 고따우 불미스러운 일 저지르면 절대 용납 못한다. 알갔어?"

사진봉은 오신애를 생각하고 있었다. 오신애가 싫어하면 그도 싫다. 그녀는 여자들이 욕을 당했다는 소문을 들으면 진절머리를 쳤다. 그것은 사람의 할 짓이 아니라고 하자, 어느새 그도 그렇게 생각했다. 구석 쪽에서 누군가 혼잣소리로 투덜댔다.

"언제부터 체니들 수호대장으로 나섰나? 지 혼자 오만상 찌푸리구 고상한 척해. 지는 안 따먹었나?"

사진봉에게는 그 말이 들리지 않았다.

"정용팔을 꼭 찾으라우. 고거이 토벌의 명분도 된다. 알갔나?"

하대칠이 새삼 생각난다는 듯이 말했다.

"고 자가 요사이 구름 속에서 노는 듯 떠 있었는데, 아마도 돈을 챙겨서 날른 것 같습네다. 밀선을 타구 육지로 내뺐을지도 모릅네다."

"왜 고렇게 짐작하네. 물좋은 곳을 버리고 갈 놈 같애?"

사진봉의 뇌리에도 번쩍 스치는 것이 있었다. 되짚어보니 그랬을 가능성이 있다. 정용팔은 오룡환 입항 때 현장반으로 투입되었다. 오룡환은 일본에서 백미와 콩을 가지고 들어오다 적발되었다. 또 다른 밀선 진미호는 트랜지스터 라디오, 가죽벨트, 미백크림, 신발, 구구식 총기류를 가지고 들어오다 적발되자 여수로 튀었다. 일본은 무장 해제되었기 때문에 버려진 총포류는 수집상에게서 얼마든지 구입할 수 있었다. 총포류는 무장대에 흘러들어간다는 소문이 있었다. 그것으로 단속의 명분은 충분했다. 밀대를 통해 첩보를 입수하고, 사진봉은 정용팔을 현장에 밀파했다. '쇼부'를 친 그것을 수금하기 위해 보헤미안에서 접선하기로 했는데, 다른 일이 터지고 말았다.

오신애마저 자기 마을 부녀자가 겁탈을 당했다며 방방 뜨는 통에 기분 잡쳐서 당분간 보헤미안 출입을 끊었다.

"고 자가 돈 개지구 튄 거이 분명합네다."

눈치를 채고 부단장이 말했지만 사진봉은 대답하지 않았다. 수긍해봐야 그만 입장이 난처해지는 것이다.

"수금하러 나가야 하지 않가습네까?"

사진봉은 경찰서장의 명령대로 대원들을 각 마을로 쏟아넣는 일과, 이권을 챙기는 일 두 가지 중 하나를 선택하는 일로 갈등이 생겼다.

"그건 내가 알아서 하갔다. 대신 마을로 들어가라우. 오늘 회의는 여기서 종친다. 마을을 휩쓰는 건 보고 안 해도 되지만, 정용팔 건에 관해선 반드시 보고하라우. 강경진압 여부도 현장상황에 맞게 눈치껏 하라우."

그 말이 떨어지자마자 간부들이 우루루 밖으로 쏟아져나갔다. 거리로 나오면서 누군가가 투덜거렸다. 씨발, 강경대응 하라고 지시했다가, 강경 진압한다구 지랄했다가, 또 지금 뭐네? 무슨 짓인지 통 모르갔다.

한참 생각에 잠겨있던 사진봉이 읍내 전화 교환수를 불러 보헤미안을 연결하도록 부탁했다. 곧바로 전화가 연결되었다.

"당신 안 올 거예요?"

오신애가 먼저 목소리를 알아보고 물었다.

"알아서. 김철배 사장, 다섯 시쯤 보잔다구 해."

김철배는 오룡환의 선장이었다.

"배재정 사장은요?"

그녀가 미리 알고 진미호 선주까지 들이댔다. 그녀는 벌써 그의 비서 이상이었다. 그러나 진미호는 벌써 끝난 일이다.

"김철배만 불러."

"알았어요. 빨랑 오셔요. 얼굴 잊어버리겠어요."

보헤미안은 봄날 하오의 적요가 늘어지듯 잠겨 있었다. 창문으로 들어온 햇살에 실내 먼지의 입자들이 무수히 떠 있었다. 창가 의자에 깊숙이 몸을 묻은 김철배 사장은 슬며시 화가 치밀었다. 매번 이게 뭔가. 삥 뜯기는 것이 순서처럼 되었다. 다만 저지른 일이 있었기 때문에 목을 한껏 움츠렸다. 백미 일이백 가마니는 큰 돈이었다. 정부의 식량정책이 실패한지라 전국적으로 쌀이 절대 부족했고, 쌀값은 부르는 게 값이었다. 쌀이 몇 달 전부터 동이 나서 서울, 부산, 대구, 인천에서 시민을 중심으로 연이어 폭동이 터졌다. 다른 지역에서도 언제 터질지 모르는 상황이었다. 이런 때 백미는 큰 사업이었다.

그가 대마도를 거쳐 성산포로 들어왔을 때 불쑥 나타난 군용선이 항로를 막았다. 군용선은 경찰의 순시선으로 활용되고 있었는데, 정용팔도 검속반의 일원이었다. 그의 배는 순시선에 예인돼 예정된 성산항이 아닌 허름한 어촌으로 끌려가 정박했다. 사진봉이 해변에서 기다리고 있다가 배에 뛰어들었다. 그는 길게 얘기하지 않았다.

"이 밀선의 반을 넘기라우."

"오십 가마니를 드리겠소."

물론 그 값은 현물 대신 읍내에서 현금으로 받으면 되었다.

"좋소. 콩도 좀 내놓으라우."

밑천 한푼 안 들이고 완력 하나로 가만히 앉아서 먹는 것이었으니 누가 봐도 대동강물을 팔아먹는 봉이 김선달이었다. 약탈도 그런 약탈이 없었다. 그런데 이미 청산해 주었는데 오늘 또 만나자고 한다. 냄새를 맡고 더 받아내려고 협박할 모양이다. 사실 김철배는 별도로 귀금속을 들여왔던 것이다. 그것까지 냄새를 맡았나? 험한 파도 헤치고 목숨 걸고 일을 벌이는데, 저자들은 가만히 앉아서 배를 불린다. 밀무역이긴 하지만 식량이 부족한 나라에 들여오는 건 민생고 해결의 수단 아닌가. 나라가 제대로 서지 않아서 세관이 정상적으로 작동되는 것도 아니고, 그래서 굳이 법 위반이랄 것도 없었다. 다들 알아서 하는 일들이었다. 폭리를 취하자는 것도 아니고, 운임과 노임 정도를 조금 더 얹어 챙기는 것뿐이다. 그렇게 해도 이익이었으니 해볼만한 사업이었다. 그런데 또 뜯으려고 부른다? 김철배 사장은 휴— 한숨을 내쉬며 다방 안을 둘러보았다. 손님들이 조금씩 들어찼고, 실내는 담배연기로 자욱했다. 사진봉이 보헤미안으로 들어섰다.

"왜 차일피일 하십니까."

자리에 앉자 그가 따졌다. 그는 복잡하지 않고 사설이 길지 않았다. 김철배가 놀란 듯이 눈을 똥그랗게 떴다.

"저번 내가 일이 바빠서 나중 연락하겠다고 했는데, 그렇다고 약조를 잊은 건 아니겠지요?"

"무슨 말씀을… 제가 어긴 일이라도 있나요?"

"약조한 것 말이우다."

"이미 지급했잖습니까. 정용팔 부장이 수금해 갔습니다."

불길한 것은 대개는 적중한다. 대신 행운은 빗나가기 십상이다. 이것이 인간사다. 그 자가 결국 장난을 쳤구나. 먼저 가로챈 자가 임자란 말이 틀린 말이 아니었다. 기강이고 뭐고 질서라는 것이 없어졌다. 하긴 모두가 이권 때문에 모여든 집단 아닌가. 사진봉이 체면이 구겨진 인상을 하는데, 그것이 불안했던지 김철배가 조심스럽게 물었다.

"사 단장님이 그 사람 심부름 보내지 않았나요?"

사진봉은 침묵을 지켰다.

"단장님이 보헤미안에 나오시지 않고, 연락도 없었는데, 바빠서 섭외부장을 보낸 줄 알았지요. 청년단 행사 비용과 단원 활동비가 급하다고 했습니다. 현찰이 부족해서 일수 돈을 내서까지 만들어주었습니다. 무슨 문제가 생겼습니까.

이미 끝난 일, 시시콜콜 얘기해 본대야 조직의 약점만 노출된다. 자신의 권위도 먹칠해 버린다.

"됐습니다. 경찰 손이 뻗치진 않았지요?"

"왜요? 죽을 지경입니다."

사진봉이 그럴 것이라고 혼자 고개를 끄덕였다.

"사 단장님이 좀 해결해 주셔야겠습니다. 사 단장님은 그래도 이치에 닿는 분 아닙니까. 우리 세계에선 아싸리하다고 인기가 있습니다. 경찰 문제도 사 단장님 선에서 커버해주면 더 개비해드리겠습니다. 이쪽 저쪽에서 죽을 지경입니다."

사진봉은 다른 생각을 했다. 그의 뇌리에 정용팔이 내내 지워지지 않았다. 잡히면 죽여버릴 거다.

그들은 헤어졌다. 밖으로 나왔지만 사진봉은 한동안 보헤미안 앞에서 서성거렸다.

"요즘 왜 그래요?"

쪼르르 문 밖으로 달려나온 오신애가 다가서더니 물었다.

"문용철 사장과 오민균 소령이 만나자고 했어요. 꼭 만나야 한다고요."

"알가서. 연락하자구."

그는 구름이 잔뜩 내린 거리를 황망히 걸었다. 제주도는 날씨가 화창했다가도 금방 구름이 내려앉는 따위로 변덕이 심했다. 그는 무거운 발걸음으로 청년단 본부로 향했다. 부하의 짓을 지금에 와서 추적한들 조직의 허점만 노출하는 것일 뿐, 쓸모없는 짓이다. 통솔력과 지휘력 부족이란 낙인만 찍힌다. 그보다 현호진을 캐는 일이 더 실익이 될 것 같았다. 사무실에는 구대구 부단장과 행동대원 두세 명이 둘러앉아 노닥거리고 있었다. 구대구 부단장이 그의 곁으로 다가와 무슨 대단한 기밀이나 되는 듯이 귓속말로 보고했다.

"고 자 알아냈습네다. 현호진이 말입네다. 그의 처자도 우리 레이더망에 잡혔습네다."

사진봉은 생각이 많아졌기 때문에 그의 말을 귓전으로 흘려들으며 다른 행동대원들을 살폈다. 그들은 한쪽에 어설픈 표정으로 앉아 있었으나 일을 해냈다는 어떤 자신감으로 희희낙락하고 있었다.

"알았어. 당신은 나가 봐."

그가 명령하자 구대구가 시큰둥한 표정으로 서 있다가 밖으로 사라졌다.

"너희들 가까이 와라."

두 행동대원이 쪼르르 그의 곁으로 다가왔다.

"현호진 행방을 알아냈다구?"

"그렇습니다."

체격이 단단해 보이는 작달막한 대원이 말했다.

"개월오름을 지나 교래리 쪽에서 근거지를 찾아냈습니다. 빈 초등학교가 있구, 거게 급사로 가있는 다른 대원이 있었기 때문에 쉽게 근거지를 알아냈습니다. 음식물 쓰레기 버리는 시간을 이용해서 접선하려 했는데 누군가 따라 나와서 실패했습니다. 거게가 본부처럼 보인단 말입니다. 그들은 몇 개의 산골학교를 번갈아 사용하고 있는데, 거게도 본부 중의 하나인 것이 분명해보였습니다."

"잦은 이동이라… 그 위치를 파악했다 이 말이디?"

"그렇습니다. 무슨 마을, 무슨 학교인 줄은 모르겠습네. 거게서 나무하러 온 아이를 붙잡아댔으니까요. 중학 일이 학년생쯤 돼 보였습네. 멱살 쥐어잡고 숲속으로 끌고 가 몇 대 갈기고 심문하니까 조천중학원 생도였습니다. 현호진 어디 있느냐고 물었더니 아흔아홉 골에 게시기도 하구, 개미목에 게시기도 하구, 인근 진지 동굴에 게시기도 하다구 했습네."

그는 평안도 사투리와 서울 말을 번갈아 사용하며 정탐해온 사실을 조목조목 보고했다.

"부단장에게 보고했네?"

"아닙니다. 보고하려는데 단장님께서 들어오셨습네."

"좋다. 말하지 말라. 중요한 기밀사항이니까니 입 꼭 다물라. 그 사안은 직접 나한테만 보고하라우. 필요하면 읍내 보헤미안을 찾으라우."

"단장님 애인이 운영하는 업소 말입네까?"

"이 새끼가! 그 자는 우리의 밀대야!"

"알갔습네다."

대원이 씩 웃으며 입을 다물었다.

"현호진은 우리만이 직접 생포하는 기다. 그러면 너희들 순경으로 발령내겠다."

그는 그들에게 과도할 만큼 두둑히 활동비를 지급했다. 영웅이 된 것처럼 그들이 의기양양한 모습으로 밖으로 사라졌다. 사진봉은 이건 하나만은 똑부러지게 건질 수 있다는 자신감이 생겼다. 말단들의 장난 같은 일도 때로는 힘이 되는 경우가 있다.

사진봉은 건어물회사를 차릴 생각이었다. 제주도 해역은 어획량이 풍부했다. 해안선이 봉쇄되고 출어가 금지되니 바다에는 물 반 고기 반이었다. 잡힌 물고기는 저장이 어려워 썩는 경우가 많았다. 저장시설은 없고, 날씨는 더워지고, 판로는 막혀서 많은 어획량에도 불구하고 잡은 물고기들이 길거리에 내다버려졌다. 길을 가다 보면 여기저기 생선 썩는 냄새가 진동했다. 밭에 퇴비로 쓰는 경우도 있었다. 이것을 거둬들여 건조해 거래선을 확보해 육지에 공급한다. 산지의 버려지는 생물을 거둬들여 말리기만 하면 된다. 따지고 보면 쉬운 사업이다. 이제는 바른 길로 가야 한다. 언제까지 민폐의 종양이 되어 빈축을 살 것인가.

그가 다시 보헤미안을 찾자 오신애가 엉뚱한 말을 했다.

"신성리 해변횟집이요."

"신성리?"

"거기 해변횟집이라니까요. 글루 가보세요. 문 사장이 신신당부했어요."

"누구를 오라 가라 명령이가?"

"저기 차도 대기시켜 놓았어요."

보헤미안 건물 건너편에 스리코터가 한 대 서 있었다. 그가 얼굴을 찌푸리자 오신애가 거듭 말했다.

"오민균 소령은 좋은 사람이에요. 우리 집안이잖아요."

"집안 친척이 하루아침에 생기니?"

"잃어버린 가족을 찾는 게 얼마나 좋아요?"

그녀가 흘기듯이 눈웃음을 짓자 그도 웃는 듯 마는 듯하며 밖으로 나와 운전병이 대기하고 있는 스리쿼터에 몸을 실었다.

"우리가 모시고 와야 하는데 눈도 있고 해서 먼저 왔습니다."

문용철 사장이 양해를 구했다. 예의가 바른 것이 사업가다운 풍모였다. 그의 앞에 백지가 깔린 교자상을 마주하고 오민균이 단정하게 앉아 있었다. 의젓한 자세가 어떻게 완성된 사람으로 보였다. 한라산의 서편 하늘이 붉게 타오르고 있었다. 뉘엇뉘엇 해가 기울어가는 일몰이 아름다웠다. 그들은 잘 빚은 밀주를 마시다가 잠시 후 소주로 바꾸었다.

"제주도 하면 떠오르는 음식이 뭔 줄 아십니까?"

문용철이 오민균과 사진봉을 번갈아 보며 물었다. 싱싱한 해산물이 상에 가득 올라와 있었다.

"그야 똥돼지, 흑돼지, 말고기 아닌가요? 성게국, 다금바리도 맛이 있지요."

사진봉이 받았다.

"그래도 히라스요. 힘이 넘치는 방어 말이오. 화산암반수로 만든 소주 한잔 꺾으면서 히라스를 한 점 입에 넣으면 세상이 시시해보일 정도요. 신선놀음이 따로 없다니까요."

그가 상추에 히라스 뱃살 조각을 올리고 된장과 마늘을 그 위에 듬뿍 찍어 올려놓고 싸더니 한 입 가득 입에 넣어 씹었다. 상추 씹는 소리가 아삭아삭하니 경쾌했다.

"바로 이 맛이요."

문용철이 상추쌈을 삼키는 듯 마는 듯하며 하얀색의 병에 담긴 한라산 소주를 잔에 따라 한 입에 탁 털어넣었다. 먹고 나서 다시 문어회를 집어들고 일장 연설했다.

"문어라고 해서 다 문어가 아니올시다. 제주도 맑은 바닷물과 돌

밑에서 살고 있는 돌문어라야 갑이지요. 육지에서는 통발이로 문어를 잡지만, 제주산 돌문어는 해녀들이 잠수해서 직접 잡아올리지요. 불그스름한 색깔부터 달라 보이지 않소? 문어는 타우린이 풍부하여 간의 해독작용을 도와주는데, 여러분들 입산자 토벌작전에 지친 몸의 피로회복에 최고요. 이걸 한 접시만 먹으면 좆이 몽둥이가 돼뿌리요, 하하하. 그리고 요것은 돔 껍질입니다. 몸값이 제주도사 몸값과 동급이오. 그래도 제주도에선 강아지도 물고 다닙니다. 이 껍질 요리, 육지에서는 어림도 없지요. 이건 뿔소라. 누이가 물질을 하는 해녀라 어릴 적부터 맛보았는데 고소하고 쫄깃쫄깃하니 잘 익은 여자 씹맛 그대로요, 하하하. 생각만 해도 서네. 그런데 말이오, 왜놈들이 이걸 다 가져갔습니다. 제주 해녀들이 잡으면 왜놈들이 당연한 듯이 거둬갔지요. 육지에서도 가져갔고요. 제주노동조합이 왜 발달한지 알겠지요? 다 뺏어가니까 못살겠다고 조직한 거요. 성산포 해녀들이 들고 일어났을 적에는 국문을 가르쳐준 야학 선생들이 적극 지원했소. 아는 것이 힘이다, 배워야 산다. 맨날맨날 당하니 글 깨우쳐서 저항했던 것이오. 우리 해녀들이 쓰시마, 후쿠오카, 고베로도 나갔지만 홋카이도, 사할린, 조선반도의 끝머리 함흥 청진 나진으로도 진출했소. 우리가 단정 단선을 반대한 것도 그런 이유가 있소이다. 38선이 막히면 우리 누부들 어떻게 고향에 오겠습니까. 뿐만 아니라 분단보다는 통일이 역사적 소명 아니오? 왜 갈라서서 싸우려고만 하요? 간단명료한 것을 왜 그렇게 어렵고 복잡하게 만들지요? 국토를 두 동강내면 무슨 이익이 있지요? 외세가 이용할 거고, 우리는 뭣도 모르고 서로 이간질하면서 으르렁거린단 말입니다. 그걸로 막겠다는 제주의 양심이 훨씬 순정하고 순수하지 않습니까?"

문용철은 재미있게 분위기를 이끌다가 결국 고향 현실로 끝을 맺었다. 이들은 이런 식으로 의식화되어 있었다.

"문 사장, 취했습네까."

사진봉이 까칠하니 물었다.

"아, 그렇군. 히라스 얘기하다가 만장굴로 빠져버렸군."

문용철이 정색을 했다.

"오 소령님, 나는 사진봉 단장을 예사로운 분으로 보지 않습니다. 제주군정에서도 사 단장을 높이 평가한다는 말을 들었습니다. 경찰보다 신뢰한다고 말입니다."

"무슨 비행기 태울 일 있습니까."

사진봉이 손을 내저었다. 문용철이 단도직입적으로 말했다.

"조카 좀 빼주시오. 박찬욱이요."

사진봉은 누구를 말하는지 얼른 떠오르지 않았으나 잠시 후 알아차리고 대답했다.

"그자는 서청과 경찰을 일방적으로 몰아세웠습니다. 왜곡 편파보도로 욕보였습네다. 우리가 폭도보다 못 합네까?"

에둘러가지 않고 사진봉이 쌍통을 찌푸리며 받았다.

"하지만 지금 신문도 나오지 않습니다. 폐간된 신문사 기자가 어디에 쓸모가 있겠습니까. 팔없는 사람에게 낚싯대 주는 격이요. 오늘 술값 비쌉니대이."

사진봉이 잠시 생각에 잠기는 듯했다.

"우리가 신문사 접수합니다."

"네?"

"신문은 나오게 해야 하지 않갔습네까."

"접수하다니요?"

신문사를 옥죈 이유를 이제야 알 것 같았다. 사진봉은 경찰서장의 지시를 행동으로 옮기기 위해 대원들을 풀어 신문사 편집국을 쓸어버렸다. 이때 두들겨 맞은 기자들이 속출하고, 박찬욱은 경찰서에 연행되었다.

"우리 잠깐 자리를 바꾸지요."

오민균도 내킨 김에 할 말 하리라 하고, 그가 먼저 자리에서 일어났다. 사진봉이 분위기를 바꿀 수 있는 기회라고 여겼던지 옆방으로 자리를 옮기는 오민균의 뒤를 따랐다. 둘이 마주앉자 오민균이 정면으로 그를 응시했다.

"현호진을 연결해주시오."

사진봉은 취기에도 술이 확 깼다.

"현호진? 거 무슨 뜻입네까. 어떻게 알았습네까."

"알아냈다는 것이 중요한 것이 아니라, 그를 만나는 일이 중요합니다."

"고 자 학생들 꼬드겨서 산으로 들어가 유격활동을 벌이는 반동입네다. 고런 자를 어떻게 연결한단 말이우까? 사람 잘못 보았구레."

그 건은 모처럼 실적을 올릴 수 있는 일이고, 현문선과도 거래를 틀 수 있는 건수가 되는 것이다.

"단도직입적으로 말하겠습니다. 산에 박힌 폭도대에게 경고문을 보내려고 합니다."

"경고문?"

"제주 군정이 9연대에 특명을 내렸습니다. 그 밀명을 내가 수행합니다. 공적 라인을 작동하면 역작용이 생길 우려가 있어서 이렇게 사 단장에게 부탁드리는 것입니다. 많은 정보를 갖고 있는 쪽이 서청 제주읍 본부라고 공히 알고 있고, 그래서 부탁드리는 겁니다."

"폭도들이 과했디요. 우리 피해가 컸습네다. 그런 것 잊기로 해도 잊혀지지 않는 때가 있디요. 무기를 탈취해개지구 우리 대원을 쏘고, 경찰 가족들을 찔러죽이고, 이게 분이 나서 견딜 수 있갔습네까."

"그렇지요. 복수심이 생기지요. 그러니까 문제를 해결해야 합니다. 냉정히 살펴보면, 다들 고통스런 사람들입니다. 모두 당한 그 순간만 생각하면 해결난망이지요. 사물이란 한 면만 가지고 전부로 인식할 수 없습니다. 오류를 범할 수 있습니다. 저쪽 폭도들도 그들이 당한 것을 가지고 또 그들대로 복수심을 갖습니다. 끝없는 복수전만 반복됩니다. 그렇게 가면 서로가 끝장이지요."

"우리가 끝장일 수 없습네다. 시간은 우리 편네다. 대대장 동지, 지금 당신은 어느 편네까. 적입네까, 아군입네까. 경찰이 관찰하는 대로 군인들이 의심스럽습네다. 아무리 사사로운 관계로 만나두, 분명할 건 분명해야디 않갔소?"

"물론 분명해야죠. 하지만 사람이 상하는 일은 금해야죠."

"군인이 무기를 안 든다. 농부가 삽을 안 든다는 격이구만요?"

"전쟁 대상이 아니기 때문에 그렇지요. 그들은 우리의 여동생이고, 오빠고, 삼촌이고, 또 누군가의 아비이고, 누군가의 이웃입니다. 적이 아닙니다. 과도하게 적으로 설정되었을 뿐입니다."

"좌우지간 현호진은 폭도대장 오른팔이오."

"그래서 투항을 요구하려는 것입니다. 전시에도 적장과 협상하는 것이 전술의 하나입니다."

"그런 고상한 말은 내 모른다고 했디요?"

"접선시켜 주시오."

"고래서요?"

"투항시키겠습니다. 모두 내려와야지요. 권력이 해야 할 일을 군이 대신하는 겁니다."

"왜 그렇게 쉬운 말을 어렵게 합네까. 군인은 적을 격멸해야 하지 않소?"

"그들은 적이 아닙니다."

오민균이 눈에 힘을 주어 재차 강조하며 그를 똑바로 쳐다보았다.

"이상한 사상을 가졌습네."

"오신애 마담과 저는 한 집안입니다. 아시죠?"

그러자 사진봉이 희미하게 웃었다. 순진한 친구라니, 그것으로 나를 움직이갔다?

"오누이 관계를 이용한다? 천리 타향에서 내가 처남을 만난다? 야, 고거 그럴싸 합네다. 재미납네다, 하하하."

결국 그가 크게 소리내어 웃었다. 사진봉은 타향에서 이런 인연을 맺는다는 것도 나쁘진 않다고 생각한다. 피차에 외롭고, 가족이 없어 마음이 아린데, 이런 때 친구도 되고 동지도 되고, 처남매부도 되는 사람을 만난다. 어차피 친구란 사회가 만들어주는 가족 아닌가. 그러나 그는 정작 달리 말했다.

"고건 안 들은 걸루 하갔소. 처남 매부간이라 하니 내 그 의리로 비밀 지켜주갔수다. 입을 무겁게 가지시오. 자, 자리로 돌아갑시다."

그가 앞서 술상이 있는 방으로 들어가자 들어오는 두 사람을 보고 문용철이 소리쳤다.

"일본군대에서 적지 아니하게 전우들끼리 연애한다는 소문은 들었습니다만, 두 사람 그런 사이인 줄 내 몰랐습니다? 하하하…."

각자 자리를 잡고, 문용철이 소주를 각자의 잔에 가득 따랐다. 사진봉이 잔을 들더니 벌컥벌컥 단숨에 마셨다.

"한잔 더 따르시라요."

빈 잔을 오민균 앞에 내밀었다. 오민균이 그의 잔에 술을 가득 따랐다. 사진봉은 그것도 단숨에 마셨다. 잔을 내주면서 그도 두 차례 연거푸 술을 부었다. 모두들 취기가 돌았다.

"오 소령, 대단하십네다. 나 같은 사람한테 술을 다 따르고… 나도 한이 많습네다. 아바이, 어마이가 일본놈한테 쫓겨서 만주로 도망을 가고, 나는 외가에서 외롭게 자라다가 평양역에서 돌멩이처럼 굴러 댕겼디오. 세상이 원망스러웠습네다. 어떤 누구도 내 벗이 되어주디 못했디요. 가는 곳마다 험한 꼴이었습네다. 모든 것을 때려부숴도 시원치 않았습네다. 더 마음속 분노가 쌓이고 쌓였습네다. 어느 날 단원이 애월쪽 마을에 들어가 거짓말한다고 한 아바이를 때릴 때 내 아바이를 생각했습네다. 아바이도 저렇게 당해서 돌아가셨을지 모르갔다는 생각이 들었습네다. 고래서 귀대한 뒤 그놈을 개패듯이 패서 쫓아버렸습네다. 고래두 시원치가 않았습네다. 해결되는 것이 없었습네다. 인생사가 쓸쓸했습네다."

그는 취해 있었다.

"고향생각, 부모님 생각을 하면 신세가 한탄해집네다. 그리운 사람이 그리울 때는 눈물이 난단 말입네다. 나도 인간이니까니 피가 없갔습네까, 눈물이 없갔습네까. 나는 오 소령과 의리의 처남매부로 지내고 싶습네다."

사진봉의 눈에 눈물이 어렸다.

바람 드센 분지, 비밀접촉

오민균이 대대장실을 나오려는데 전화벨이 울렸다. 그의 대대는 정뜨르 비행장에 주둔하고 있었고, 그는 대정 연대본부와 대대를 내왕하며 임무를 수행하고 있었다. 수화기를 받자 그쪽에서 먼저 목소리가 흘러나왔다.

"오 마담이에요. 잠깐 만나요."

보헤미안의 오신애가 그에게 직접 전화할 일은 없었다.

"지금 연대본부로 가야 합니다."

"오후 다섯 시까지 보헤미안으로 와주세요. 꼭요."

그녀는 일방적으로 이 말을 남기고 전화를 끊었다. 특별한 관계가 아니라고 생각하는데 그녀는 당연한 듯이 말하고 전화를 끊는다. 오민균은 다소 불쾌감을 가졌으나 그녀 스스로 누이라고 했으니 허물없이 대하는 것이리라 여겼다. 그만큼 가깝다는 뜻이리라. 연대장을 찾아 출장 보고한 뒤 오민균이 말했다.

"각하, 읍내로 나가봐야 할 것 같습니다."

"알았어. 기밀을 철저히 유지했나?"

"걱정 마십시오."

그는 부랴부랴 제주읍으로 나갔다.

"개미목 아흔아홉 골이래요."

보헤미안에 들어서자 오신애가 그에게 다가와 낮은 목소리로 말했다.

"거기가 어디죠?"

"사 단장님이 그렇게만 전하라고 했어요."

그는 그의 부탁을 말없이 행동으로 옮겼다. 그의 속깊은 마음을 헤아릴 수 있었다.

"이십삼시 개미목 아흔아홉 골. 곽일도를 만나라."

사진봉은 오신애에게 이렇게 한마디 던지고 바람처럼 사라져버렸다. 그런 때의 사진봉은 꼭 남과 같았다.

"대대장님, 아니, 오라버니는 이 씨예요."

그의 암호명이 이 씨라는 것이다.

"고맙습니다. 나중 찾아 인사하겠습니다."

그는 보헤미안을 나왔다. 밤이 깊자 오민균은 움직였다. 토박이 병사의 안내를 받아 드리코터를 몰고 가서, 어느 지점부터서는 그것을 구렁창에 박아두고 홀로 비탈을 타고 올랐다. 숲이 우거진 사위는 구분할 수 없을 만큼 캄캄했다. 바람소리만이 검은 골짜기를 메웠다. 개미목의 지형은 험준했다. 그곳을 빠져나오자 잡초가 우거진 분지가 나타났다.

"이씨!"

등 뒤에서 짧고 낮은 단음절의 목소리가 들려왔다. 돌아보자 한 사람이 이삼 보 앞서고 그 뒤에 두 장정이 그를 따라 풀을 헤치고 걸어오고 있었다.

"곽일도?"

오민균이 물었다. 대답 대신 사내가 뒤따르는 두 장정을 향해 가볍게 손짓을 했다. 두 장정이 일사불란하게 움직이며 숲속으로 사라졌다. 그들은 매복한 채 경비를 설 것이다. 두 사람만이 남아 마주섰다. 어둠속에 그의 얼굴은 분명치 않았지만 마른 몸에 키가 훌쩍 컸다. 그가 먼저 말문을 열었다.

"본래 귀순공작의 책임자로 지명된 사람은 제주지사였소. 그는 우리와 교섭 회담을 갖기로 하고 시간과 장소를 약속했으나 나오지 않았소. 급병을 구실로 병원에 입원했다더군. 그 다음의 회담 책임자는 경찰토벌사령관이었소. 그자 역시 겁을 먹고 회담하기로 한 날 출장을 이유로 선박을 징발해 육지로 나가버렸소. 세 번째는 경찰감찰청장이었는데 그자도 개인 용무로 회피했소. 민족청년단장이 네 번째 책임자로 지명돼 수 명의 청년단원들과 함께 깃발을 앞세우고 약속된 장소로 왔는데, 이번에는 우리가 피했소. 우린 깃발 들고 승리자처럼 오는 그들의 공명심을 치켜세워줄 얼간이들이 아니오. 이씨, 재량권이 있소?"

그들이 간절하게 협상을 바라고 있다는 것을 오민균은 단박에 알아차렸다. 여러 곡절을 겪었기 때문에 이쪽을 의심하고 있는 것이다.

"나 역시 현호진 선생이 재량권이 있느냐고 묻고 싶습니다."

"나는 곽일도요. 혹시 잘못 온 것 아니오?"

말로만 듣던 공산당은 변복과 가명을 수시로 바꿔 쓴다는 것을 알았지만, 그보다 그가 인민무장대의 대표성을 띠고 있는지가 의심스러웠다. 조직의 갈래가 여럿이고 대장이란 자도 수 명이었다. 혼선을 빚게 하기 위해 의도적으로 그렇게 퍼뜨린 것인지, 실제로 그러는 것인지 알 수 없었다.

"호영 씨를 사랑하고 있습니다."

"사적 인연을 사업과 연결시키지 마시오. 휴전 제의 신뢰할만 합니까?"

"맨스필드 군정장관은 협상자로 9연대를 지목했습니다."

"그 이유가 뭐요?"

"9연대가 무장폭도대와 대화가 가능할 거라고 본 것입니다. 경찰과는 다르니까요."

"무장폭도대라니, 무장자위대라고 용어를 고쳐 부르시오. 우린 폭도대가 아니오."

그가 낮으나마 분명한 어조로 말했다. 그의 아버지가 말하는 것과 똑같았다. 오민균이 어둠 속에서 고개를 끄덕였다.

"지금이 마지막 기회입니다. 맨스필드 군정장관은 우리에게 '당신들도 회담 날에 도망을 가는 것 아니냐'고 불쾌감을 표시하면서 엄명을 내렸습니다."

"9연대 당신들은 귀순 작전이 실패하면 입산자들에게, 반대로 성공하면 경찰에게 목숨의 위협을 받게 된다는 것 아시지요? 그래서 모두들 회피한 거요. 화평작전이 실패하여 무력 토벌이 시작되면 입산자들로부터 배반자로 낙인찍히고, 반면에 경찰로부터는 폭도들의 협조자로 낙인이 찍힐 거요. 성공해도 경찰의 오해를 살 거란 말이오. 외통수에 걸린 거요. 내 말 뜻 알겠소?"

화평 공작이 성공한다 하더라도 경찰은 화평 공작을 싫어하므로 배신자로 몰 것이고, 실패하면 무장자위대로부터 역시 배신자로 낙인이 찍혀 공격을 받을 것이다. 그것은 분명한 사실이었다. 그러니 어쩌자는 것인가.

"힘은 경찰에게 있소. 그들은 폭동의 발생 원인이 밝혀지고, 자신들의 죄상이 폭로될까봐 전전긍긍한 나머지 어떻게든 무력진압을 강행하려고 하는데, 그런 상황인데 그걸 뛰어넘을 자신이 있소? 9연대 당신들은 들러리에 지나지 않지 않겠소?"

"걱정 마십시오. 자신 있습니다."

"자신있다고 과신해선 안 되오. 힘이 있어야 어떤 무엇이라도 해낼 수 있소. 9연대는 오합지졸일 뿐, 힘이 없잖소."

무시하는 말이었지만 현실적인 진단이었다. 연대의 힘으로는 해결의 실마리가 풀리지 않는다는 것, 그러므로 값싼 동포애로 나선다는 한계가 있다는 것… 허무적이고 패배주의적이지만 그것은 정확한 현실진단이다.

"어떤 오해를 사더라도 준비가 되어 있습니다. 다만 무장자위대가 문제입니다."

"내 생각은 이렇소. 군이 직접 나서기보다 중재자가 필요해요. 그래야 우리도 안심할 수 있소. 중립적인 민간인 인사를 내세우시오."

오민균은 그가 중립적인 인사를 이유로 그들에게 유리한 사람을 협상자로 내세우려 한다는 속셈을 알아차렸다. 제주 지도층은 토박이이고, 그들은 산사람들에게 우호적일 수밖에 없다. 그렇게 해서 유리한 협상테이블에 앉겠다는 태도 아니겠는가. 연대는 힘이 없고, 실체도 불분명하니 신임할 수 없다. 그러니 중립적인 인사에게 권한을 주어 협상테이블로 내보내라… 다른 한편으로 9연대를 배려한 측면도 있었다. 성공하거나 실패하더라도 설 자리를 잃는다. 그런 비난을 최소화해준다. 그는 현호진의 깊은 속을 헤아렸다.

현호진이 말했다.

"그들도 신변의 위협 때문에 협상자로 나서길 꺼린 자들도 있지만, 몇몇 뜻있는 유지들이 있소. 제주신문 사주를 비롯한 박달훈, 부달성, 김사용 같은 분들이오. 신부님 등 종교인도 포함됩니다."

오민균은 어둠 속에서 메모지를 꺼내 하나하나 이름을 적었다. 가용 인력으로 활용할 수 있는 반면에, 역으로 무장자위대의 인력 풀을 확인할 수 있는 계기가 되는 것이다.

"시간은 무장자위대 편이 아닙니다. 우리는 부단히 토벌전에 나서라는 압박을 받고 있습니다. 군이 작전에 돌입하면 경찰의 화력과는 상상이 안 될 것입니다. 정말 군은 무서운 화력을 갖고 있습니다. 작전명령이 떨어지기 전에 9연대장 각하의 소신으로 제가 여기까지 왔습니다. 기회를 놓치지 마십시오. 선한 의자가 발동될 때 빨리 받으세요. 안 그러면 큰일 납니다."

"나는 생사를 넘었소. 병중인 어머니, 아내와 어린 두 자식을 생각하면 인간적으로 가슴이 쓰리고 아프지요. 나라고 따뜻한 밥상, 아이들의 재잘거림, 아내와의 저녁 산보가 간절하지 않겠소? 하지만 나에겐 더많은 가족이 있소. 험한 세상이 만들어준 가족이오."

바람소리가 골짜기를 휩쓸고 지나갔다. 스쳐지나온 지난날의 잔상들이 바람소리 속에 하나하나 되살아나고 있었다. 그리운 사람들, 가족들, 따뜻한 밥상, 마을 굴뚝의 평화로운 연기들, 우록리의 시냇가, 자애스런 어머니, 육사 생도들… 다시 바람이 어둠 속의 분지의 풀들을 흔들고 골짜기의 숲을 흔들며 지나갔다. 그 소리가 슬프고 처연했다.

"사진봉 단장에게 단단히 일러주시오. 아버지가 고통스러워하신 걸 내 알고 있다고."

그는 산속에 있었지만 가족의 피해 상황을 꿰고 있었다. 밀대의 제보로 알았거나 염탐하여 알아냈을 것이다. 그도 천상 남편이요, 아빠요, 아비의 자식이었다. 오민균은 사진봉의 주선으로 여기까지 오게 된 내력을 설명하진 않았다. 그런 설명이 부질없어 보였다.

"귀순 유도 전단문을 한라산 일원에 살포하겠습니다. 경찰의 오해로부터 벗어나야 합니다. 귀순하도록 전단을 뿌리고, 무장자위대는 그에 응하는 수순으로 밟아나겠습니다."

"협상 창구를 단일화하시오. 여러 갈래라서 혼선이 생깁니다."

"내가 부탁할 말입니다. 자위대 라인도 단일화해주시오. 9연대 이외의 창구는 믿지 마십시오."

그들은 굳게 악수를 나누고 헤어졌다.

"자넨 이 길이 아니어도 클 수 있지 않나"

김익창 연대장은 내내 입을 다물고 있었다. 심상치 않은 일이 있음을 오민균은 직감적으로 느꼈다. 연대장이 의자에 깊숙이 파묻혀 있다가 한참 만에 몸을 일으키더니 입을 열었다.

"오 소령, 왜 이 일에 매달리는가."

뚱딴지 같은 질문이었다. 대답하려니 막상 답이 떠오르지 않았다. 그는 스스로 자문해보았다. 내가 왜 이 일에 매달리지? 어떤 확신이 있다는 것이지?

"그 어렵다는 일본 육사 출신에 스물한두 살의 젊은 장교. 영광의 길이 펼쳐지는 청춘이 아닌가. 좋은 집안에 늠름한 외모. 명석한 두뇌. 그런 사람이 누구도 가지 않는 길을 가려고 하니 이상하단 말일세. 그게 새삼스럽게 궁금했네."

오민균은 연대장을 바라보았다.

"연대장 각하, 큰 의미를 두고 나서는 길은 아닙니다. 연대장 각하께서 저를 신임하시니 용기있게 따를 뿐입니다."

"나쁜 명령도 따르는 게 부하의 임무 아닌가."

"연대장 각하께서 그릇된 명령을 내리실 분이 아닙니다."

"그것으로는 부족해."

오민균은 잠시 생각하다 말했다.

"제가 여기 있으니까요."

"어떤 누구도 여기 있잖나."

"다 똑같을 수는 없습니다."

"그렇군. 정보장교들을 주의하게. 상부 지시를 받고 있는 것 같애. 나 역시도 때로 오 소령을 달리 볼 때가 있지. 저 사람은 과연 누군가. 도대체 어떤 신념이 있길래 남이 가지 않는 길을 가는가. 나도 때로 두려운데, 오 소령은 두려움 없이 간단 말일세. 나는 오해를 사면 쫄아버리는데…."

오민균은 도쿄 시내에서 만난 이시하라 겐조 상이 떠올랐다. 그는 일본 군국주의를 반대하는 죄목으로 세 차례나 감옥을 드나들었다. 신문에 자주 오르내리자 자국민들도 그를 증오했다. 질서파괴분자, 국가에 반역하는 비애국자, 극좌분자… 군국주의의 일방적 언론환경에 따라 국민은 세뇌되기 마련이지만, 그래서 그런지 대부분의 사람들은 그를 증오했다. 그런데도 그는 굽힘이 없었다. 오민균은 그가 상상하던 것 이상의 높고 깊은 무엇인가가 있다고 생각했다. 모두들 조선 병탄을 일본 패권의 확장이라고 열광하지만, 그는 야만이고, 광기라고 몰아붙였다. 조선 사람보다 더 자국 일본을 비난했다. 그런 그를 만났을 때의 전율은 컸다. 가슴의 파동이 컸다. 그런 어느 날 그는 이렇게 말했다.

"나는 내 세치 혀로 천황의 목을 벨 수가 있소."

엄혹한 체제 아래서 군국주의가 망하기를 바라는 재야 지식인. 겁먹지 않은 확신에 찬 인생관. 그의 방 벽엔 박박 머리를 깎은 죄수복 차림의 그의 사진이 걸려 있었는데, 짙은 눈썹과 형형하게 빛나는 안광이 현실을 초월한 사람처럼 보였다. 무엇이 그에게 현실을 거부하는 비타협적 인생관을 심어주었을까.

어느 날 이시하라는 다음과 같이 들려주었다.

"내 친구가 아프리카 오지에서 안과 의사로 근무하고 있었소. 가뭄이 계속되니 땅은 사막화되고, 사람들은 물이 없어서 손발을 씻을 생각을 못하고 축생처럼 살고, 그래서 모두 피부병과 눈병에 걸렸소. 그런 곳에서 친구는 큰 돈벌이를 할 수 있었지. 눈병 환자가 많으니 안과 의사에게는 그 이상 좋은 물좋은 곳이 없었던 것이지. 그런데 눈병은 시신경을 자극하니 앞을 못 보는 장님이 늘어나고, 시신경이 뇌신경을 자극하니 정신착란을 일으킨 사람들이 많았소. 거리마다 골목마다 이상하게 웃거나 중얼거리는 장님과 미치광이가 많은데, 그런데도 비관하지 않고 살아가는 모습에 그는 감격했다는 거요. 친구는 어느 날 돈을 번다는 것이 무의미하다고 생각했소. 저들을 상대로 돈 번다는 것이 무슨 의미가 있나. 남의 고통과 약점을 노려서 돈을 번다? 생각한 나머지 무료진료에 나섰소. 내가 친구에게 물었소. 돈벌러 갔다는데, 비싼 돈 들여서 배운 의술을 풍요롭게 삶을 사는 데 사용해야지, 왜 엉뚱한 데 열정을 쏟는가. 그랬더니 친구가 반대로 묻더군. 비싼 돈 들여서 배운 것을 단순히 돈 버는 데 사용하며 사는 인생이 얼마나 쓸쓸한가. 이웃이 병으로 고통받고 있는데 그 가운데서 사는 삶이 무슨 재미냐고… 자신의 의술은 저들의 삶에 비하면 사소한 것이고, 그래서 그들은 자신을 일깨워준 스승이자 친구이자 가족이라고. 친구의 슬픔을 대신 등에 지고 가는 것은 배운 자의 의무라고…."

"그렇군요"

오민균은 그의 말을 듣고 하마터면 울음을 터뜨릴 뻔했다. 이시하라가 말을 계속이어었다.

"그런 사람이 지구상에 함께 살고 있다는 것도 우리의 행복 아니겠소? 그렇게 해서 인류는 이상사회로 조금씩 진화하는 것이고… 세상은 우리의 절망을 딛고 일어서도록 하기 위해 자신의 안락을 반납한 사람들의 역사요. 그들의 눈물겨운 헌신이 없다면 이 세상은 얼마나 황량하겠소. 나는 그 친구가 얼마나 감사한지 몰라요. 오 생도, 일본 육사는 긴 인생 도정에서 작은 길에 지나지 않소. 어느 민족이든 자국의 아이덴티티로 평화롭게 살아갈 자격이 있소. 그건 당연한 권리요. 그걸 되찾아야 하오. 일본 패망이 임박했으니 그 이후를 대비하시오. 오 생도는 갓 스무 살의 빛나는 청춘이자 무지개 꿈을 꾸는 조국의 등불이요. 그날을 대비하시오. 잘 사는 것은 누구나 하는 일이오. 배불리 먹고, 따뜻하게 사는 것처럼 무의미한 생이 어디 있나. 너의 행복이 나의 행복이란 것 명심하고, 반대로 너의 불행이 나의 불행이란 것 잊지 마시오. 옆방에서 병에 걸려 사경을 헤매는 사람의 신음소리를 듣고 어떻게 편하게 잠을 잘 수가 있소? 이것을 일본 제국주의자들은 모르고 있소. 제국주의자들은 너의 불행을 즐기는 광기의 집단이오. 약한 자를 더 짓밟는 몰상식의 전범국가요. 그러니 지구상에서 영원히 박멸해도 좋은 나라요. 이성이 요구하는 지상명령이기도 하오."

일본의 패망, 조국해방, 조국에의 헌신, 빛나는 청춘, 무지개 꿈… 말만 들어도 가슴이 벅차오르고 있었다. 오민균이 이시하라 상에게 물었다.

"일본 패망이 정말 현실화되겠습니까."

일본군 관병식을 보고 그는 조국독립의 꿈을 아예 접었다. 그 어마어마한 군사무기와 무쇠같은 병사들의 한 치 오차 없는 열병식을 보고 그는 세상의 어느 군대도 일본을 넘볼 수 없을 것이라고 여겼다. 기다렸다는 듯이 그가 답했다.

"일본은 러일전쟁, 청일전쟁, 조선 병탄, 모두 꽃길이었소. 그러나 역설적이게도 패배를 모르는 불패제국이라는 자만심이 자멸을 자초하는 출발점이 되었소. 모든 만물은 생성과 소멸의 과정을 밟는 것, 거기엔 오만을 경계하라는 우주적 질서, 순응을 따르라는 세기적 교훈이 있소. 그런데 일본 군국주의는 그 도를 넘어도 한창 넘었소. 야만과 광기의 집합체요. 세상에서 가장 저주받은 적폐집단이오. 그러니 무너질 것이오."

"선생님께서는 아나키즘 운동을 펴신다고 하셨는데, 그래서 그런 신념이 생긴 것입니까."

"꼭 그런 것만은 아니오. 일본 군국주의자들이 나를 잡아가두기 위해 그런 프레임을 짜서 체포한 것일 뿐, 굳이 말하자면 난 자유주의자요. 무위자연(無爲自然)이란 말 그대로 인간은 있는 그대로 살자는 주의요. 추한 탐욕을 위해 폭력을 행사하는 것은 야만이라는 거요. 개인이든 집단이든, 혹은 국가든 간에… 그가 설사 사회주의자면 어떻고, 무정부주의자면 어떻소. 인류가 지켜야 할 가치를 취하는 방법이 다를 뿐인데, 정치적 폭력자들이 이익을 편취하기 위해 사람을 가두고 죽이는 기제로 악용하고 있을 뿐이오. 나는 생산수단의 사적소유를 부정하는 공산주의를 지향하는 사람이 아니오. 강자의 강제없이 공동체가 평화롭게 사는 것…. 내 처가인 제주도 사람들의 생활방식, 그것이오. 아나키즘이란 철학적 담론에 다가가 있소. 원주민이 평화롭게 살겠다는데 왜 그것을 파괴하오? 왜 죽여야 하지요? 서로 인정하면서 발전의 방법론을 진화시켜 나가면 되는데, 그게 문명이 할 일일 텐데…."

"무슨 생각을 그렇게 깊게 하는가."

그 말을 듣고서야 이시하라 상으로부터 빠져나온 오민균이 김익창 연대장을 바라보며 물었다.

"각하, 세계 최강국이 된 미국이 세계질서를 잡아가는 데 제주도가 리트머스 시험지가 되는 것 아닙니까."

"그건 무슨 말이야?"

"미국이 냉전 질서를 구축해 패권을 유지하며 세계경찰국가로 나서겠다는 것, 그것이 제주 땅에서 실험되고 있다는 겁니다."

"왜 그런 생각을 했나?"

"미국이 세계관리 제물로 한반도 분단을 이용하고 있다는 느낌이 강하게 듭니다."

"그렇다면 북쪽의 소련은?"

"겪어보지 않았으니까 잘 모르겠습니다만, 그들도 미국이란 강대국을 레버리지 삼아 세계질서를 재편해나가는 것 아니겠습니까? 미국에 비하면 소련은 상대적 도덕적 우위에 있는 것 같습니다. 그리고 소련은 지배자가 아니라 조력자로 나선 면이 남한의 미국과는 구분됩니다."

"그렇다면 북한쪽이 옳다는 말인가?"

"표면상으로는 그렇습니다. 국가 정체를 세워나가는 데 있어서 도덕적 우위를 점하고 있다고 보여집니다. 친일세력 청산을 나라 기강을 잡는 기본 틀로 짜놓은 것만 보아도 시대모순을 극복하려는 의지가 엿보입니다. 그러니 백성들이 열광하죠. 압제의 식민지시대는 가고, 내 나라 내 조국을 새로운 사람들이 들어서서 판을 짠다. 친일세력과 지주계급, 기독교 세력이 못 견디고 월남하니 그들은 권력을 단순화해 일사불란하게 밀어붙이지요."

"그들은 이념을 따라 월남한 것이야."

"그럴 수 있지만, 크게 보아서 이익 따라 이동하는 것이지요. 이시간 현재 북이나 남이나 이념상의 큰 차이는 없습니다. 이념에 관한 한 양쪽 다 무지하고요. 파워 엘리트들이 판을 짜는 데 이용될 뿐입니다. 지배 논리에 따른 이념이라는 관념이 수용과 배제의 기준이 되는 것이죠. 자기 이익과 결부시켜서요."

"자네, 조심하게. 감시당하고 있잖나."

"내가 혹시 북과 연관돼 있다고 보십니까."

"연관이 안 되었더라도 그렇게 묶일 수 있어. 세상은 간단치가 않

아. 음험한 공작들이 너무 쉽게 작동하고 있어."

"저는 때때로 하느님을 원망합니다. 언제까지 우리에게 이런 고통을 주느냐고요. 일제 36년, 아니, 정확히 말하면 1850년대부터니까 한 세기 동안의 암흑기입니다. 이 정도 고통을 주었으면 이제는 놓아주어야죠."

"하느님은 실체가 없어. 우리 의지가 없을 때는 한갓 미신에 지나지 않네. 안 그러나? 하느님은 내 마음의 의지일 뿐이야. 어쨌거나 맨스필드 군정장관을 살피게. 그것이 실존의 이유야."

"맨스필드 군정장관은 감성에 의존하는 경향이 있습니다. 그의 인격 하나에 제주도 운명을 맡긴다는 것이 정당한 일인가요?"

"오 소령, 자넨 현실감각이 떨어지는군. 맨스필드의 품성 하나가 제주도 정책을 좌우한다고 걱정하는데, 그런 것이라도 붙잡는 것이 다행 아닌가. 우리가 붙잡을 게 뭐가 있나. 내 솔직한 말인데, 자넨 이 길이 아니어도 출세가 훤히 보장돼 있지 않나? 일본 육사 선배들이 주류로 나서고 있으니 앞길이 창창하지. 전속시켜 줄까?"

"세속적 야망이 그렇게 좋습니까?"

"안타까워서 그래. 그대는 이상주의를 꿈꾸나 구체성이 없어. 디테일이 결여된 이상주의는 관념일 뿐이야. 지금 이 일에 손을 떼도 탓하지 않겠네. 나 역시도 좌절하고 있네."

"이 마당에 회군한다는 겁니까?"

김익창이 담배를 꺼내 물더니 말했다.

"그러면 비밀 미팅 건, 보고하게."

오민균은 현호진과 밀담을 나눈 내용을 토대로 작성한 귀순 선무문(宣撫文)을 제시했다. 작성된 내용은 다음과 같다.

— 국토를 방위하고 외적과 전투하는 것이 주 임무인 군은 동족상
쟁을 원치 않는다. 제주도민을 적으로 삼을 생각은 추호도 없다.

— 주의·사상과 일체의 불만은 정치적으로 평화적인 수단에 의
해 해결하여야지 무력수단에 호소하는 것은 무고한 도민의 유혈만
조장시킬 뿐 해결방법이 되지 않는다.

= 즉시 무기를 버리고 귀순하면 군이 책임지고 안전을 보장하겠
으며, 일체의 전과(前科)를 불문에 부치고 귀가시키겠다. 이에 대한
요구가 있으면 그 요구조건을 다룰 별도 회담을 한다.

= 이상과 같은 관대한 처분에도 불구하고 공산주의 사상을 앞세
우고 무력을 사용한다면 민족분열을 조장하고 조국독립을 방해하는
민족의 공적(共敵)으로 규정하고 군은 철저히 무력 징벌할 것이다.

— 이상과 같은 각종 전단을 연락기로 제주 각지 부락에 살포한
다.

김익창 연대장이 두 번 세 번 메모지를 눈으로 훑었다.

"삐라 살포 때 지형 정찰도 겸하여 제가 직접 연락기에 탑승하려
고 합니다. 추후를 대비해 폭도들의 지형지물을 숙지해둘 필요가 있
습니다."

"다목적용인가?"

"물론입니다. 회담이 결렬될 때를 대비해야죠. 그동안 여러 가지
정보활동에도 불구하고 그들 근거지와 지휘부 위치를 잘 몰랐지 않
습니까. 확실하게 알아둘 필요가 있습니다."

"그런데 말일세, 맨스필드 군정장관이 긴급전화를 걸어왔네. 협상
을 취소하라는 거야. 그래서 내가 고민했던 거야."

오민균이 자리에서 벌떡 일어났다. 연대장이 번민에 빠졌던 이유

를 이제야 알 수 있을 것 같았다. 그에게 엉뚱한 얘기를 했던 것도 이런 저간의 사정이 있었기 때문이리라. 하지만 회군이란 있을 수 없다. 공포의 살육전은 극심해질 것이다.

"맨스필드 군정장관은 크로스 체크를 위해 경찰감찰청장을 불러 도민 소개 계획과 화평 계획을 타진했어. 그랬더니 연대장의 보고가 경찰과 국방경비대간에 악의에 찬 이간질이며, 모략극이라고 응수했다네. 다른 정보팀도 우리 계획을 반대했다는군. 맨스필드는 나더러 경찰을 자극하지 말라고 경고했네. 연대는 화평전략에 관심을 갖지 말고 본래의 병사훈련이나 하라는 지시였어."

"폭도대에게 약속을 어긴다면 국가조직이 무슨 명분이 서겠습니까."

"폭도대와의 협상은 강도 집단과 타협하는 것이라고 보네."

"저들이 강도입니까?"

대답 대신 김익창이 한숨을 쉬었다.

"연대장 각하, 맨스필드 군정장관의 전화 메시지는 분명 잘못 들은 것입니다. 통역이 배석하지 않았으니 잘못 들으신 것입니다. 맨스필드 군정장관을 만나시죠. 제가 수행하겠습니다. 지금까지 이뤄낸 협상이 수포로 돌아간다면 상호 입장이 뭐가 됩니까."

"우린 폭도들로부터도 오해를 받고 있어. 그들은 자기들의 근거지에 대한 정보를 탐지하고, 지휘부를 타격하기 위한 작전 전개의 하나로 화평회담을 이용하고 있다고 의심하고 있네. 군경이 기만전술을 펴고 있다는 거지."

"기밀이 누설됐습니까."

"빤하지 않은가. 삐라 원고를 인쇄소에 넘겼으면 경찰과 군 정보 요원들에게 노출되는 것이지. 기밀을 빼내서 선수를 친 거야. 맨스필드나 나나 고약하게 됐어. 금명간 중앙에서 파견단이 내려올 거야. 나의 이런 행동을 중대 사태로 보는 모양이야."

오민균은 급히 연대장실을 나왔다. 서둘지 않으면 안 되었다.

제25장
흩날리는 꽃 이파리

하늘에서 내려다 본 한라산은 꽃들이 흐드러지게 피어 있었다. 초
원엔 풀들이 무성하게 자라 바람따라 물결처럼 일렁였다. 눈을 멀리
주니 긴 해안선이 꿈결같이 아스라하게 펼쳐져 있었다. 미군 조종사
도 눈 아래를 내려다보며 엄지를 치켜들어 원더풀을 연발했다.

장엄한 산의 경관을 바라보노라면 평화가 한없이 넘실거리는 것
같았다. 푸른 해원을 달려오는 싱싱한 파도와 멀리 하늘과 바다가
맞닿은 가물가물한 수평선, 그 너머 깨끗한 하늘빛, 어떻게 이런 아
름다운 땅에서 살육의 쟁투가 상시화되었는가. 비현실적이어서 생
소한 느낌이 들 정도였다. 기후가 온화해 동식물이 서식하기 좋은
땅, 그래서 낙원이라고 부르는 땅. 그런 곳이 저주받은 땅이 되어서
참혹하게 찢기고 있다.

오민균은 연대장실을 찾아 김익창에게 요청했다.

"연대장 각하, L— 4를 불러주십시오."

L— 4는 제주 군정장관의 역내 시찰과 군정회의 때 지방에 산개해
있는 주요 치안 대표들을 실어나르는 미 군정 연락기였다. 9연대장

의 산악지대 시찰용으로도 종종 사용되었다.

"호출 이유는?"

"연대장 각하께서는 맨스필드 군정장관 지시를 잘못 들으신 겁니다. 예정대로 전단을 뿌리고, 사후보고 드리는 것입니다."

김익창 연대장이 알아차리고 의미있게 웃었다. 그리고 "나는 모르는 일이야" 라고 거듭 확인하고 연병장으로 나갔다. 연대장은 무능한 듯 보였지만 유연한 면이 있었다. 오민균은 연대장의 이름으로 L—4 연락기를 불렀다. 연락기가 연대 연병장에 내려앉자 그는 전단지 자루를 메고 기체에 올랐다. 조종사가 어깨에 멘 자루가 뭐냐고 턱짓으로 물었다.

"폭도 귀순용 삐라다. 폭도 잠입 루트에 뿌릴 것이다."

"비행하는 데 위험지역이지 않나."

"그들이 우리 군대와 군용기를 공격하지 않는 걸 잘 알지 않나."

무장자위대는 군과 경찰을 분리하고, 군에 대해선 우호적이었다. 입산자와 폭도를 자극하지 말라는 것이 김익창 연대장의 지시였고, 그들도 그것을 알고 있었다.

"군정회의에 참석한다면서? 캡틴은?"

"육로로 출발한다. 우리가 삐라살포 임무를 마칠 때쯤 그는 군정 사무실에 도착해 있을 것이다."

"OK."

오민균은 조종사의 뒷자리에 앉아 자루의 인쇄물들을 한 주먹씩 집어서 좁은 배출구로 쏟아냈다. 조랑말 노루 사슴 토끼들이 놀라서 어디론가 뛰어가고, 전단지는 그들을 쫓듯 나풀거리며 지표상에 내렸다. 조종사는 전단지를 뿌리기 좋게 기수를 위로 치켜 올렸다가 내리고, 역방향으로 틀어서 선회하기도 했다. 기체는 한라산 상공을 중심으로 길게 동에서 서로, 북에서 남으로, 그리고 고지대에서 저지대로 장방형 원을 그리면서 날았다. 뿌려지는 전단지는 산과 계곡, 마을과 마을, 긴 해안선에 걸쳐 흩날리며 내렸다. 전단지는 9연대장 명의의 호소문이었다.

— 친애하는 형제 제위에게

우리는 과거 반삭(半朔) 동안에 걸친 형제 제위의 투쟁을 몸소 보았다. 이제부터는 제위의 불타는 조국애와 완전 자주통일 독립에의 불퇴전의 의욕을, 그리고 생사를 초월한 형제 제위의 적나라한 진의를 잘 알았다. 이에 본관은 통분한 동족상잔, 골육상쟁은 이 이상 백해무득이라고 인정한다.

우리 국방경비대는 정치적 도구가 아니다. 나는 동족상잔을 이 이상 확대시키지 않기 위하여 형제 제위와 군은 악수를 하고자 만반의 용의를 갖추고 있다. 본관은 이에 대한 형제 제위의 회답을 고대한다.

우리가 회합할 수 있는 적당한 시일과 장소를 여하한 방법으로든지 제시하여주기 바란다.

1948년 4월22일 국방경비대 제9연대장

오민균이 임무를 마치고 제주 미 군정청에 들어가자 김익창 연대장은 벌써 도착해 청사 로비에서 그를 기다리고 있었다.

"난 모르는 일이야."

그가 의미있게 웃으며 손사래를 쳤다. 이런 상황에서도 그는 여유가 있었다.

맨스필드 군정장관은 부관의 안내로 부속실로 들어서는 김익창과 오민균을 반갑게 맞았다.

"Hi, It is nice to meet you."

"Meet to you, too, Sr."

그들은 소파에 마주 앉았다. 김익창이 먼저 입을 열었다.

"나를 수행한 9연대 2대대장 오민균 소령을 소개합니다. 부산 5연대에서 증파되었습니다. 도움이 필요할 것 같아서 대동했습니다."

김익창이 소개하자 오민균이 일어나서 거수경례를 올려붙인 뒤 부동자세를 취했다.

"엑설런트! 착석하시오."

김익창이 가방에서 영자로 작성된 보고서를 꺼내 내밀었다. 보고서를 눈으로 살피던 맨스필드가 손사래를 쳤다.

"좀전 산에 삐라 뿌린 것을 보았는데, 그것은 월권이오."

"폭도 귀순을 위해 뿌린다고 보고드리지 않았습니까?"

"어제 내가 중단하라고 전화 지시하지 않았소?"

"저는 유의해서 뿌리라는 뜻으로 알았습니다."

김익창 연대장이 표정 하나 구기지 않고 대답했다.

"그래서 중대한 용건이 있을 때를 대비해 곁에 통역을 두라고 했소. 유의하시오. 전단지 뿌린 것은, 응하지 않으면 폭도를 치는 명분도 되니 나쁠 건 없소. 그러나 상부에선 금명간 초토화작전을 수행한다는 계획이오. 서로 죽고 죽이는 이런 미쳐버린 증오의 세상을 하루 빨리 종식시켜야 한다는 것이 상부의 방침이오."

"이건 반칙입니다. 화평회담을 지시해놓고 토벌을 강행하다니요? 엄연히 반칙입니다!"

김익창 연대장의 얼굴이 벌개졌다.

"나도 연대장의 의견과 같소. 하지만 명령을 따를 수밖에 없는 것이 군인의 숙명이오."

낙관과 비관을 롤러스케이트 타듯 하는 것은 바로 비애였다. 우리의 운명 하나가 저들의 펜대 하나, 혀놀림 하나로 결정된다.

"해방이 되자 급속도로 공산당 조직이 번식하고, 소위 인민무장자위대를 결성해서 공권력을 위협하고, 경찰서를 습격했소. 이것이 상부의 시각이오."

"군정장관 각하, 그것이 어제 오늘의 일입니까. 우리가 그걸 몰라서 협상에 나선 것입니까?"

"이념 전쟁이 되어버렸소."

"미 군정은 공산세력이 번식하기 좋은 환경을 만들어주고 있습니다. 공산주의는 역설적이게도 폭압구조라는 자양분을 먹고 자랍니다."

"공산세력이 침투해 폭력을 쓰는 것을 달리 말하지 마시오. 민주주의를 실천하자는 5·10선거를 보이콧하고, 참여자를 위협했소. 미합중국의 권위를 짓밟았소. 해산명령을 받은 인민위원회가 계속 존속되고, 인민무장대를 결성해 도발하고 있소. 귀하는 왜 그들에게 우호적이오?"

맨스필드는 완전히 돌변해 있었다. 의아스러운 태도였다.

"나는 오해살만한 일을 하지 않았습니다. 폭도들을 용서하자는 것도 아닙니다. 양민과 폭도를 구분해 법의 심판대에 올리자는 것뿐입니다. 이런 일을 하지 않으면 공산세력이 더 발호합니다."

"옥석을 가릴 수 없소. 혼란기엔 방법이 없소."

"성경에서 보듯이 길 잃은 한 마리의 양을 구하는 것이 민주주의의 가치입니다."

"민주주의 제도를 악용하지 마시오. 3·1절 행사를 비롯해 민중이 보인 행동은 난폭했소."

귀가 따가울 정도로 듣는 얘기를 또 반복하자는 모양이다.

"진단은 자기들 유리하게 내리게 되어 있습니다. 하지만 팩트는 분명합니다. 기마경찰의 말이 어린 아이를 치었고, 이에 주민들이 항의하는 과정에서 경찰이 사람들을 향해 발포하면서 민간인이 죽고 다쳤습니다. 해방된 조국, 민주주의를 수호하는 미 군정 치하에서 이런 일이 벌어졌습니다. 3·1집회는 존경받는 지역 대표들이 중심이 되어서 민족자주를 외친 평화로운 집회였지요. 그중에는 공산주의 계열도 있었지만 합법적이었습니다. 미 군정은 '민주주의 국가에서는 어느 누구도 인권이 보장되고 사상의 자유가 확보되어야 한다'고 공포했지요. 그런데 갑자기 방향을 틀었습니다. 정책을 수정한다면 일정 훈정 기간을 두고 단속해도 늦지 않았지요. 혼란만 부추긴 꼴이었습니다. 그에 대한 미국의 책임은 없습니까? 왜 이렇게 일관성 없게 정책을 바꿉니까."

"혼란을 부추겼다고?"

"그렇소이다. 나로서는 이상론이라고 생각했지만, 미 군정은 그렇게 했소. 그리고 4·3의 후유증을 최소화하고자 저들과 비밀협상을 가지라고 명령해서 충직하게 따랐습니다. 이쪽 저쪽으로부터 오해를 사면서까지 만들어낸 결과물입니다. 목숨 걸고 한 일입니다. 그것을 오민균 소령이 해냈습니다. 그쪽의 불신을 달래면서 이룬 성과입니다. 그런데 백지화한다? 군의 신의와 명예는 무엇이고, 미국의 자존심은 무엇이 됩니까. 폭도조직에게 거짓말을 할 수 있습니까?"

"그렇다면 경찰을 습격하는 것이 온당하다는 것이오?"

"그것을 모르고 협상장에 나오라고 한 것은 아니잖습니까?"

김익창이 반발하자 맨스필드가 놀라는 표정으로 뒤로 물러앉았다. 김익창은 맨스필드가 태도를 바꾼 것이 이해되지 않았다. 직접 지시해 놓고, 틀어버리다니? 그가 이렇게 가벼운가? 그도 지시를 따른 것이겠지만, 그렇다고 자기 주관이 없단 말인가?

"군정장관 각하, 상부 명령이라고 한다지만 현지의 상황도 중요한 정책 고려의 대상이 됩니다. 가볍게 종기를 짜낼 문제를 커다란 암질환으로 키울 수 없습니다. 의도적으로 사태를 키우는 것 같은 오해를 받습니다. 혹시 뒤에 어떤 어둠의 세력이 있는 것 아닙니까?"

"어둠의 세력이라면 경찰을 말하는 거요? 정녕 그렇게 말할 수 있소?"

김익창은 그의 말을 묵살했다.

"우리가 할 수 있는 최선의 방법은 주민을 쓸어버리기 위해 이곳에 온 것이 아니라는 사실입니다. 폭도들을 정리한다는 데 이의를 달지 않습니다. 그렇다고 무고한 주민까지 적으로 몰아갈 수 없습니다. 인권을 중시하는 미합중국의 이상을 상처내는 일입니다. 공산주의 소련과의 대결에서도 약점이 됩니다."

김익창의 설명에 맨스필드가 한동안 생각하는 듯하더니 말했다.

"자칭 인민해방군이라고 하는 자들이 일본군이 남기고 간 무기로 무장하고, 수류탄, 일본 군도(軍刀), 죽창으로 우익인사를 습격하고, 한라산 터널 속에 진지를 구축하고 계속 경찰지서를 위협하고, 경찰과 그 가족을 잡아 처형하고… 이것이 협상자의 태도입니까?"

"그래서 해결하자는 나서는 것 아닙니까."

"폭력을 묵인하자고? 상부에서 그 점을 환시하고 있소. 제주도 반란군 지도부가 북과 연계되어 있다고 확신하고 있소. 그런 첩보 사항을 숙지하지 못했소?"

"궁지에 몰리면 어떤 누구와도 손을 잡는 여건이 됩니다. 그것을 방치해서야 되겠습니까? 맨스필드 군정장관 각하, 현재의 상황이 중요합니다. 지금 폭도들은 수많은 주민을 인질로 잡고 있습니다. 이곳의 특수한 상황을 보십시오. 형제자매가 산으로 숨어들면 그 가족들이 옷과 음식을 가지고 몰래 산으로 들어갑니다. 그것은 인지상정입니다. 그들까지 폭도로 몰면, 제주도 인민 전체가 폭도가 됩니다. 사실 초토화는 어려운 일이 아닙니다. 군인으로서 가장 쉬운 길이지요. 하지만 초토화는 승리가 아닙니다. 자랑스런 미합중국의 자부심에 크나큰 흉터를 남깁니다."

"흉터?"

"그렇습니다. 내 정보에 의하면 무장폭도는 삼사백 명 정도로 파악되고 있습니다. 그렇다면 나머지 90프로는 공포심을 갖고 숨어들어간 주민들입니다. 중앙정치는 그들을 위협하며 권력을 장악하는 수단으로 악용하려는 것이고, 미 군정을 이용하는 것입니다. 여기 차트를 정리해 왔습니다. 서북청년단과 경찰의 비행과 폭도들의 만행을 각 카운티 별로, 사례별로 정리했습니다. 증언과 현지조사로 확인한 것들입니다."

"그만 두시오. 경찰의 명예를 실추시키지 마시오. 연대장의 명예가 있듯이, 그들에게도 명예가 있소. 왜 니 편, 내 편 갈라서 왜 싸우려고만 하시오?"

맨스필드가 얼굴을 찌푸렸다.

"군정장관 각하, 내가 토벌에 미온적이니까 폭도대 내통자로 몰아붙이는 자들이 있습니다. 그러나 참습니다. 왜 참느냐고요? 권력을 쟁취하기 위해 만든 함정에 빠지지 않기 위해서요."

"함정?"

"그렇습니다. 나는 그런 정치적 음모에 말려들고 싶지 않소이다.

동족을 살상해서 정치적 이익을 취하려는 음모에 가담하지 않는다는 철학을 분명히 가지고 있소. 엄정 중립입니다."

"전쟁에 중립이란 없소. 군인이 중립의 길을 갈 수 있소?"

"말씀드렸다시피 이것은 전쟁이 아닙니다. 토벌입니다. 그들은 내가 맨스필드 장관 각하에게 보고한 내용이 사실이 아니라고 모략하는데, 그들은 자신들의 비행을 감추려고 나를 궁지로 몰아넣는 전술을 쓰고 있는 것입니다."

"9연대장 각하, 나도 현지 경찰지서장에게 사태를 알아보았소. 경찰서장은 사태 악화의 책임을 부인하진 않았소. 다만 자기 부하들이 다치는 게 화가 난다고 했소. 제주 지식인들의 진정서도 받아놓았소. 김 연대장이 수집한 정보와 내가 수집한 정보도 대체로 일치하다는 것 알고 있소. 참상이 보고된 것보다 훨씬 더 참혹하다는 것도 알고 있소. 하지만 각자 보는 관점이 다르고, 서울에서 보는 시각이 다르오. 미 군정은 경찰정보도 신뢰하고 있소. 군의 정보도 신뢰하지만 상부에선 나이브하다고 보는 것이오. 여러 가지 의문점들을 고려해 화평회담을 중단하라는 명령이 하달된 것이오."

"중단은 안 됩니다!"

두 사람의 대화가 다람쥐 쳇바퀴 돌 듯하자 오민균이 자리에서 일어났다.

"장관 각하께 제가 보고 드리겠습니다. 보시다시피 주민들이 공포심을 못 이기고 산으로 들어가고 있습니다. 그 원인을 살펴주십시오. 사건의 본질을 살펴야 해결점이 나옵니다. 낮에는 경찰과 청년단이 빨갱이를 색출한다며 민간인을 학살하고, 밤에는 무장자위대와 희생당한 주민이 눈이 뒤집혀 경찰에 동조한 사람들을 죽입니다. 끝없는 보복전이 이어집니다. 무의미한 살육전입니다. 따지고 보면

엉터리 보복전입니다. 이 고리를 누군가가 끊어내야 합니다. 다행히 경찰력만으로 사태를 해결하는 데 한계를 느낀 맨스필드 군정장관이 9연대에 본격적인 진압작전에 앞서 무장대 지도자와 교섭하도록 지시했습니다(1943. 4. 18). 물론 방해세력이 있습니다. 그들의 순수성을 의심하는 것은 맨스필드 군정장관 각하의 양심과 지성이 결정할 것입니다. 폭압구조의 잘못된 질서를 미국의 지성이 해결하는 것입니다. 실패한다고 하더라도 그의 정의와 지성은 빛나는 것입니다. 왜냐하면 그 가치는 순수하고 미래를 담보하니까요."

맨스필드 군정장관이 묵묵히 듣고 있다가 무겁게 고개를 끄덕였다.

"그것도 한 방법으로 선택했으니 그대로 진행하시오. 내 고민은 여기서 끝내겠소."

오민균이 맨스필드에게 거수경례를 붙였다.

"각하, 오민균의 눈에 눈물이 어렸다. 지시대로 이행하겠습니다."

인간의 야수성은 어디까지인가

작은 충돌은 있었으나 상황은 소강상태를 유지하고 있었다. 무장대는 공격을 멈추었다. 화평 협상에 기대를 걸고 있는 태도가 역력해보였다. 그 사이 경찰은 병력을 계속 증강했다. 서북청년회 단원들이 육지에서 수백 명 추가로 입도(入島)했다. 국방경비대사령부는 육지부 병력을 특별부대로 편성해 제주에 증파했다. 총공격을 앞둔 무서운 침묵이 흐르고 있었다.

구대구 부단장이 얼굴을 찌푸린 채 청년단 사무실로 들어섰다. 사무실 귀퉁이에서 대원 둘이 밧줄로 꽁꽁 묶인 한 사내를 놓고 둘러앉아 있었다. 삼십대 중반으로 보이는 그는 광대뼈가 튀어나와 개성이 뚜렷해 보였다.

"잡아왔습네다. 허리춤에서 피스톨을 찾아냈습네다."

대원 중 하나가 구대구를 보더니 소리쳤다.

"어디서 잡았네?"

"봉개동 인민무장해방군 훈련장이란 곳에서 잡았습네다. 숲속에서 낮잠 자고 있더마요."

무엇을 묻고 따질 필요도 없었다. 이자들을 최동칠 경위에게 넘겨야 한다. 최 경위는 요근래 실적이 부진하다고 입을 쩝쩝 다셨다. 어느 날 최동칠이 경찰서를 찾은 구대구를 복도 밖으로 불러세웠다.

"폭도놈들 잡는 족족 인계하라우. 승진해야 하지 않갔니? 구 동지도 경찰복 입어야 하구 말이다. 정 안 되면 민간인이라도… 알겠지?"

그 말을 듣고 구대구는 활동을 폈는데 좀처럼 실적을 올리지 못했다. 그만큼 그들도 미꾸라지처럼 잘 빠지고 숨었다. 그런 때 지금 보아하니 대물을 잡아들였다. 피스톨을 휴대했다면 적장급이 될 것이다. 구대구는 사내를 경찰서로 압송했다. 최동칠이 반색을 했다.

"신분 확실하니?"

"자백 받아내는 게 최 경위님 특기 아닙네까? 김달삼을 만들어도 되구, 현호진을 만들어도 되구, 이덕구를 만들어도 되구, 조덕구를 만들어도 되지요. 이덕구는 네 명이나 되니깐요."

최경위가 의미있게 웃었다.

"걱정말고 돌아가라우."

더 이상 말이 없는 게 구대구는 섭섭했지만 나중을 기약하고 그는 그대로 경찰서를 물러나왔다. 최동칠은 사내를 영창에 집어넣었다. 하루 굶긴 뒤 취조실로 불러냈다. 최동칠은 그에게 다소 위압감을 느꼈다. 어깨가 딱 벌어져서 잡아끌어도 끌려나오지 않는 것이다. 어라, 이 새끼 봐라… 그는 그에게 수갑을 채우고 족쇄도 채워버렸다. 촉수가 낮은 전등불 아래 바닥은 물이 흥건하고, 구정물이 가득 찬 드럼통 두 개가 귀퉁이에 세워져있고, 철제의자와 철제 책상이 가운데 놓여있었다. 유사한 방이 몇 개 있는 것 중 하나였다. 다른 쪽 방에서 수사관인 듯한 목소리가 흘러나왔다.

"발악을 해도 끝났어. 다른 방에서 니 동지가 불었어, 자식아!"

"자, 우리도 시작해볼까."

최동칠이 사내가 휴대했다는 전단지와 낡은 피스톨과 단도를 책상에 올려놓았다.

"이름이 뭔가."

"현가요."

"현호진이란 말이지?"

"아니오."

"처음엔 다들 그렇게 말하디. 개호로 새끼야, 나를 뭘로 보나? 너 일본 갔다 왔지?"

"그렇소. 중국에도 있었소."

"일본 중국에서 왔으면 됐지, 무슨 잔 말이 많아. 어이 현가, 폭도대엔 왜 들어갔니?"

그는 대꾸하지 않았다.

"거긴 농투서니들 집합소야. 하긴 펜대 굴린 놈들이 악성분자가 더 많디. 꼴을 보니 먹물 좀 먹은 것 같군. 안 그러네?"

"예의를 지키시오."

"빨갱이에게 예의가 이서?"

"난 빨갱이가 아니지만, 빨갱이에게 그렇게 대하면 안 되오."

"어라, 이 새끼 봐라. 뚫린 입이라고 놀려대는군. 끝까지 가나 보자."

생각보다 배짱있고 강성이라고 생각되자 최동칠은 조금 위축되었다. 그는 노획한 피스톨을 집어들어 만지작거리다가 사내 두상을 향해 격발 자세로 겨눠본 뒤 구겨진 전단지를 펴서 읽기 시작했다.

— 경애하는 부모 형제들이여!
4·3 오늘은 당신님의 아들 딸 동생이 무기를 들고 일어섰습니다. 매국 단선 단정을 결사적으로 반대하고 조국의 통일독립과 완전한 민족해방을 위하여! 당신들의 고난과 불행을 강요하는 미제 식인종과 주구들의 학살 만행을 제거하기 위하여! 오늘 당신님들의 뼈에 사무친 원한을 풀기 위하여! 우리들은 무기를 들고 궐기하였습니다.

"철 지난 사건 개지구 무슨 신주단지 모시듯 이딴 걸 품고 다니네? 그래, 빨갱이들, 해방되자마자 지 세상 만났다구 완장차고 난리춤 추었지? 남로당과 합세해서 으샤으샤했지? 그놈의 남로당 남로당 남로당!"
"남로당이 노인당이오?"
"어라, 이 새끼 봐라."
"없는 남로당 얘기 그만 하시오."
"이 새끼야, 이 권총으로 경찰 몇 명이나 쏴죽였니? 경찰이 미제 식인종에 붙어먹는 주구라면서 쏘았지? 친일경찰이라고 쏘았지? 군정 앞잡이라고 쏘았지? 그래놓고도 살기를 바라네?!"
매타작이 시작되었다. 그는 비명을 지르지 않고 고스란히 견뎠다. 이쪽이 겁먹을 정도로 의연한 자세였다. 전단지와 피스톨과 단도를 증거물로 압수했기 때문에 뛰어봐야 벼룩이다. 최동칠은 그가 현호진이든 박호진이든 구분할 필요가 없었다. 물증이 나온 이상 그것으로 모든 것이 결정되었다.

"남로당이 노인당 이름이냐고?"

최동칠은 생각할수록 성질이 뻗쳤다. 자신을 조롱하는 것이라는 것을 알아차리고, 앙갚음할 게 없나 궁리하다가 책상에 놓인 서류를 뒤적이기 시작했다. 그는 화를 끓어올릴 근거를 찾는 모양이었다.

"'시위 행렬이 합법적으로 감행하지 못할 시 당 독자적으로 행동을 감행한다'. 오호 그렇군. 이 말은 경찰이 막든 막지 못하든 우리는 우리식대로 강행한다는 뜻 아니가. 군정을 무력화시키려는 남로당 행동 강령이란 말이다. 그렇지? 또 이렇게 씌어있군. '우익이라 칭하는 반동분자들을 응징하라. 행동 대 행동, 실력 대 실력이 협상력을 제고시킨다'라고."

사내가 어이없다는 듯 말했다.

"미 군정은 사회단체, 정치 결사체를 인정하지 않소?"

"니들은 유리한 것만 달달 외우누만? 남로당의 불법활동을 막는 것이 우리 임무 아니가. 경찰이 대갈박을 선반에 올려놓고 다니네?"

최동칠이 다시 서류철을 뒤적이기 시작했다.

"'남로당은 전위조직인 도, 읍, 면 민주청년동맹 조직을 완료했고, 남로당 전위조직인 제주도민주주의민족전선을 결성했다. 스탈린과 박헌영, 김일성, 허헌, 김원봉, 유영준이 명예회장으로 추대되었다'. 과연 그렇군. 그리고 파업, 시위, 파괴, 습격, 폭력, 납치, 린치…."

그것은 역설적이게도 우익 청년단에게도 고스란히 적용되는 사안들이었다.

"나와 무관하오. 그건 당신들이 탄압하려는 수법으로 뒤집어씌운 혐의들이요."

"니들은 늘 그렇게 말하디. 그러구서 프롤레타리아 혁명을 성공시킨다 이거디. 그래니 네놈들이 우리를 불러모으게 한 책임이 있단 말이다. 근본 책임은 남로당 놈들에게 있다 이 말이디. 고런데 우리더러 물러가라고? 제주 땅이 느그가 불하받은 토지냐? 너 도대체 누구냐."

"나는 만주독립군 출신이오."

만주독립군이란 말은 생소했다. 그는 호기심이 발동했다.

"처음 듣는 군대 이름이군. 어느 군대라구?"

"조선의용군이오."

"별놈에 군대도 다 있군. 거기서 뭘 했소?"

최동칠이 말버릇을 고쳐서 물었다. 사내가 계속 의연해서 최동칠은 조금은 쫄았다.

"타이항산 일대에서 후자좡전투, 싱타이전투, 펜청전투를 벌이다가 충칭에 있던 임시정부 광복군 제1지대로 편입되면서 정탐병으로 근무했소. 조선의용군 김원봉, 무정, 김두봉 사령관의 지휘를 받았소."

"그들이 어떤 자들이오?"

사내가 픽 웃으며 한심하다는 표정을 지었다.

"현씨, 비웃나?"

"비웃는 것이 아니오. 답답해서 그러오."

"그래서 웃는다? 좋다 제기랄… 몇 개 더 묻고 진행하갔다. 거기서 무슨 활동을 했나?"

"조선의용대의 세 가지 범주 내에서 활동했소. 전지 공작이란 게 있는데, 일본군 점령지구에 잠입하거나 전선에 접근해서 활동하는 초모활동·선전활동·정보활동이오. 둘째 군사교육과 사상교육을 하오. 셋째 생산활동이오. 전우들이 밭을 일구어 직접 농산물을 생산하는 보급투쟁이오. 나는 두세 번째 일을 했는데, 일본이 패망하자 충칭에서 단둥을 거쳐 신의주로 들어왔소. 거기서 소련군에 체포되어 무장해제 됐소. 내 나라에 들어와서 무장해제 당하는 수모를 겪었소. 나는 그들 초병을 피해 맨 몸으로 기차를 타고 경성으로 왔고, 거기서 또 기차를 타고 목포로 내려와서, 열흘 만에 제주 들어오는 객선을 타고 고향으로 돌아왔소.”

“참 멀리도 갔다 왔다. 다시 묻갔다. 중국 조선의용군이 무슨 군댄가?”

“왜병 잡는 일이지 무슨 일이겠소. 왜병 잡는 데는 중국군보다 조선의용군의 무력이 뛰어났소.”

“이 새끼들은 자나깨나 일본군을 무슨 철천지 원수로 알고 있대니까. 묘한 종자들이야.”

사내가 버럭 화를 냈다.

“같은 민족으로서 그런 말을 할 수 있소?”

“민족, 민족 하지 말라우. 너만 민족이니? 고렇지. 흥분하면 안 되지. 그럼 왜 폭도대에 가담했니?”

“그럼 당신은 왜 친일경찰이 되었나?”

“빨갱이 새끼들은 이렇게 이분법적이야. 사람이 없는데, 치안유지 인력은 그뿐이었잖네? 행정공백을 메우려면 옛 관리들이 나설 수밖에 없는 거구 말이다. 문맹율이 80%가 넘는다. 글자도 모르는 사람이 태반인데, 그래두 관리들은 문서를 만지작거리지 않네?”

“영혼의 문제지. 건국치안대로 치안을 맡을 수 있었소.”

“고따우 빨갱이 군벌 새끼들 개지구 뭘 하자는 기야? 비적떼들이지.”

"그러니 당신들은 안 된다는 것이오."

"이 새끼들은 선악 이분법밖에 모른단 말이야. 어쩔 수 없는 것도 부정한단 말이야."

"당신들이 더 이분법적이오."

"내가 어뜨렇게 경찰이 되었다고 보니? 너희놈들 때문이 아니갔나?"

그는 경찰조직에 참여하리라고는 꿈도 꾸지 못했다. 민족자주 어떠니 하는 놈들 때문에 얻은 자리였다. 해방공간은 여러 가지 행운을 안겨다주는 무대였다. 평안도 뒷골목 주먹이 여기 내려와서 경찰 명함을 달고 다닌다. 남한은 기회의 땅이다.

"김일성이가 너네 시조 어른인가? 삐라를 보니 김일성 장군을 내세웠잖아!"

"여러 사람 이름 올려놓은 것 중 하나요. 그들 이름을 갖다 붙인 건 단체의 위세를 내세우고자 하는 것 때문이지, 특별한 연고가 있는 건 아니오."

"명칭을 도용하고 사칭했다 이 말이디? 남의 문패 훔쳐다 다는 뻔뻔한 새끼들! 서류는 근거주의의 기본이디. 여기 남로당중앙 지령이 씌어있군. '혁명과업 담당 세력은 지주, 자본가 계급이 아니라 혁명적인 노동자, 농민계급임을 선전하라'. 이 주장은 김일성이가 지령하는 조국 건설 방향의 기본이지?"

"히로히토에 충성하지 마시오!"

"하여간에 너희 종자들은 물고 늘어지는 데는 선수지. 악질 놈들."

"내 분명히 말해두겠소. 일제 식민지 중 조선이 가장 참혹하게 당했소. 왜 그러는지 아시오? 당신들과 같은 동족이 동족을 밟았기 때문이오. 역사적 맥락으로 볼 때, 당신들이 우리의 찬란한 독립운동투쟁의 성과물들을 모조리 무화시켜버렸소. 알다시피 조선민족의 항일투쟁은 위대하오. 만주에서, 시베리아에서, 중국에서 풍찬노숙하며 견뎌냈던 힘은 오로지 나라의 독립이라는 간절한 소망 때문이었소. 청산리전투, 봉오동전투, 갑산전투에서 일본군을 타격한 목적은 우리 힘으로 나라를 되찾자는 처절한 열망 때문이었소. 일본군은 수십 배의 화력으로 독립군을 도운 조선인 마을을 초토화시켰어도 살아남은 자는 다시 결집해서 항일독립군을 위해 신새벽에 주먹밥을 준비하고, 옷과 신발을 제공했소. 그들의 이런 헌신으로 항일투쟁 전통은 면면히 이어져온 것이오. 이런 역사적 사건은 중국군에게서도 찾아볼 수 없는 우리만의 저력이오. 중국 인민은 중국군대나 일본군대나 똑같은 비적떼라면서 일본군이 쳐들어와도 더불어 살아가는 형편이었소. 조선 사람은 항일독립군에게 밀떡, 미숫가루를 빻아 제공하고, 은신처를 제공하고, 그러면서 체포되어 고문받고 처형되었소. 이런 도덕적 순결성은 조선민족만이 가진 자산이오(이상 도올 김용옥 교수의 강연 일부 발췌). 그런데 당신들은? 이분법적으로 구분하지 말라고 하지만, 그대들은 더하잖소? 지금 제주에서 벌어지고 있는 참극을 보고, 못된 버릇은 버리지 못하는구나 하는 슬픔으로 내가 통곡하고 있소이다."

"도대체 너의 정체가 뭐냐?"

"제주도가 고향인 사람이오."

"그러면 통곡 많이 하라우. 고래서 어쨌단 말이가?"

사내가 다시 큰소리로 말했다.

"우리의 빛나는 독립운동사의 성과들을 당신들이 밟고 있소. 찬란한 독립운동사의 결말이 이런 식으로 사라져서야 되겠소? 허무하지 않소? 우리가 과연 독립했소? 발가락이 하나 다쳐도 통증으로 제대로 설 수 없는데, 몸통의 가운데를 토막내버렸는데 홀로 섰다고 말할 수 있소? 분단이라는 게 도대체 우리에게 무슨 소용이 있소? 일본이 물러나자 그 빈 자리에 세워야 할 통일 조국을 생뚱맞은 이념이 들어와 두동강 냈소. 이건 이념 대립이 아니오. 일제의 분열 정책을 좌우 대립으로 치환했을 뿐이오. 일제가 똥 싸지르고 간 한반도를 미국이 떠맡고, 미국은 세계전략의 실험장으로 한반도를 이용하고 있소. 미국이 선한 의지를 갖고 있다면 얼마든지 분단을 극복할 수 있소. 미 군산복합체와 곡물산업과 석유메이저들이 세계 지배의 장난을 치고 있소. 불행히도 우리 지도자들은 그 점을 못 보고 이익만을 탐하는 맹인이 되어버렸소. 이익 앞에 벌레처럼 살아가는 당신들을 보면서 찌르는 아픔에 내가 견딜 수가 없소."

"공산당은 역시 리론이 많아. 입 닥치라구!"

최동칠이 비웃는 얼굴로 두 손을 높이 쳐들어 짝짝짝 박수를 쳤다. 사내가 그를 무시하고 다시 말을 이었다.

"식민지를 겪은 나라가 많지만 유독 일본이 지배한 나라들은 한결같이 내전을 치르고 있소. 왜 그런가. 일제가 그들 통치하기 좋게 내부를 찢어놓았기 때문이오. 친일 기득권층과 수탈당한 민중, 지배세력과 피지배세력, 거기에 좌와 우 색깔론을 끼워 넣은 것이오. 이렇게 분열시켜 놓으면 참으로 통치하기가 쉽지. 일본이 패망하니 일본을 추종했던 자들이 기득권을 유지하기 위해 수작을 다 벌이고 있소. 일제 학습 그대로 주민을 이간질하고 분열시키고, 또 다른 외세에 빌붙어 온갖 대중조작적 프로파간다로 국민을 기망하고 있소. 이런 세력을 청산하는 것이 일본놈 물리치는 것보다 더 험난한 길이오. 왜냐하면 이것들은 재빨리 변신해 강자에 빌붙기 때문이오. 미국이란 나라는 말 잘 듣는 친일세력이 경제적으로 지원까지 해주며 협력하니 얼마나 고마운 존재들인가. 일본이 저지른 짓과 똑같이 좌우이념의 명패를 내걸어 민족정통성을 파괴하고, 식민지 역사를 유지해가고 있소. 일제 식민지가 되었던 나라 중 한반도가 가장 처참하오. 중국, 대만, 인도차이나 어디를 보아도 조선반도처럼 분열된 나라는 없소."

"고래서?"

"역사는 망각과의 투쟁 과정이오. 권력자들은 잊으라고 하지만, 광포한 시대를 어떻게 잊겠소? 그들이 저지른 죄악을 잊으라고? 어제의 범죄를 단죄하지 않으면 내일의 범죄에 용기를 준다고 어느 작가는 말했소. 잊지 말아야 하고, 기억해야 하고, 그래서 역사 발전의 증거로 삼아야 하오. 현대사일수록 허구가 많소. 눈앞의 진실을 힘가진 자들이 비틀어버리기 때문이오. 우리는 지금 변형된 일제와의 내전을 다시금 치르고 있소."

"복잡하게 말하지 말라우. 그 힘은 단순하디. 총구의 화력이 누가 더 세고, 누구에게 더 집중되어 있니? 헛 수작 말구 당신 전향할 것을 명령한다. 보아하니 똑똑한 인간인 것 같은데, 그래서 봐준다. 이건 내 경찰 경력 최초의 일이다. 공산당에서 빠져 나오라우. 빠져나오면 당장 경찰 간부다. 지식적으로는 나보다 훨씬 위에 있다."

"난 공산당이 아니오. 물귀신 같은 이념의 덫. 그것 말고는 잡아가둘 것이 없나? 생각이 바른 사람이 있다는 걸 모르나? 일제가 만들어놓은 분열의 덫에 그대로 빠져들 것인가? 내전의 가장 큰 희생자는 조작된 진실이란 말이 틀린 말이 아니군. 추악한 일본 하나를 극복하지 못하는 것은 슬픈 일이오. 그 프레임에 갇힌 당신들을 보면 내가 슬프오."

최동칠이 소리쳤다.

"슬퍼하지마 새끼야. 누가 너더러 날 슬퍼하랬어? 니가 무슨 자격으루 날 슬퍼하니? 또라이 새끼야, 제주도민 80%가 빨갱이거나 지원세력이란 걸 모르네? 그렇게 말해두 못 알아 듣갔나?"

"그들은 빨갱이가 아니다. 영혼을 가진 민중일 뿐이다."

"고래, 영혼 좋아하는군. 육체 또한 영혼의 그릇이라고 했는데, 얼마나 고상하게 버티나 보자. 느들이 조그만 섬에서 악랄하게 저항하며, 총파업을 단행하고 5·10선거를 반대했다. 경찰만 제외한 모든 기관, 제주도청, 각 면사무소, 금융조합, 학교, 시장 상가, 노동조합, 어촌계, 해녀조합 등 166개 기관단체 5만명이 총파업에 참가했단 말이다. 모두 빨갱이 세상이 되어서 미쳐 돌아가고 있디. 경찰도 무단 이탈자가 66명이나 나왔다. 이놈들 중 상당수가 입산해버렸다."

"그들이 왜 입산했나를 생각해보지 않았나?"

"공산당은 입주뎅이로 망한다는 말이 틀림없군. 우리가 얼마나 많은 피해를 입었는지 말해주디. 너희 폭도놈들이 중문지서에서 주민 시위 해산을 경고한 경찰관을 팼디. 경찰 부부를 대창으로 찔러죽였디. 어린아이를 시켜서 경찰관에게 침을 뱉도록 모욕했디. 불법 집회를 단속하는 경찰관을 습격해 폭행했디. 남원에서는 폭도에 쫓겨 바다에 뛰어든 경찰을 갈고리로 찍어내어 무자비하게 살해했디. 북촌리에서는 경찰관 2명을 개잡듯이 팼디. 공권력이 이렇게 개좆이 돼버린 기야. 그래도 잘했다는 거니?"

최동칠은 흥분을 끓어올리기 시작했다.

"점잖게 말해갔다. 관등성명 대라우."

"현호신이다."

"획 하나 바꾼다고 똥개가 진돗개 되니? 해박한 걸 보니 넌 틀림없이 넌 현호진이다. 내 관할인 서청 정용팔 섭외부장 어떻게 했니? 그자가 너네 집으로 간 뒤 행방불명이 됐다."

"무슨 말인지 모르겠다."

"산에서 무슨 역할 했나?"

"알려줄 수 없다."

꼬장꼬장하게 대구한 것도 기분 나쁜데 여기서 또 버틴다. 곧바로 매타작이 시작되었다. 묶인 채 그는 딱딱 살에 잘 엉기튼 단단한 박달나무 몽둥이로 맞았다. 어깨를 맞고 어깻죽지가 무너졌다. 최동칠이 흥분하면 이성이 마비된다. 그 바람에 그의 갈비뼈가 나갔다. 콧등이 뭉개지고 얼굴에서 시뻘건 피가 쏟아졌다. 머리가 으깨지고, 이빨 석대가 옥수수 알처럼 뱉어져 나왔다. 이윽고 하얀 골이 터져나왔다. 그래도 분이 안 풀리는지 최동칠의 행동은 멈추지 않았다.

"혓바닥 마구 놀리니 내가 돌아버리가서!"

그때 문이 열렸다. 경찰서장이었다.

"하여간에 최 경위는 용감무쌍해."

최동칠이 하던 짓을 멈추고 이마에 맺힌 땀을 손등으로 훔쳤다. 서장이 피투성이가 된 시체를 내려다보더니 말했다.

"태워버리구, 혹 신원이 밝혀지면 분신자살자로 처리하게. 일곱 시에 '락희주점'으로 오게. 모처럼 육지에서 어린 갈보들이 들어왔다네."

죽은 자는 무슨 경위로 제주에 들어왔는지, 무슨 역할을 했는지 아는 사람은 아무도 없었다. 그것을 알려고도 하지 않았다.

날이 밝기 전이 가장 어둡다

"똘똘한 네 놈만 차출하라우."

구대구 부단장이 행동대 조장 김대골에게 지시했다. 대개는 수색대 비슷하게 두 명을 보내는데 아무래도 낌새가 이상해 네 명을 차출했다. 김대골이 밖으로 나가고 구대구가 단장실을 찾았다.

"신촌리 쪽에서 붙을 것 같습니다. 경찰도 증파됐습니다."

그는 서울 말씨로 보고했다.

"몇 놈이 나갈 건가."

"네 명 차출했습니다."

"더 충원해. 부단장이 직접 인솔하고."

사진봉은 폭도들이 제주 전역에서 출몰하고 있는 이상 묵과할 수 없다고 생각했다.

"열 명쯤이요?"

"스무 명은 돼야지. 4개조로 나누어 저인망으로 훑어가. 오후엔 하도리 쪽에서 올라오는 하대칠 조직부장 조와 합류하구. 난 경찰서 들렀다가 부두로 나가갔다. 명분없는 짓은 하지 말고, 대신 복수할 놈은 과감히 응징해."

"알갔습네다."

"현호진 집도 살피라우. 단서가 나올 거야."

"알갔습네다."

"다시 강조하지만 불필요한 시빗거리에 휘말리지 말구 보복할 놈만 골라 똑부러지게 해."

"알갔습네다."

"알았으면 나가봐."

그들은 경찰 트럭 두 대에 분승해 조천 방향으로 달렸다. 구대구는 사진봉의 지시가 마땅치 않았다. 지시가 불확실하다. 시빗거리가 붙지 않도록 하되 복수할 놈은 응징하라. 그 기준이 모호했다. 타격기준이 불명확하면 자의적으로 해석할 수밖에 없다.

"너희들 마을에 들어가면 반항하는 자는 무조건 조진다. 알았나?"

고르지 못한 도로 때문에 트럭은 덜커덩거렸지만 구대구는 목소리 높여 외쳤다. 그는 신촌리 쪽으로 대원들을 들여보내고 대원 셋을 데리고 현호진의 집으로 갔다.

"샅샅이 뒤지라."

구대구는 마당으로 들어서서 대문 곁에 붙어있는 헛간을 살폈다. 똥통은 갑각류처럼 마른 똥이 표면에 깔려있고, 그 위로 먼지가 뿌옇게 앉은 것으로 보아 오랫동안 사용치 않은 것으로 보였다. 밥을 지은 지도 오래인 듯 재들도 쌓여서 굳어 있었다. 한 대원이 별채 골방에서 C레이션 박스와 먹다 버린 귤껍질, 카라멜 따위를 발견했다. 다른 대원이 소리쳤다.

"미제 팬티다!"

일행들이 우루루 골방으로 몰려 들어갔다. 구대구가 팬티를 손가락 집게로 들어올려 살펴보더니 개새끼, 하고 욕을 퍼부었다.

"정용팔, 이 자가 녀성 하나 따먹었구레?"

노상 하던 짓이라 구대구는 별다른 의심을 품지 않았다. 대원들이 광으로 들어갔다. 보리 썩는 냄새와 함께 음산하고 귀기서린 분위기가 확 끼쳐들었다.

"뭔가 이상합네다."

"무슨 냄새네? 헤집어봐."

뒤따르는 대원들이 마루 바닥에 널려있는 보리를 헤집기 시작했다. 보리를 말리기 위해 널어놓기만 했을 뿐, 그동안 뒤집지 않아서 손으로 헤칠 때마다 먼지와 함께 곰팡내 같은 썩은 냄새가 역하게 풍겨져 나왔다.

"보리 썩는 냄새가 왜 이렇게 독하네?"

구대구가 코로 흠흠 하다가 한 손으로 코끝을 눌러 막았다. 광 바닥을 헤집었으나 냄새는 더 역하게 풍겨나왔다.

"나가자우."

구대구는 빨리 벗어나고 싶었던지 별다른 의심없이 이 말을 남기고 밖으로 나갔다. 안방으로 나온 대원이 자물쇠로 굳게 잠겨있는 송판 농을 군화발로 걷어차 부수고, 여자의 옷과 남자의 옷이 가지런히 포개져 있는 것을 발견했다. 그 외 특별히 의심할만한 것은 없었다.

"생각보다 맑습네다."

"철수한다."

그가 명령하자 대원들은 헝클어놓은 집기들을 그대로 둔 채 집을 나왔다,

"김갑칠과 장풍선이가 교대로 이 집 잠복 근무하라우. 깨림칙한 게 있다."

무언가 튀어나올 것 같은 분위기가 구대구의 뒤통수를 땅기고 있었다. 그들이 신촌리에 당도했을 때, 비석거리 앞에 사람들이 웅성거리며 모여앉아 있었다. 사람들 곁에 한 남자가 피투성이가 되어 쓰러져 있었다.

"저 간나새끼가 토끼다가 잡혔소."

구대구 일행이 다가가자 미리 와있던 하대칠이 상황을 설명했다. 구대구가 나뭇단 위에 올라가 모여있는 주민을 향해 소리쳤다.

"어젯밤 폭도들에게 식량과 옷, 삽과 곡괭이, 대창을 갖다 준 자 나오라우! 다섯이 셀 때까지 나오라우. 안 나오면 가만 안 둡네다!"

그는 정보를 다 알고 있다는 듯 건너짚고 협박했다. 나서는 사람은 없었다.

"괜한 사람 잡게 하디 말구 정직하게 나오라우."

그는 둘러앉은 마을 주민을 눈으로 샅샅이 훑으며 본보기로 후려칠 자를 골랐다.

"여러분, 리승만 박사께서는 사상이 건전한 서북청년회야말로 애국의 보루이다! 조국의 들보이다! 라고 하셨다. 리 박사는 제주 파견을 극렬히 독려하셨디. 우리가 고저 왔는 줄 아네? 리승만 박사의 명을 받들고 빨갱이를 잡고자 온 거다 이 말이디. 알갔어? 지금부터 다섯을 세겠다. 고때까지 안 나오면 어뜨렇게 되나 지켜보라우. 하낫 둘 서이 너이…."

그러면서 그는 한 사내를 발견하고 다서이! 하고 숫자를 마무리했다.

"너 일루 나와."

지목된 사내가 쭈볏거렸다.

"나오라우!"

그래도 사내는 주춤거렸다.

"끌고 나오라우!"

대원들이 우루루 몰려가 청년의 양 어깨를 잡아끌고 앞으로 나왔다.

"바로 서라우."

그가 바로 섰다.

"니 마누라 이름이 을순 어멍 아니네?"

사내가 어설프게 머리를 저었다.

"애 어멍 여기 있네?"

"집에 있습니다."

"김대골! 가서 끌고 나오라우."

김대골이 대원 두 명을 이끌고 마을로 몰려가더니 잠시후 여인을 끌고 왔다. 여인이라기보다 십대로 보이는 소녀 모습이었다. 구대구 앞에 여자가 서자 을순 어멍이가? 하고 그가 물었다. 여자가 몸을 떨면서 고개를 젓는 듯 마는 듯했다.

"너 정용팔 섭외부장 만났네, 안 만났네?"

여자가 놀라는 빛을 보였다.

"빨리 말하라우. 다 알고 와서. 정용팔이 신촌리 을순 어멍이랑 붙은 얘기를 자주 했디. 남편은 스물한 살이고, 여자는 열여덟이라고 했디. 벌써 딸 하나를 낳은 여자인데 속궁합이 그만이었다고 자랑했디. 당신, 정용팔 부장 언제 보았네?"

그녀가 그녀의 남편을 보며 쭈볏거렸다.

"빨리 말하라우. 정용팔 부장과 통간한 거이 고렇게두 챙피하네?"

그러자 남편의 눈이 하얗게 뒤집혔다.

"간나새끼, 여자 하나 간수 못 하구, 눈깔 까뒤집긴?"

구대구가 청년의 샅을 걷어찼다. 청년은 두 손으로 샅을 감싸며 허리를 구부렸다.

"빨리 말하라우."

"그런 사람 몰라요."

"쌍간나 년! 통간하구도 모른다구? 내 그럴 줄 알았디. 당연히 모른다구 하갔지. 그럼 넌 모르네?"

구대구가 그 남편에게 물었다. 순간 남편이 그의 아내 뺨을 갈겼다. 구대구가 다가서며 막았다.

"이 새끼 왜 때리누? 외간남자 만났다구 조지네? 이런 상노무 새끼, 버릇부터 고쳐 놓으라우."

대원들이 달려들어서 각목으로 청년을 늑신하게 팼다. 그의 아내가 쓰러진 남편을 끌어안으며 울부짖었다.

"못된 놈들아, 나도 남편도 죄가 없다. 이게 무슨 짓이냐. 짐승같은 놈들, 벼락맞아 뒈져라!"

"우리가 짐승이란다. 저 년도 단단히 손봐라."

그녀에게도 닥치는 대로 각목이 떨어지고 발길질이 이어졌다. 두 젊은 부부가 늘어진 사이 재빠르게 도망가는 남자가 있었다.

"저 자 잡으라!"

남자는 순식간에 숲속으로 사라졌다.

"날레 잡아오라우."

대원들이 숲속으로 달려 들어갔다가 한참 만에 피투성이가 된 남자를 끌고 왔다.

"반동새끼, 숨는 자가 범인이디. 너 폭도들에게 식량 얼마나 퍼주었넹?"

"안 퍼줬습니다."

피를 흘린 채로 남자가 당당하게 대답했다. 비굴할수록 인정하는 꼴이 된다고 생각하는 모양이었다.

"그럼 왜 도망가니? 안 퍼줬음 그만이디, 왜 도망을 가니?"

사내는 여러 가지 위협을 느끼고 본능적으로 도망을 갔을 뿐이다.

"밤새 새네끼를 꼬았습니다."

"새끼 꼰다고 식량 못 퍼주네? 저 남정네 모서 오구레."

구대구가 사람들 가운데 키가 큰 남자를 손가락질하자 대원들이 달려가 그를 끌고 나왔다.

"이 자 폭도대에 식량 갖다 줬네, 안 줬네? 증인 서라우."

"나는 모릅니다."

"이 새끼들은 한결같이 모른다는 기 답이야!"

구대구가 경찰봉으로 그의 옆구리를 갈겼다.

"이놈 쎄게 조지라우!"

그와 동시에 대원들이 달려들어 그도 늑신하게 팼다. 그는 비명도 지르지 못하고 쓰러진 채 거칠게 숨을 몰아쉬었다.

"일으켜 세우라우."

그가 부축을 받아 서지만 다시 고꾸라졌다. 구대구가 고꾸라진 사내를 노려보며 물었다.

"저 자가 폭도들에게 식량 갖다 주는 거 봤네 안 봤네?"

그가 공포스런 얼굴로 아무렇게나 고개를 끄덕였다.

"간나 새끼들, 언터져야 제대로 분단 말이다. 죽어봐야 저승 맛을 아는 놈들이라니까. 비겁한 놈, 조지라우!"

한 대원이 대검으로 그의 복부를 찔렀다. 그는 하얗게 눈을 까뒤집은 채 숨을 거두었다. 주민들은 악 소리도 내지 못하고 떨고 있었다. 현실같지 않은 현실이 펼쳐지고 있었다.

"너희 놈들이 가장 악질 반동분자들이란 말이다!"

그는 가는 곳마다 울부짖었던 말을 똑같이 퍼부었다. 그가 뻗어있는 청년의 바지를 와락 잡아챘다. 그의 옷이 허물 벗듯 벗겨졌다.

"더러운 놈, 사루마다 좀 빨아 입으라우. 고약한 냄새에 이렇게 지저분해개지구, 이렇게 비위생적으루 살면 마누라가 좋아하갔나?"

구대구가 그의 꾀죄죄한 팬티에 침을 칵 뱉었다. 주민들을 일렬로 세운 뒤 해안선으로 내려보냈다. 김대골이 앞서 인솔하고 주민들이 그를 따라 걸었다. 그들 뒤에는 다른 대원이 집총을 한 채 따라붙었다. 그들의 행렬은 흡사 검은 죽음의 주로(走路) 같았다. 그들이 해안선에 당도했을 즈음 구대구가 남은 대원들에게 명령했다.

"저 더러운 팬티까지 마을에 집어넣어 소각하라우."

대원들이 우루루 마을로 들어가 짚덤불에 불을 붙여 초가지붕에 던지자 삽시간에 불이 붙고 연기가 피어올랐다. 불길은 걷잡을 새 없이 치솟아 올랐다. 해안선으로 내려가던 주민들이 불타는 마을을 보더니 아우성치며 언덕으로 올라왔다.

"아유, 이를 어째, 우리집이 탄다, 우리 양식, 우리 망아지…."

"이게 무슨 난리우까. 오, 하느님, 이것이 무슨 난리우까."

그들이 소리 지르며 마을로 몰려오자 대원들이 오는 족족 각목으로 내리치고 죽창을 휘둘렀다. 구대구가 권총을 뽑아들어 허공에 대고 마구 쏘았다.

남원면에서는 경찰 가족이 무장자위대에 끌려 나왔다. 노인과 경찰관 부인이었다. 무장대 네 명이 그를 둘러쌌다. 그들은 모두 총을 들고 있었다.

"같은 마을사람이 같은 마을사람을 폭도라고 밀고해?"

"시키는 대로 따르지 않으면 죽는데 어떡하겠나."

"당신 아들이 경찰이라고 세상 겁나는 게 없소? 당신 아들 때문에 주민 두 사람이 끌려가 죽었단 말이다."

노인이 입을 다물었다.

"소개령 내린 것 알고 있었소, 몰랐소?"

"몰랐네."

"거짓말 말아! 당신은 알고 있었어. 그래서 미리 가재도구를 빼내가지고 안전지역으로 피신했잖아!"

"어떻게 나만 살림 빼돌리고 했겠나. 알았다면 진작에 말해주지."

그들은 서로 이웃간에 살았다. 경찰가족과 우익이라는 인사의 집은 안전했다. 불태워진 집도 없었으나 탔더라도 불티가 옮겨붙어 탄

것이었다. 살림과 가재도구를 빼낸 다음이었다. 제주읍내로 이주한 노인은 며느리와 함께 잔여 물건을 챙기러 마을로 들어갔다가 무장대에게 붙들렸다.

"당신, 성산포 주정 공장에서 일어난 사건 알고 있소?"

"알고 있지. 그거야 서청 놈들이 한 짓 아닌가."

"경찰 비호 아래 그런 짓이 벌어졌단 말이오. 제주 출신 경찰은 동원되지 않았지만 당신 아들새끼만 주민 사냥에 나섰단 말이오!"

"명령 때문에 동원된 거지, 어쩔 도리가 없잖나."

"영감탱이야, 다른 경찰은 도망 갔잖나! 거기에도 애국 경찰이 있었다니까!"

주정 공장 창고에서는 서청 단원들이 인근 부녀자와 처녀들을 모아 집단 겁탈했다. 일부 대원들은 여자 음부에 고구마를 쑤셔박았다고 했다. 주정 공장은 경찰이 접수해 무기 제조하는 조병창으로 사용하고 있는 곳이었다.

"그런 못된 짓한 걸 몰랐다는 거요?"

"어허, 세상 말세로세. 가당치도 않네."

한 무장대원이 노인의 턱을 갈겼다.

"너 이놈들, 하늘이 무섭지 않느냐."

그렇게 말하는 순간 노인이 가슴을 쥐고 쓰러졌다. 한 무장대원이 권총을 뽑아들어 노인의 가슴을 겨눠 쏘아버린 것이다. 노인의 며느리가 눈을 까뒤집은 채 죽은 노인의 시신을 부여잡고 울부짖었다.

"천벌 받을 놈들아, 이게 무슨 짓이냐. 우리 시아버지는 너희놈들을 위해서 빨갱이 명단을 불에 태워버린 분이다! 남편이 너희놈들 보호해주다가 상관한테 맞아서 귀머거리 병신이 돼버렸다, 이놈들아! 이 천벌 받을 놈들아, 우리 아버지 살려내라, 살려내! 아아악!"

이윽고 여인이 입에 거품을 물고 정신을 잃었다. 날이 밝기 전이 가장 어둡다고 하지만, 휴전 직전의 제주도는 절망적이었다. 날이 밝더라도 그 상흔을 어떻게 치유할 것인가….

제26장
외줄 타듯 살얼음 딛듯

성산포 일원에서 작전을 마치고 귀대하던 오민균 대대장이 생각이 난 듯 인근 해녀회관을 찾았다. 매일 비상상황에 대비하다 보니 한동안 잊었지만 해안도로를 돌면서 불현듯 그녀가 머릿속에 떠오른 것이다. 해녀회관은 문이 굳게 잠겨 있었다. 유리창이 여러 장 깨져서 드센 바람이 안으로 소리를 내며 빨려 들어갔다. 회관은 진작부터 사용하지 않은 것으로 보였다.

바다 쪽에서 나이 든 해녀가 물질을 하고 오는지 태왁을 걸머지고 천천히 걸어오고 있었다. 오민균이 여인에게 다가가 물었다.

"여기 해녀회관의 임순심 씨를 찾아 왔습니다."

단박에 그녀가 경계의 눈초리로 그를 바라보았다.

"저번에 찾아왔던 사람입니까?"

"그렇습니다. 가깝게 지내던 사람입니다."

"그란디 무사마씸(왜요)? 알고 지내는디 안부도 모른다마씸?"

"그동안 바빠서 찾지 못했는데, 지나는 길에 만나보고 가려구요."

"아, 기(그렇구나). 한디 다 모사뿌릿소(부숴버렸소). 잊어뿔고 가소."

여인이 구멍이 숭숭 난 길가의 큰 돌덩어리에 걸터앉아 길게 한숨을 내뿜었다. 그리고 이번에는 상대방이 알아듣기 좋게 육지 말씨로 떠듬떠듬 말했다.

"죽었습니다."

"네?"

오민균은 잘못 들었나 싶었다. 제주땅에서는 죽음이 일상사가 되었지만, 그것은 그녀와는 무관한 일로 생각되었다. 제주 사건과는 연관되는 것이 없었고, 또 그녀는 굳굳하게 사선을 넘어온 사람이다. 실로 끈질기에 부여잡은 생명줄이다. 소만국경— 북만주— 사할린— 홋카이도— 혼슈— 그리고 부산을 거쳐 제주에 안착하기까지 죽음의 고비를 수도 없이 넘었지만 기적처럼 살아남았다. 일본군의 성노리개가 되고, 소련군 초병에게까지 몸을 빼앗기고, 무수히 죽고 죽이는 전선을 넘었지만 불사신처럼 살아 돌아온 사람이다. 그런데 제주에서 흔적도 없어 죽어나간다? 있을 수 없는 일이다.

"무슨 일이 있었습니까?"

"청년단이 폭도대 연락책을 잡는다고 추격하다가 임가라는 처니, 일본에서 군수공장 다니다가 왔다는 그 처니와 상준이가 연애질을 했다 하지 않았겠소? 둘이서 바닷가 구렁창에서 사랑을 나누는디 청년단이 쫓아가 상준이를 죽이고, 순심이도 죽였다는 것이요. 고상준이가 폭도대 투쟁대장이었지. 상준이와 엮여서 죽은 거라우. 불쌍한 처니지. 어찌어찌 제주 섬까지 흘러 들어와서 살아볼 요량이었던 것 같은디, 요 난리의 희생물이 되었소. 집도 절도 없다고 해서 길자가 데려온 모양인데, 죽어삐렀소. 폭도대를 사랑한 것이 죄제. 험지에서 사랑하면 위험한 일이제… 참으로 정숙하고, 참한 색시였는다…."

여인이 허리에 매단 조그만 주머니에서 담뱃갑을 꺼내더니 그 속에서 한 개비를 뽑아 입에 물고 성냥불을 붙여 깊게 빨아들였다. 휴우— , 한숨과 함께 담배 연기가 무심하게 하늘로 피어올랐다. 그녀가 의심스런 눈을 풀고 오민균에게 물었다.

"처니와 어떤 사이요?"

"해방을 맞아 일본에서 같이 들어왔습니다."

"아, 생각나는구먼. 처니를 만나기 위해 제주 부대로 역부러 전근왔다는 사람이구먼? 그러면 상준이한티 가기 전에 진작에 불러냈어야제? 군인이었으면 보호받았을 틴디…."

마을에는 그렇게 소문이 난 모양이었다. 그는 죄인이 된 기분이었다.

"무덤은 어디 있습니까."

"이 난리에 뫼는 어디에 쓸 수 있습니까. 꼬실라버리고는 그만이지요. 모두가 허망하고 허망한 일이요…."

"집을 안내해줄 수 있습니까. 문상이라도 해야죠."

"그것이 무슨 의미가 있수과? 오실라면 진작에 왔어야지."

"길자 씨 만나보고 싶군요."

"그 여자 죽었다니까. 그 처니가 죽었는디, 길자가 온전하겠소? 동생을 죽인 청년단에게 쫓아갔다가 맞아 죽었지. 인자는 그 집 씨가 말랐소. 고적하게 되었소. 의가 좋은 남매였는디…."

그는 여인과 헤어졌다. 발걸음은 한없이 무거웠다. 그동안 임순심에게 이렇다 할 위로 한마디 건네준 것이 없다는 자책 때문에 가슴이 멍멍했다. 불행한 사람에게는 불행만 이어지는 악순환. 착하고 순결해서 바라보기만 해도 눈부신 여자. 그런데 왜 그녀에게만 불행이 비껴가지 않을까. 왜 세상이 이렇게 불공평한가….

제주 군정장관의 이중성인가, 미국의 이중정책인가

9연대 장교단은 회담을 하기 위해 떠나는 연대장 사열을 특별히 준비하고 있었다. 평상시 같으면 그냥 지나칠 수 있는데, 이번의 출장은 특별했다. 성공하면 피 흘리는 제주도를 안정시키는 시발점이 된다. 반대로 실패하면 피의 보복전이 걷잡을 수 없이 전개될 것이다. 생각해보니 맨스필드 제주 군정장관이 긴장하고 주저했던 것도 이해가 되었다.

김익창은 맨스필드가 말했던 것을 생각하며 불러들인 오민균을 바라보았다.

"맨스필드는 말이야, 상부로부터의 문책을 두려워하고 있더군. 민심은 비현실적이라는 것이래. 미 군정 사람들도 그의 편이 아니니까 외로운가 봐."

그렇게 말해놓고 그는 장식없는 연대장실을 서성거렸다. 오민균도 의자에서 일어나 그의 뒤를 따르며 말했다.

"각하, 여기까지 왔습니다. 용기란 두려움이 없는 것이 아니라, 그럼에도 불구하고 행동하는 것입니다."

김익창이 품에 품고 있던 메모지를 오민균에게 내밀었다. 김익창이 맨스필드와 회합을 가진 뒤 작성한 메모였다.

— 제주 9연대장은 폭도와의 평화회담에 필요한 일체의 권한행사에서 미 군정장관 딘 장군을 대리한다

— 폭도들의 살인 방화 등 범법자에 대한 재판에서 극형을 면할 수 있는 징벌을 약속한다

— 기타 범죄에 대해서는 가능한 관용을 베푼다

— 서면으로 조인된 약속의 이행은 미 군정장관 이름으로 책임진다

무장자위대들을 배려한 메모였다. 김익창의 공이 들어간 성과물이었다. 맨스필드로부터 약속을 받아냈지만 그는 이것을 무장대에게 그대로 제시할 생각은 없었다. 필요한 것만 내놓을 것이다.

"이렇게 약속을 받아오긴 했는데 아쉬운 것이 있어. 그의 서명을 받아와야 하는데 받지 못했단 말일세. 메모만 받아오기만 했단 말일세."

"메모가 증명서 아닙니까. 제주 군정장관과 중앙 군정장관의 지시로 추진하는 일이라는 건 아는 사람은 다 아는 일이죠. 서명이 들어가고 안 들어가고가 중요한 것이 아닙니다."

"나이브하게 생각했어. 경무부의 생각이 다르고, 미 군정 지휘부의 생각이 다르니까, 나중 엉뚱한 이유를 들어 비틀어버릴 수 있어."

"그것이 아니어도 비토할 이유는 많지요. 연연해하지 마십시오."

"국방경비대 정보팀도 우호적이진 않아. 정보팀은 대개 쥐새끼들이야. 눈치를 살피다가 유리한 쪽에 붙거든."

평소 덤벙대던 연대장 치고 사려깊은 태도였다. 하긴 경찰은 모든 사안을 대결구도로 끌고 간다. 이런 때 빌미를 주면 안 된다. 게다가 정보팀도 김익창이 추진하는 무장대와의 화평 협상을 은밀하게 체크하고 있었다. 미 군정은 정보가 멋대로 가공돼 전달되는 바람에 자신들이 지침을 주었으면서도 확신을 갖지 못하고 있었다.

"두렵네."

이렇게 말하고 김익창이 군복 안주머니에서 메모지를 꺼내 오민균에게 내밀었다. 회담 타결 이행 수칙이었다.

— 회담 타결 즉시 전투중지

　　— 완전 무장해제

　　— 범법자의 자수와 범법행위의 장소·일자·범행자 명단 제출

　　— 죄질이 엄중한 폭도 이외에는 생업에 종사토록 보장

　그는 거듭 확인하고 위안을 받고 싶은 모양이었다.

　"퍼펙트합니다. 이것을 토대로 합의문을 작성하면 되는 것입니다."

　"저놈들이 회담을 비틀거나 또 다른 요구를 해오면 어떡하지?"

　"칼자루는 연대장 각하께서 쥐고 있습니다. 저 자들이 칼날을 잡고 있습니다. 시간도 우리 편입니다."

　"대대장을 보면 역시 내가 듬직해진단 말이야."

　비로소 그는 안도하였다. 연병장으로 나서자 700여 장병들이 대오를 갖춰 정렬해 있었다. 연대병력으로는 턱없이 부족한 인원이었다. 모병이 채워지지 않아 100명부터 시작한 병력이었다. 그는 오픈 스리쿼터에 올라 1중대부터 차례로 사열을 받고, 지프로 갈아타고 정문을 나섰다. 김익창, 오민균, 그리고 운전병, 세 사람이었다. 부릉부릉 가파른 산길을 오르자 낡은 지프는 몹시 헐떡거렸다. 연대장이 물었다.

　"폭도 조직이 단일조직인지 복수조직인지 헷갈리네."

　여러 조직 이름이 거론되고 있는 데다 두목으로 지목된 자도 몇 명이고, 그것도 가명을 쓰는 자가 있으니 혼선이 빚어졌다. 무장자위대는 경찰을 교란시키기 위해 조직 자체를 자주 교체 편성하고, 공격 목표도 수시로 변경했다. 성동격서(聲東擊西)가 주요 전술이었다.

"제가 아는 한은 정통입니다."

오민균이 적 주력과 예비협상을 했던 것을 예로 들었다. 그는 연대장이 준 협상의 지침보다 더 깊은 내용을 합의했다. 현호진과의 인과관계가 바탕이 되었다. 눈에 보이지 않는 현호영이 가교역할을 한 셈이었다. 합의서엔 ①무장대의 협상 책임자는 전도(全島)의 폭도의 행동을 결정할 수 있는 최고 권한을 가진 자라야 한다. ②회담에서 결정한 사항은 즉각 실행되어야 한다. ③회의 내용을 타인의 동의를 필요로 하는 자는 제외한다. 즉, 최고 의사결정권자가 나서야 한다고 못 박은 것이다. 반도측은 ①9연대장이 직접 회담에 나와야 한다. ②수행원이 2인 이하라야 한다. ③장소와 시일은 무장대가 결정하되, 장소는 무장대 진영이라야 한다고 요구했다.

연대장은 그들이 정한 장소에서 만나야 한다는 요구도 큰 틀에서 수용했다. 폭도가 대명천지 공개된 장소에서 협상에 임할 리는 없었기 때문이다.

미군 정보팀과 경찰 쪽에서는 폭도들과 1대1 회담을 받아들일 수 없다고 했다. 받아들이면 폭도를 인정하는 셈이라는 것이다. 하지만 격식을 이유로 방치하면? 살육은 더 참담하게 이루어질 것이다. 화평회담 실패를 염두에 두고 경찰과 국방경비대는 화력을 집중하고 있지 않은가.

"여기까지 온 건 어찌됐건 맨스필드 군정장관의 업적이 크네."

김익창이 덜커덩거리는 지프에 몸을 맡긴 채 스스로 안정을 찾으려는 듯 말했다. 스스로 자기 최면을 거는 것이다.

"그런데 말이야. 맨스필드가 때로 이중성을 가진 인물이 아닌가, 의심이 가는 때가 있거든?"

"그도 고민이 없을 수 없겠죠. 그래도 고마운 사람입니다. 오해를 받으면서까지 연대장 각하의 화평 선무정책을 지지해주니까요."

"약자의 길은 언제나 조마조마하네. 옳은 길도 시혜를 바라고 사는 운명이야. 그것이 인생살이 같아."

"생각이 많을수록 복잡해지니 편안한 마음으로 가십시오. 이미 화살은 시위를 떠났습니다."

"나는 어젯밤 유서를 써놓고 왔네."

그는 침통을 가장하고 말했으나 목소리는 떨려나왔다.

"이해합니다. 반란군 소굴에 들어간다는 것이 얼마나 무모한 일입니까. 만약 폭도들이 각하를 위해한다면 저희에게 타격의 명분이 주어지고, 막강한 군 화기로 초토화시켜버릴 수 있는 이유가 됩니다. 걱정하지 마십시오."

"나의 희생을 딛고 일어선단 말이지?"

"불행히도 그렇습니다. 하지만 그자들이 그렇게 어리석을 리는 없습니다. 그들을 가장 이해하는 우군을 적으로 돌릴 만큼 어리석지 않을 거니까요. 각하의 확고한 신념과 결단력과 용기를 높이 살 것입니다."

"그들에게 칭찬받을 이유는 없고, 다만 우리 쪽으로부터의 공격이 사실은 더 두렵네."

"그 점 소관도 걱정이긴 합니다. 그러나 아름다운 임무입니다. 역사에 순명하는 일입니다."

"역사의 순명, 상당히 철학적이군. 하여튼지 간에 제주도의 봄날씨는 참 상쾌하단 말이야."

그가 말을 바꾼 뒤 감회어린 시선으로 눈 앞에 펼쳐진 한라산 골짜기를 바라보았다. 산골짜기에서 꿩이 푸드득 날았다.

"저기 내 술안주가 사라지는군."

그는 유머를 잃지 않았다.

"연대장 각하, 저는 여기서 하산하는 것이 낫겠습니다."

연대장이 놀라 뒷좌석으로 고개를 돌렸다.

"새삼스럽게 왜?"

"CIC와 업무조정이 가능한 정보장교가 적임자입니다. 그가 보증인이 될 수 있으니까요. 이동락 중위를 부르겠습니다."

오민균은 연대장이 불안해하는 만큼 회담을 공식 확인해줄 공적 담당자가 필요하다고 생각했다. 그리고 협상장에서 현호진을 만나는 것이 아무래도 꺼림칙했다. 밀사는 밀사로 끝나야 한다.

"CIC 놈들…."

더 이상 말하려다 말고 그는 말을 바꾸었다.

"그래, 알겠네. 운전병은 지금 내려가서 이동락 중위를 모시고 오라. 우리는 여기서 기다리겠다."

두 사람은 지프에서 내렸다. 명령을 받고 운전병이 차를 반대 방향으로 돌리더니 쏜살같이 계곡 아래로 내려갔다. 두 사람은 천천히 비탈길을 따라 내려갔다. 이동락 중위를 태우고 올라올 차량을 가능한 한 아래쪽에서 맞이할 생각이었다. 그만큼 적의 소굴로 들어가는 것이 심리적 압박을 주었다.

"오 소령, 적의 생각이 바른가?"

연대장이 새삼스럽게 물었다.

"연대장 각하, 이 전쟁은 단순한 좌우 대결이나, 경찰과 주민 간의 대결로 보시면 안 됩니다."

"그럼 뭔가."

"진정한 해방과 독립을 바라보는 대결입니다. 역사성을 갖고 있습니다."

"역사성이라… 나는 그렇게 깊게 생각하지 않네. 하지만 착잡하군."

"제주도라는 좁은 섬에서 민족의 싹을 키운다고 생각하십시오."

"역사성, 민족의 싹… 현재의 실존은 그게 아니잖는가. 대대장의 상상력은 어디까지인가."

"제주 도민은 민족반역자들이 미 제국주의의 주구가 되어 양민을 압살하고 있다고 보고 있습니다. 저항의 명분이 일차적으로는 공권력의 횡포지만, 그 뒤에 거대한 국제적 음모가 있다고 보는 거죠. 그 음모 때문에 소박하게 살아가는 공동체의 자주성이 훼손되고 있다는 것이죠. 평화롭게 사는데 탐욕 집단과 미 제국주의자가 결탁해 살육전을 벌이고 있다는 겁니다. 일본 제국주의의 변형된 얼굴입니다. 공산주의는 갖다 붙이는 명분일 뿐입니다. 지엽적이고 부수적이라는 것이죠. 저는 제주 인민의 세계관에 가닿아야 제주 문제가 풀린다고 봅니다. 공포와 무력으로 제압한다고 해서 그들을 정복할 수 없습니다. 그들의 내면 속엔 아나키스트의 본성이 담겨 있습니다."

"오 소령은 아나키스트 중독자군. 아나키즘을 너무 단순화시켜서 보는 것은 아닌가?"

"물론 단편적으로 알 뿐입니다. 다만 제가 존경하는 이시하라 선생의 말씀을 새기고 있습니다. 평화로운 것은 평화롭게 살도록 두어야 한다고 봅니다."

"단순명쾌한 명제군."

숲 사이로 푸른 바다가 보였고, 음지의 산귀퉁이엔 지지 않은 철쭉 군락이 산을 붉게 물들이고 있었다. 일일이 눈여겨 숲을 바라본 김익창의 얼굴에 쓸쓸한 기색이 감돌았다. 풀잎 하나, 나무 하나를 새롭게 보는 눈빛이었다.

"연대장 각하, 동물의 세계에 펭귄 현상이라는 것이 있습니다."

연대장의 긴장한 모습을 풀어주고자 오민균이 화제를 돌렸다.

"펭귄 현상?"

"네. 일종의 동조 현상이죠. 우두머리 펭귄이 빙산 아래로 뛰어내리면 다른 펭귄들도 덩달아 뒤따라 뛰어내린다는 현상입니다. 믿고 따르는 동조 현상이죠. 그런 우두머리가 선택되기까지는 평소 그의 용기와 힘과 지혜를 다른 펭귄들이 본다고 합니다. 믿고 따를 만한 지도력과 용기와 헌신성이 있는가, 그가 하는 행동이 과연 옳은가… 지도자가 오판하면 모두 죽게 되니 이런 세밀한 관찰 과정을 거친다는 것이죠."

"우리에게 그런 지도자가 있을까."

"제가 묻고 싶은 말씀입니다."

"우리나라에선 지도자가 탄생할 수 없어. 어떤 나폴레옹도 쫄따구가 되고 말아. 세에서 밀린다 싶으면 외부세력까지 끌어들여서 끄집어 내려서 박살내버리니까. 이익 앞에서는 쥐새끼보다 못한 야비한 모습을 보여주니까."

오민균은 암살된 몽양 여운형을 생각했다. 김익창이 엉뚱한 말을 했다.

"마못보다도 못해."

"마못이라뇨?"

"초원에서 땅굴을 파고 사는 다람쥐과의 동물이지. 그것들도 펭귄 우두머리처럼 대장의 지시에 따라 움직이네. 대장은 초원의 언덕에 올라 멀리 보며 적이 있나 없나를 살피고, 안심이 된다 싶으면 휘하 졸개들에게 활동 범위를 알려주네. 그의 동작 하나가 마못 무리의 생존의 근거가 되는 거야. 그가 오판하면 천적들에게 잡혀 먹히게 되니 판단력 빠르고 용감하고 영명해야 돼. 난 김달삼을 평가하지 않지만, 그자에겐 그런 면모가 있지 않나 생각하네."

"그들은 그렇게 상징 조작을 만들어내죠. 지도자를 추대해 종교화하고 신앙화하는 겁니다. 단결의 정점이 없으면 해체되니까요. 하지만 적장을 그렇게 평가하시면 오해받지 않겠습니까?"

"신뢰 없이는 만날 수 없지. 리더십이 뭔가. 먼저 고통받고 먼저 눈물짓고, 먼저 아우르는 힘 아니겠나. 규범적 삶만이 도덕적 우위에 있다고 볼 수 없어. 행동하는 양심으로 앞서나가야지."

"그를 칭찬하시는 것 보니 각하가 더 위험해보입니다?"

"난 경상도 보수 본산이야. 아량과 포용과 헌신이라는 보수의 가치에 충실하다네."

"저는 각하가 펭귄 대장, 마못 대장 같습니다."

"나를 더욱 못된 길로 가도록 밀어붙이는군. 낙하산 없이 떨어지면 죽네."

그러나 그는 싫지 않은 기색으로 가볍게 웃었다.

"어쨌든 저 자들이 무엇이든 대대장이 좋아한다는 '역사의 길'로 가면 되는 것이지?"

"당연히 역사의 길이죠. 외롭지만 가야 할 길입니다."

"역사, 역사 하는데, 그건 관념이야. 약자나 패배주의자가 퍼보는 자기위안서야. 현실은 약자들이 당하고 있다는 사실이지."

지프가 부릉부릉 소리를 높여 산 위로 맹렬히 올라오고 있었다. 연대장은 정보장교 이동락과 함께 산 위로 올라가고, 오민균은 반대편으로 걸어서 부대로 내려왔다.

건어물상회의 청사진

"진미호 사장이 요즘 보이지 않습네다."

사진봉은 보헤미안에서 현문선 사장을 만났다. 현문선 사장도 진미호 사장 배재정을 찾고 있는 중이었다. 풍문에는 여수와 목포로 나갔다는 소식이 들렸지만 확인된 것은 없었다. 그는 제주 읍내에서 가장 활동적이었고, 해상 봉쇄를 뚫고 먼 바다로 나가는 바다에 익숙한 사람이었다. 해양학교 기관과 출신이어서 동력선을 부리는 데 그만한 기술력을 가진 사람도 없었다.

"고 자가 거래선을 육지 쪽으로 튼 모양이디오?"

"그런 것 같소. 여긴 배겨낼 수가 없으니까."

그 말은 사진봉이 들으라고 한 말이었다. 사진봉은 불쾌했지만 참았다. 시비하거나 다툴 대상이 아니라고 보았다. 현 사장은 그대로 불쾌했다. 그들의 등쌀에 어느 누군들 제주항 주변에서 얼쩡거릴 수가 없었다.

"나두 생각이 있습네다. 현 사장님의 고충 아니까니 고런 것은 점차 해결될 거우다. 제가 단도직입적으로 말해서, 현 사장님이 갖고 있는 일도리 소금창고 있디요?"

"네. 있소이다."

현문선 사장은 엉뚱한 질문이라서 되물었다.

"왜 그러시오?"

"지금 비어 있디요?"

"빈 창고로 남아있소."

"고걸 나한테 넘기시오."

현문선 사장이 조금 놀란 빛으로 그를 바라보았다. 사진봉이 천천히 말했다.

"현 사장님, 우리가 이래 살 수는 없습네다. 자립해야디요. 고 창고에 건어물 공장을 차리고자 합네다. 언제까지 이렇게 살 수는 없으니까니 건어물 공장 차려서 썩어나가는 물고기들 말려서 육지로 보내야디요. 사업 되지 않갔습네까? 내 깊이 생각했습네. 오신애를 가슴 졸이게 살게 할 수 없디요. 청년단 또한 이래 살 수 없지 않가시오? 주민들 이제 고만 괴롭혀야디요."

들던 중 반가운 말이었다. 이 자가 이런 생각까지 다 하다니. 현문선 사장은 속으로 놀랐다. 그리고 무겁게 고개를 끄덕였다. 그건 아무리 생각해도 일거양득이다. 난리 통에 제주 인근 바다는 물 반 고기 반이다. 해상이 봉쇄돼 어선들이 출어를 못 하고 있어서 물고기 개체수가 엄청나게 불어나 있었다. 근해에서 건져올린 물고기는 판로가 막혀 가정용으로 쓰는 나머지는 길가에 버리거나 퇴비로 쓰고 있었다.

"사 단장이 어떻게 그런 생각을 다 하셨소?"

"길가마다 생선 썩는 냄새가 꼭 여자 살 냄새 같아서리, 칙칙하고 해서리, 제가 아이디어를 냈습네. 그리고 이대로 살 수 없다고 말씀드리지 않았습네까. 우리가 민폐가 되고, 갈수록 아이들은 날뛰디요. 전등불에 달라붙는 불나방들 꼴이어서 명색이 단장으로서 후사를 도모해야디요."

"잘 생각했소. 그렇다면 협조해야지요."

"고맙습네다. 임대료는 어떻게 하길 원하십네까?"

"비어 있으니 그대로 사용하시오. 좋은 길로 가겠다는데 어찌 협조하지 않겠소? 사태가 수습이 되면 그 건은 그때 얘기하기로 하고, 언제든지 거저 사용하시오."

"그래도 임대료 드리겠습네다. 계약서를 써야디요. 분명히 해야디요."

"그럴 필요 없습니다. 비어 있으니 걱정 말고 쓰세요. 대신 조건이 하나 있습니다."

"뭡네까?"

사진봉이 무슨 함정이 있나 하는 눈빛으로 그를 바라보았다.

"우리 며늘아이를 찾아주시오. 비밀협상이 제대로 진행 중인지도 살펴주시오."

사진봉의 머리에 스쳐지나가는 것이 있었다. 이 사람은 어떻게 든 입산한 현호진과 선이 닿아있을 것이다. 그렇다면 며느리는? 산으로 들어갔다면 며느리 동선을 알았을 것인데, 알지 못하니 입산한 건 아니다. 그렇다면? 정말 그 여자 정용팔과 눈이 맞아 도망간 것일까?

제주 주둔 9연대장이 폭도대와 비밀협상을 진행 중이고, 사태가 어떤 방향으로 굴러갈지 몰라서 군정 지휘부는 주의깊게 지켜보고 있다고 했다. 미 군정의 방침은 토벌이 기본이지만, 이상주의자 맨스필드 군정장관이 협상을 해보겠다고 했으니 상황을 좀 더 지켜보고 있다고 했다. 사진봉은 양측의 결정 여하에 따라 태도를 결정해도 늦지 않다고 생각했다. 그렇다고 흐름을 아는 것은 아니다. 이제 그곳에서도 빠져나오고 싶다. 군대생활이 아니니 언제든지 독립을 해도 되는 것이 청년단의 입장이다. 그는 업무 얘기를 계속하기로 한다.

"우리가 새로이 활로를 찾기로 했으니까 현 사장님의 적극적인 지원과 협력이 필요합네다. 임대차 계약을 맺어야 제가 안심하겠십네다."

이렇게 말하는데 오신애가 그들 좌석으로 다가왔다.

"사장님 오셨어요?"

그녀가 현문선을 향해 공손히 인사했다. 한복을 차려입은 태가 두드러져서 눈이 부셨다.

"응, 그래. 내가 좀 바빠서 자주 오질 못했군."

인사를 받으며 현문선 사장이 그녀를 자리에 앉기를 권했다. 그녀가 현문선 사장 곁에 살포시 앉았다. 오신애가 현문선을 깍듯이 모시는 것이 사진봉은 낯설었다. 대개의 손님들에겐 가볍게 목례하고 차를 날라다 주는 것인데, 현문선 사장에겐 공손한 차원을 넘어 수줍음까지 보인다. 순간 그는 야릇한 질투심을 느꼈다.

"신애 어머니가 내 집안 조카요. 신애는 남편따라 서울 가서 살다가 남편이 죽자 고향에 내려와서 이렇게 고생하고 있소. 열심히 사는 모습이 보기 좋은데, 내가 도와준 것이 없어서 늘 미안했지. 안타깝게만 바라봤소."

사진봉은 순간 얼굴이 화끈거렸다. 공연히 오해했다는 생각을 하며, 제주도는 한 자리 건너면 일가붙이라는 것을 실감했다.

"그럼 장인쪽 어른이시군요."

사진봉은 얼결에 그렇게 말하려다 말았다. 아직은 그럴 처지가 아니다. 그러고 보니 그녀가 현씨 집안과 교류가 빈번한 이유를 알 수 있었다.

"어르신은 제주의 인격자세요. 일찍이 고향에 학교를 세우셨구요. 저희는 소학교 다닐 때 어르신이 보내준 공책과 연필로 공부를 했어요. 일본에서 돈을 벌어서 제주도 어린이들에게 공책, 연필, 필통, 가방을 선물로 보내주셨어요. 어린이들에게 신화가 되셨어요."

사진봉이 고개를 끄덕였다.

"존경합네다. 사실 저도 뼈대있는 집안의 후손입니다. 아버님이 서양 문물이 들어올 적에 평양에서 천주학을 하시고, 일본놈한테 쫓겨서 만주로 도망을 가셨지요. 저는 외가에 맡겨져서 컸는데 늘 외롭고 배가 고팠습니다. 평양역으로 나와서 얼쩡거리다 여기까지 흘러왔습니다. 근본없는 자식이 아닙네다."

그는 서울말과 평안도 말을 번갈아 썼다. 주의를 기울이고 있다는 뜻이었다.

"내 일찍 알고 있었소. 뼈대있는 집안의 자제는 품성이 숨겨지지 않지. 꼴이 어디에선가 나타나는 법이오. 사 단장이 좋은 일 하시겠다니 힘 닿는 데까지 돕겠소. 정 붙이면 다 내 고향이오."

사진봉이 깊숙이 머리를 숙였다.

"대신 주민들에게 예를 갖춰주면 좋겠소. 같은 주민으로 살려면 주민 마음을 사야 해요."

"무슨 뜻인지 알갔습네다. 피안도 말도 사용치 않구 살아야디요."

현문선 사장이 웃으며 자리에서 일어섰고, 사진봉도 뒤따라 일어나 문 밖까지 배웅했다. 현문선 사장이 나가자 사진봉이 말없이 다방 뒷문으로 나갔다. 뒷문 쪽에는 살림집인 별채가 붙어 있었다. 그가 방으로 들어서자 방안 전체에서 화장품 냄새가 짙게 풍겨왔다. 곧바로 오신애가 따라들어왔다.

"어르신이 당신을 곱게 봐주셔서 좋아요. 회사 차려서 자립하면 사장이 되는 거여요?"

그녀는 이미 알고 있었다. 난리통에도 무언가를 이룰 수 있다는 것은 기쁜 일이다.

"지금 얼마쯤 모아져 있나?"

"부족하지 않을 만큼… 그 돈으로 건어물상도 하고, 신문사도 할 거예요?"

그는 대답하지 않았다.

"저번 횟집 모임이 그거 아니었나요? 신문사 접수건?"

그는 대꾸하지 않고 현문선 사장이 말한 것을 머릿속에 되새겼다. 민심을 사야 한다. 변신을 꿈꾸는 데는 주민에 대한 예의가 선결되어야 한다.

회담장의 눈물

지프가 산비탈을 돌아 한참 올라가자 눈앞에 연대본부가 내려다 보였다. 경사진 도로를 지그재그로 오르니 시간이 걸렸을 뿐, 직선 거리로 따지면 대정면 소재지와 모슬포가 바로 눈아래 있었다. 고지 건너편 양지바른 쪽에 산간마을이 숨듯이 자리잡고 있었다. 커브 길에서 나무를 베던 초부(樵夫)가 나타나더니 지프를 가로막았다. 멎은 지프 앞으로 그가 다가와서 물었다.

"9연대장 각하십니까."

"그렇소."

그러자 그가 품에서 때가 전 누런 천을 꺼내들어 건너편 골짜기 쪽을 향해 몇 차례 머리 위로 흔들었다. 그쪽에서도 누런 깃발을 좌우로 휘날리는 신호가 돌아왔다.

"비탈 마을 옆에 구억국민학교가 있습니다."

초부는 사라지고 지프는 그가 안내해준 대로 산비탈을 건너갔다. 구억국민학교와 산간마을은 제주도에서 가장 높은 고지에 위치하고 있었는데, 한라산의 밀림지대가 동북으로 길게 뻗어있는 숲속이었다. 동남쪽으로는 중문면 일대에서 해안선까지, 서남으로는 대정면 일대와 모슬포까지 조망이 훤히 트였다. 산간마을에서는 내려다 볼 수 있지만, 밑에서는 위치 파악이 어려운 지형이었다. 무장자위대는 숲 사이로 읍내와 부대를 빤히 관측하고 있었으므로 산 아래의 일거수일투족을 손 안에 놓고 보는 꼴이었다.

학교 정문에는 2명의 보초가 입초하고 10여 명이 주변을 경계하고 있었다. 보초는 일본군대 식으로 거총의 예를 취하며 김익창의 차를 학교 안으로 통과시켰다. 무장대의 복장은 일본군복과 함께 농민복·작업복, 여자는 치마와 적삼 차림이었다.

"주변을 눈여겨 보고 메모할 것 있으면 하게. 필요할 때가 있을 거야."

연대장이 이동락 중위에게 낮게 말했다. 학교는 낡은 건물 한 동과 부속건물, 풀이 자란 조그만 운동장이 들어서 있었다. 작고 단출했다. 현관에 지프가 멎자 한 무리의 무장대가 쏟아지듯 차 앞으로 몰려들었다. 그들의 시선이 일제히 김익창에게 쏟아졌다. 고도의 심리전이란 것을 그는 알아채고, 이런 때일수록 의연해야 한다고 생각하고 느릿느릿 지프에서 내렸다.

김익창은 교실 한쪽 햇볕이 잘 드는 일본식 다다미 방으로 안내되었다. 교장의 내실로 쓰던 방으로 보였으나 장식은 없었다. 다다미 방 중앙에는 단체 식탁인 듯 기다란 탁자가 하나 놓여 있고, 그것을 가운데 놓고 8명의 폭도들이 미리 앉아 있다가 그가 들어서자 일어나서 예를 갖추었다. 그 중에서도 삼십대 초반쯤 되어 보이는 키 큰 미청년이 눈에 들어왔다.

"어서 오십시오. 외계보다 더 먼 길을 찾아주시니 고맙습니다. 저 김달삼입니다."

그는 서울 말씨를 쓰고 있었다. 대정면 출신으로 알고 있는데 대구에서 자란 사람이었다. 동학에 고향사람이라는 동질감이 생겼다. 향토인답지 않게 그는 모던한 시를 쓰는 허무적인 도시적 풍모를 지니고 있었다. 그가 필터가 있는 담배를 권했다. 미제 럭키스트라이

크였다.

"여기서 미제담배를 얻어 피는군요. 미제(美帝)를 미워한다더니 미제(美製) 담배군."

그가 말하자 김달삼은 조용히 웃었으나 나머지는 싸늘한 표정을 지었다. 불쾌하다는 뜻이었다. 김익창은 여유있게 담배 개피를 탁자에 탁탁 두드려 다진 다음 입에 물고 라이터로 불을 붙였다. 김달삼의 얼굴은 아무리 뜯어보아도 미남형이었다. 누구에게나 호감을 살만한 청년이었다. 겸손하고 침착해 보였다. 그밖의 인물들은 대체로 나이가 사십을 넘긴 자들로 보였다. 햇볕에 탄 검은 얼굴들에 주름살이 깊었고, 한결같이 무식해 보였다. 그들은 눈을 내리까는 듯하며 곁눈질로 김익창을 훔쳐보고 있었다. 다과 시간이 끝나자 김익창이 먼저 용건을 꺼냈다.

"귀하가 진짜 김달삼이고 실권자입니까?"

"왜 그런 말을 하십니까. 결례지 않습니까? 그걸 모르고 오셨습니까?"

당장 다른 쪽에서 반발이 나왔다. 주변의 시선들이 날카로웠다. 이럴수록 그는 배짱이 있어야 한다고 마음속으로 다졌다.

"나는 하도 젊고 미남이고 영화배우 같아서 내가 상상하던 범법자가 아니라고 생각되어서요."

"범법자요?"

느닷없이 좌중에서 와크르 웃음이 터져나왔다. 긴장된 상황에서 전혀 엉뚱한 말이 나오니 그들이 먼저 웃고 마는 것이었다. 김달삼은 웃지 않았다.

"나에 대한 연대장 각하의 좋은 평판도로 이해하겠습니다. 하지만 애국심이 중요하지 외모 같은 것은 그리 중요하다고 보지 않습니다.”

“맞는 말이오. 한 사람이 백 사람 천 사람의 몫을 살면 애국자요.”

탁자 건너편 쪽의 협상자가 소리질렀다.

“협상장에 권총이 뭡니까? 연대장 각하의 허리에 찬 권총, 당장 내려놓으시오! 회담장은 비무장인데 무장이라니요? 회의 중엔 우리가 권총을 보관하겠습니다!”

김익창이 놀라지 않고 말했다.

“당신들 왜 그리 겁이 많소. 당신들 수백 명이 이 권총 한 자루 땜에 쩔쩔매오? 이 권총은 군인이 자기의 자존심을 지키기 위한 자살용이기도 하니 그리 염려 마시오.”

“우린 연대장 각하의 자살도 막아야 합니다! 우리가 독박 뒤집어쓸 일 있습니까?”

김달삼이 말한 자를 바라보더니 제지했다.

“그만 하시오. 연대장 각하, 원칙대로라면 무기 휴대는 안 되지요. 하지만 지금 원칙대로 되는 게 있습니까. 이해합니다.”

그가 좌중을 향해 다시 말했다.

“나머지 반은 물러나시오. 단 둘이 앉아있대도 무기는 인정하겠소.”

그는 배포가 있었다. 8명 중 반만 남고 나머지는 일어나 밖으로 나갔다. 김익창이 권총 혁대를 풀어 통째로 건너편의 협상위원에게 건넸다. 신뢰를 심어주는 행동이었다. 그가 말없이 권총을 받아 밖으로 내보냈다.

“감사합니다.”

김달삼이 머리를 깊게 숙였다. 창 밖에서는 무장자위대원들이 낡은 구구식 총을 거총한 채 일정 간격으로 보초를 서고, 운동장에는 팔십여 대원들이 4열 횡대로 열을 지어 앉아 있었다. 모두가 협상을 지켜보는 모습들이었다. 김익창은 저것들이 이 회담에 목을 매고 있다는 것을 직감적으로 알았다. 교정의 무장대는 주로 농어민 장년층이었으며 여자도 꽤 있었다. 무기는 미제 카빈과 일본군 99식 소총을 휴대했는데 총기를 멘 숫자는 3분의1쯤 되었다. 나머지 비무장자는 굴을 파는 노동자거나 땔감과 보급투쟁에 나서는 부류들일 것이었다.

김익창은 일본 유학시절 얘기, 학병 이야기를 창밖까지 들리도록 길게 늘어놓았다. 가능한 한 느긋하게 보이려는 태도였다. 뒤이어 그들의 일거수일투족을 알고 있다는 듯이 걱정하는 투로 말했다.

"산중생활은 의식주가 불편할 텐데 어렵지 않소? 먹는 것이 가장 큰 걱정일 텐데… 그런 가운데서도 서로의 통신은 어떻게 하길래 연락이 그토록 세밀하오?"

"밖에 모두 해산시키시오."

회담의 핵심에서 벗어난 듯하자 김달삼이 옆의 협상자에게 지시했다. 협상자가 밖으로 나가 손짓하니 교정의 대원들이 그림자도 없이 사라졌다. 창밖에 얼쩡거리는 자들은 그대로 남았다.

"국방경비대 제9연대가 지금까지 전투를 개시하지 않는 이유를 아시오?"

김익창이 말하면서 김달삼을 쳐다보았다.

"애국 군대의 길을 가고 있다고 봅니다. 국방경비대는 우리가 궐기하지 않을 수 없었던 이유를 알고 있을 테니까요. 장병들이 우리에게 동정과 호의를 갖고 있는 줄 알고 있습니다."

"맞소. 그러나 군대는 개인의 뜻에 관계없이 명령만 내리면 복종하고 전투를 하오. 만일 오늘 회담이 결렬되면 다음번에는 귀하와

내가 전투장에서 만나게 될 것이오."

김달삼이 격앙된 목소리로 말했다. 다분히 주변을 의식하는 태도였다.

"전 제주 도민이 우리를 지지합니다. 당신들이 포위돼 있소. 협박하지 마시오!"

"협박이면 좋겠소. 내가 경찰과 당신들의 교전 상황을 보았더니 제주도에서 돌담을 방책으로 하는 사격전은 효력이 없다는 것을 알았소. 제주도에서는 박격포가 제일 좋은 무기요. 현재 박격포부대가 들어오고 있는 중이오. 서귀포 성산포 제주 북항 모슬포 앞바다는 해상 봉쇄가 되고 미해군 함대가 지키고 있소."

"미제 앞잡이!" 하고 30대 협상자가 소리치며 자리를 박차고 일어났다.

"당신, 우리 겁주러 왔소?"

"앉으시오."

김달삼이 위엄있게 말하며 협상자를 주저앉혔다.

"예의를 차려야 합니다. 상대방을 비굴하도록 몰아가면 우리 또한 비굴한 상대가 됩니다. 싸우려고 회담합니까?"

그때 젊은 여성 두 명이 들어와서 비워진 찻잔을 회수해 가더니 다른 찻잔을 가져와서 각자 앞에 차려놓고 차를 따랐다. 분위기가 험악해지면 진정시키려는 전략인 듯이 보였다. 그만큼 그들은 협상에 심혈을 기울이고 있었다. 김익창은 그것을 알아차리고 오히려 여유로웠다.

"다 아는 것 가지고 신경전 벌이지 맙시다. 나는 진실로 여러분이 걱정이 되어서 한 말이오."

9연대는 이 시간 현재 박격포 1문도 갖고 있지 않았고, 보급된다는 것도 거짓말이었다.

"연대장 각하는 미 군정하의 군대인데 나와의 교섭 결과에 대해 약속을 이행할 권한이 있습니까?"

"그건 염려하지 마시오. 나는 개인자격으로라도 참여하고 싶었소. 이래선 안 된다고 보기 때문이오. 나는 1차부터 4차까지의 회담 제의 때와 똑같이 미 군정장관의 지시에 따라 회담장에 왔으며, 내가 가진 권한은 미 군정장관 딘 장군의 권한을 대표합니다. 오늘 나의 결정은 딘 군정장관의 결정이오. 그 점 분명히 보장하오. 그러면 내가 귀하에게 묻겠소. 귀하가 대표권을 가지고 있소?"

"제주도민 의거자들로부터 전권을 위임받았습니다."

김달삼은 미리 준비했던 노트를 들여다 보더니 연설조의 어조로 말하기 시작했다. 내용은 비현실적인 것도 있었지만 공감할 부분도 많았다. 제주도민의 억울함과 분노를 대신한다는 것인데, 민족반역자와 일제경찰, 서북청년단을 축출하고 제주 도민으로 구성된 선량한 관리와 경찰관으로 행정을 수행토록 조치하면 순종하겠다는 것이었다.

김익창이 말했다.

"해방이 되고 2년 넘게 나는 미 군정하에서 군인 노릇을 하면서 미국의 자유민주주의를 배웠소. 그랬는데도 아직까지 민주주의가 무엇인지 모르겠소. 당신도 마찬가지일 거요. 그동안 공산주의 사상을 연구했다고 한들 얼마나 알겠소. 똑똑히 알지도 못하는 공산주의니 민주주의니 하면서 아까운 청춘과 생명을 버리는 일은 죄악이오. 우리가 확실히 알고 믿을 수 있는 단 한 가지 사실은 현재 권력은 미국이 쥐고 있고, 미국은 2차 세계대전을 승리로 이끈 전승국이란 점이오. 지금 한반도에 화력이 집중되고 있소. 참담한 현실이오. 여러분에게 억울하더라도 투항하라고 권면하는 이유가 그것이오. 무기를 버리고 귀순하여 나와 합심하여 조국 건설에 매진합시다."

"연대장 각하는 정의감이 있고, 분별력 있는 사람인 줄 알았습니다. 헌데 민족 반역자나 악질 친일경찰이 자기들의 죄상을 은폐하기 위해 제주도민을 공산주의자로 덮어씌우고 있는 현실을 왜 보지 않으려 합니까? 우리는 공산주의자 위치보다 제주도민을 위한 무장자 위대입니다. 지금처럼 우리를 몰아붙이면 진실로 우리들더러 공산주의자가 되라고 밀어붙이는 격이오."

김달삼 곁에 앉아있는 협상자가 반발했다. 김달삼이 말했다.

"연대장 각하가 정말 그렇게 생각한다면 나는 더 이상 이 회담을 진행할 수가 없습니다. 우리는 최후의 1인까지 싸울 것이고, 이제는 더 믿을 곳이 없으니 소련군에게 지원을 요청할 것이오. 막다른 골목에 이르면 누구 손인들 못 빌리겠습니까."

"큰일 날 소리요. 그렇게 나간다면 결국 당신들은 공산당이거나 공산당의 사주를 받고 움직였다는 사실을 명명백백하게 인정하는 것이오. 그렇게 되면 다 죽어요. 미국이 그렇게 가기를 유인하고 있는 것 모르시오? 일본에 미리 투하한 원자탄 때문에 미국에 쓰고 남은 전쟁물자가 엄청나게 많이 남아있는 것 모르시오? 이러다가 한반도가 또 다른 세계 대전의 불구덩이 속으로 빠져들어갈 수 있소. 운동은 힘겹고 어렵고, 나름의 순결성과 순정성을 갖고 있어도 거대한 물리력 앞에서는 물러날 때 물러날 줄 알아야 하오. 지혜가 필요한 것이 지도자의 가장 큰 덕목이오."

"설교하지 마시오!"

또 옆의 협상자였다.

"그렇다면 묻겠소. 소련군에 연락할 방법이나 있소?"

"있고 말고요!"

다른 협상자가 고함치듯 외쳤다.

"거 보시오. 당신들은 공산당에 물들었소."

"몰아가지 마시오. 당신들이 그렇게 몰아간다면 그렇게 갈 수도 있다는 뜻이오! 우리가 왜 국저전을 마다합니까. 당신들은 미군을 뒤에 두는데, 우리라고 소련을 뒤에 두지 말란 법이 없지요. 당신들이 우리를 공산당에 붙으라고 계속 밀어붙이고 있는 거요!"

"큰일날 말은 삼가시오. 당신들이 공산주의자가 아니면 이렇게 어마어마한 유혈 폭동을 일으켰겠느냐는 오해가 사실로 입증돼버리오."

다른 협상자가 나섰다.

"우리는 결코 공산주의자가 아닙니다. 이건 자발적 의거요! 조국 해방운동이오!"

"어쨌거나 시간은 당신들 편이 아니오!"

"대표님들, 다투지들 마시오. 지금이라도 자유스럽게 살 수만 있다면 난 오늘이라도 집에 돌아가겠습니다."

다리를 부목하고 목발을 짚은 한 여인이 서툰 걸음으로 협상장으로 들어오더니 말하고, 두 손을 모아쥐고 머리를 조아렸다. 예정에 없는 행동이었던지 좌중이 주춤 뒤로 물러앉았다. 그녀는 몇 차례고 머리를 조아리고 "제발 제발 성공시켜 주시오" 하며 기도하듯 말하고 안내자의 부축을 받아 밖으로 나갔다.

"지서 습격 등 일체의 전투행위를 중지하시오. 그래야 내가 돌아가서 설득할 수 있소."

김익창이 밖으로 사라지는 여인을 바라보면서 말했다. 그의 가슴으로 알싸하게 어떤 통증 같은 것이 퍼지고 있었다.

"그건 우리가 원하는 바요. 협상안을 가져 오셨겠죠?"

"귀하도 협상안을 준비했겠지요?"

그들은 분위기를 진정시키고 의제를 하나하나 점검해 나가기 시작했다. 김달삼이 내용을 훑어보고 말했다.

"지금 전투행위를 중단하라는 것은 무리입니다. 전 도에 연락하려면 최소 5일이 걸립니다. 통신시설이 없기 때문에 모두 인편으로 처리해야 합니다."

김익창은 다른 두목들이 여러 명 있어서 닷새간 통문을 돌려 의사결정하는 시간을 벌려고 하는 것이 아닌가 하고 의구심을 품었다. 그렇다면 이 자와의 협상이 의미가 있을까? 만일 다른 두목이 반대한다면? 그 중 공산주의자가 끼여있다면? 합의문은 휴지가 되고 말 것이다.

"또 다른 실권자가 있어서 합의할 시간을 벌기 위해 5일이 필요한 거요?"

"의심하지 마십시오. 우리는 그렇게 시간이 소요됩니다. 해상 봉쇄된 우도나 마라도 같은 데를 가려면 날짜가 더 걸릴 수 있습니다. 다 막고 있으니 진출로를 뚫는데도 시간이 걸립니다. 연락체계가 좋다고 말씀하셨지만 그렇지 않습니다. 만에 하나 연락이 닿지 못한 곳에서 사고가 나면 협상 파기가 되는 것 아닙니까."

그럴 것 같았다. 김달삼이 말했다.

"우도 주민 수백 명이 3·1사건대책위원회를 조직하고 제주읍 북국민학교 시위대에 발포한 경찰관에 항의하기 위해 우도 섬을 돌면서 시위행진을 한 적이 있지요. 시위대는 우도경찰관파견소를 찾아가 항의했습니다. 이 사건은 사건발생 12일 후에야 외부에 알려졌습니다. 해상 봉쇄되었으니 그렇게 되었습니다. 지금 응원경찰대를 더 투입했으니 상황이 더 악화되었고, 주민들과 무장자위대는 고립무원이 돼 있습니다. 연락이 닿는 대정면·중문면은 즉각 전투중지하고, 그 밖의 지역은 24시간 이내로 할 수 있지만, 산간 오지나 봉쇄된 외딴섬은 시일이 더 걸릴 것입니다."

"그렇게 기준을 이중 삼중으로 설정하면 곤란합니다. 그렇다면 72시간 내로 합시다. 3일의 시간입니다."

김달삼이 다른 협상위원들과 상의하더니 답했다.

"3일, 좋습니다."

다음으로 무장해제 문제를 다뤘다. 김달삼이 제안했다.

"먼저 비무장 주민들을 하산시켜 약속이 이행되는가 여부를 확인하고, 자유와 안전이 보장되면 전원 무장해제를 하겠습니다."

"불안하다고 무장하고 있으면 귀순 의지가 떨어질 수밖에 없소. 목수는 못을 보면 박고 싶고, 어부는 바다에 나가면 그물을 던지고 싶은 것과 같이 누구나 총을 가지고 있으면 불안하다고 생각될 때 쏘겠다는 심리부터 생겨요. 기왕 무장해제하겠다고 하면 군말 없이 하는 겁니다. 전쟁이란 사소한 데서 화근이 터져나오는 법이오. 총은 쏘는 것보다 관리가 더 어렵다고 했소."

한참 생각하던 김달삼이 고개를 끄덕였다.

"약속 지켜지는 것이지요?"

그는 어린애같이 애걸하듯 물었다. 그만큼 절박하다는 뜻이었다.

"맹세하오. 맨스필드 군정장관이 약속한 거요. 딘 장군을 대리해서요."

절박한 사람은 믿고 싶은 것만 믿는 경향이 있다. 일종의 자기합리화다. 김달삼의 얼굴이 고독해보였다. 지도자의 결단은 어려운 것이다. 그의 한 마디 한 마디에 조직의 생명이 걸려있는 것이다.

무장해제 문제도 합의가 이루어졌다. 제3항은 폭도의 자수와 명단 작성 문제였다. 이 부분에 대해 김익창이 길게 설명하자 김달삼이 단호히 말했다.

"우리의 살인·방화는 정당방위요!"

"법치국가에서 살인·방화행위는 불법이며, 재판을 받아야 하오."

"불의에 대한 저항은 정당합니다."

김달삼은 굽히지 않았다. 김익창이 결론삼아 말했다.

"무장대사령관, 그럼 쉬운 것부터 해결합시다."

전서에서 말하는 구동존이(求同存異), 구동화이(求同化異) 전법이다. 김달삼도 힘든 것은 일단 피하고 싶은 모양이었다.

"제주도민으로 행정공무원을 편성하고, 민족반역자와 악질경찰, 서북청년단을 추방해주십시오."

"친일파와 민족반역자는 나도 받아들일 수 없소. 해방조국에서 이런 자들이 날뛴다는 건 민족정신으로나 내 자존심상 용납할 수 없소. 나도 일본군 출신이지만 이건 아니요. 일본 육사 출신인 내 참모는 더욱 분명하오."

박수가 터져나왔다. 김달삼도 뒤늦게 조용히 박수를 쳤다.

"서북청년단원들 중 범법자는 처벌하고 추방하겠지만, 제주도민만으로 행정기구, 경찰을 편성하는 문제는 나의 권한 밖이오. 내 개인적인 입장을 말하라고 한다면 우리 정부가 들어서면 민주주의 원칙에 입각하여 자연 그리 되지 않겠소?"

"순진한 생각입니다. 갈수록 경찰조직을 강화하는데 그들이 기득권을 내려놓겠습니까."

"다음 조건을 들어봅시다."

"제주도민으로 편성된 경찰이 구성될 때까지 군대가 대신 치안을 맡아주시오. 정말 우린 억울합니다."

"이해하오. 그 문제는 내가 명쾌하게 답을 줄 수 있소. 평화회담이 성립되면 9연대가 치안을 담당하고, 경찰은 나의 지휘를 받도록 하겠소. 경찰은 해체할 필요가 없고, 조직 개편해서 내 휘하에서 진정한 민중의 지팡이가 되도록 하겠소."

다시 박수가 터져나왔다. 김달삼은 냉정했다.

"그렇게 된다면야 우리가 여기 산 속에 있을 이유가 없지요. 연대장 각하의 나이브한 생각이 걱정스럽습니다. 그들이 그렇게 연대장 각하의 뜻을 받아들일까요? 9연대는 철저히 마이노리티 아닙니까?"

"나에게는 맨스필드 군정장관이 있소."

그렇게 말하긴 했지만 김익창은 사실 자신이 없었다. 일종의 뺑을 쳤을망정 현실은 김달삼이 정확하게 본 것이다.

"그럼 다른 조건은 무엇이지요?"

"가장 큰 조건은 앞에서 거론했다가 미뤄진 의거에 참가한 여하한 사람도 죄를 불문에 부치고, 안전한 귀가와 자유를 보장해 달라는 것입니다."

김익창이 자리에서 일어났다. 그것은 그로서 해결할 수 있는 문제가 아니었다.

"나는 지금 돌아가겠소. 6시까지 연대본부에 돌아가지 않으면 부하들이 회담이 결렬된 것으로 단정하고 작전을 수행할 것이오. 나 하나 희생된다는 것은 그리 중요하지 않소. 화력이 집중되면 상황이 어떻게 된다는 거 알겠지요?"

회담장에 아연 긴장감이 감돌았다. 김달삼이 더 당황하는 빛을 보였다.

"곽일도 위원, 어떻게 생각하시오?"

김달삼이 회담자 중 한 사람을 바라보고 물었다. 몸이 말랐지만 큰 키에 귀공자형의 그는 김달삼과 비슷한 연배였지만 화석처럼 앉아서 회담 진행과정을 묵묵히 지켜보고 있었다. 침착하고 조용해서 김익창은 그가 회담장에 와있는 줄도 몰랐다. 그는 본명이 현호진이었다.

"잠깐 밖으로 나가시지요."

곽일도가 제의하자 두 사람이 밖으로 나갔다. 농부들 행색의 나머지 협상자들은 멀뚱히 허공만을 바라보고 있었다. 그들 눈에 절망의 빛이 또렷했다. 한참 만에 돌아온 두 사람이 다시 자리에 앉은 뒤 김달삼이 말문을 열었다.

"오늘 회담에 관한 연대장 각하의 성의를 근본적으로 의심할 수밖에 없습니다."

전혀 엉뚱한 발언이었다.

"나를 의심한다고요?"

"회담이 오늘 합의를 보지 못하면 두 번 다시 열리기 힘듭니다. 사실상 결렬되는 것입니다. 연대장은 회담 결렬과 토벌의 명분을 쌓기 위해 나를 찾은 것입니다. 안 그렇습니까?"

그는 각오한 듯 단호하게 따졌다. 이번에는 김익창이 긴장했다.

"나를 못 믿겠다고요?"

"그렇습니다."

김익창은 눈에 힘을 주며 또박또박 말했다.

"정 그렇다면 오늘 회담의 진정성을 보여주기 위해 나의 가족을 인질로 제공하겠소. 그럼 믿겠소? 내 가족들을 인질로 데리고 있을 장소를 알려주시오. 나는 이 협상을 반드시 성공시키고 싶소. 하지만 내가 할 수 있는 일이 있고, 추후에 설득해서 성사시킬 일이 있소. 나는 대한민국 국방경비대 9연대장으로서 명예를 생명보다 소중하게 여기는 지휘관이오. 나는 또 제주도의 여러분의 연대장이지 적이 아니오. 내 가족을 인질로 하여 협상합시다."

"정말입니까?"

그들은 김익창의 말 한 마디 한 마디에 목을 걸고 있었다. 찻잔을 나르던 여자가 울음을 삼키며 쏜살같이 밖으로 뛰쳐나갔다. 그것이 무슨 신호탄이라도 된 듯이 밖에서 울음소리와 함께 함성이 터져 나왔다.

"아, 우리 연대장님, 연대장님, 우리 제주 땅에 평화가 오는 것입니까?"

"연대장님, 고맙습니다!"

저고리 차림의 여자가 회담장 안으로 달려 들어왔다. 그녀는 퉁퉁 분 젖가슴을 내보이면서 외쳤다.

"9연대장님 각하, 고맙습니다, 고맙습니다. 집으로 돌아가서 아기를 돌보게 되었습니다. 산 생활이 뜻있다지만 아이를 생각하면 하루도 사는 것이 지옥입니다. 정말 고맙습니다."

회담 성사를 위해 가족을 인질로 내세우겠다니 그의 진정성을 믿고 그들은 감격하고 있었다. 농민복 차림의 남자가 들어와 울먹이며 외쳤다.

"친애하신 연대장님 각하, 우리를 보호해주십시오. 우린 외롭습니다. 너무나 외롭습니다. 굽어 살펴주십시오. 널리 굽어 살펴주십시오,"

그는 엎드리더니 끝내 소리내어 엉엉 울었다. 김달삼이 김익창을 주시했다.

"각하의 진정성을 알았습니다. 이렇게까지 애족하시니 각하의 애국적 충정은 청사에 길이 빛날 것입니다. 저희는 노령하신 부모님과 연약한 부인과 아이들을 불편한 산에서는 더 이상 모실 수가 없습니다. 이제 안심해도 되겠지요?"

김익창이 크게 고개를 끄덕였다.

"전원이 약속 이행에 대해 불안해 하니 각하의 가족들을 우리가 지정하는 민가에 옮겨와 지내시도록 하겠습니다. 군인 배치를 금하시고, 대신 우리가 일정기간 경호를 하겠습니다. 안전하게 모시겠습니다."

김달삼이 지정한 민가는 대정면 전 면장의 집으로 김익창도 부임 초 한때 숙소로 사용했던 주택이었다.

"그것도 72시간 내로 국한하겠습니다."

"여러분이 안전하게 구호된다면 내 식구들도 마다하지 않을 것이오."

"고맙습니다. 감사합니다."

남녀 할 것 없이 회담장 앞으로 모여들어 더 크게 머리를 조아리며 울고 있었다. 그것은 가슴 밑으로부터 우러나온 괴이한 절규 같았다. 김달삼이 그들을 향해 말했다.

"아직 끝난 것이 아니오. 진정들 하세요."

장내를 정리하고 회의가 속개됐다. 김익창이 제안했다.

"범법자의 명단을 자작성하여 책임자를 가려주시오."

"각하, 다만 조건이 있습니다. 범법자에 대한 구속 수감은 군에서 맡아주시오. 그러면 수용하겠습니다. 경찰은 분명히 반대합니다."

"무슨 뜻인지 알겠소. 다만 내가 그런 권한이 있을지 모르겠소. 미군정과 협의할 사항이니 협의를 통해 최대한 반영하도록 노력하겠소."

"범법자의 경중을 분명히 가려주시오. 가능한 한 방면해서 생업에 종사토록 해주시오."

김달삼은 이제 애원하고 있었다.

"귀하와 다른 두목급은 중벌을 면하기 어려울 거요."

김달삼이 잠시 침묵을 지키더니 대답했다.

"받아들입니다. 우리 제주도엔 그런 전통이 있습니다."

그가 길게 설명하기 시작했다. 구한말 제주도에 이재수 난이 있었다. 대한제국은 부족한 황실재정을 채우기 위해 무리한 징세 정책을 폈다. 조정은 제주도의 어장과 그물, 목초지, 말에게까지 세금을 매겼다. 천주교가 전파되면서 서울 조정은 조직을 갖춘 천주교의 간부급 신자들에게 봉세관의 중간 징세 역할을 맡겼다. 그러자 이들이 권한을 남용했다. 봉세관의 징세는 전국적으로 시행되었지만, 그중 제주도는 본시 가난한데다 중앙정부의 혜택이라곤 없이 받아만 가니 반발이 컸다. 조세 수탈에 저항한 민회가 열리면서 주민들이 들고 일어났다. 이때 관병이 증파되어 주동자를 체포하는 과정에서 많은 사람이 죽고 다쳤다. 주민과 봉세관 역할을 수행하던 천주교 신자들과 민간간의 충돌도 잦아 거기서도 사상자가 발생했다.

이재수난은 제주만의 독특한 향권(향촌 사회의 권력)을 위협하는 서양종교에 대한 반감과 착취를 일삼는 봉세관의 독점적 징세권 행사와의 충돌이었다. 중앙정부로부터의 소외와 차별에 대한 저항의식도 표출되었다.

"증파된 관군은 대대적으로 토벌에 나섰지요. 관덕정 앞에 수십명의 시신이 놓이고, 많은 사람이 생포돼서 처형을 기다리고 있었습니다. 이때 시위 지도자 이재수, 오대현, 강우백 세 장수가 나서서 제주 인민을 모두 살려주는 조건으로 목을 내놓겠다고 나섰습니다.

세 장수가 오랏줄에 묶여서 배를 타고 한양으로 압송되어갈 때, 제주도민이 모두 제주항에 나와서 땅을 치며 통곡하며 환송했습니다. 세 장수는 한양으로 올라가 곧바로 효수되었습니다. 저 역시 제주도민을 살리는 일이라면 언제든지 목을 내놓겠습니다."

김달삼이 창 밖의 하늘을 올려다보았다. 고독한 그늘이 그의 얼굴을 스치고 지나가고 있었다.

"모든 무장대의 귀순과 무장해제를 시켜준다면, 합의서에 명문화할 수는 없으나 주모자를 내 개인적으로 도외(島外)나 해외 탈출을 묵인할 수 있소."

김익창이 말하자 모두 놀라는 표정을 지었다. 모슬포 항에는 나포된 일본 어선 10여 척이 묶여 있었다. 귀순 절차가 잘 마무리되면 9연대 장악하에 있는 어선 중 몇 척을 내줄 생각을 그는 갖고 있었다. 스스로 엉뚱하다고 생각했지만, 그는 그렇게라도 하고 싶었다. 사람의 일인지라 할 수도 있다고 생각했다. 배를 훔쳐 도망가버렸다고 하면 그만이다. 나포되지만 않으면 된다.

"남양군도 밀림으로 가서 세상이 좋아질 때까지 살다가 오는 것도 방법이겠지요. 그곳 주민들을 계몽하면서 정착해 살아도 좋을 것이고. 그러면 우리 국토가 넓혀지는 것 아니오? 내가 태평양전쟁 때 그곳에 가서 복무했소. 근심없이 평화롭게 살만한 곳이오. 그곳을 접수해 살면 우리 식민지가 하나 생기는 거요."

"연대장 각하, 나의 실천 현장은 내 조국, 내 땅이오."

김달삼이 낮게, 그러나 힘주어 말했다.

"내 개인의 생사 문제는 그리 중요하지 않습니다. 죽고 사는 문제는 초월했습니다. 저 사람들 중 젊은이들은 실제로 배를 타고 제주도를 탈출해서 남양의 밀림지대로 가서 살겠다는 사람도 있지요. 자기들 가족이 피해를 입으니 피눈물을 쏟으며 머물러 있습니다. 집안이 당하니 복수심만이 생존의 근거가 되고 있습니다."

"북으로 안 가겠소?"

"여기나 거기나 매한가지 아니겠습니까. 지긋지긋합니다."

이윽고 합의문이 작성되었다. 완성된 합의문을 쥐자 김익창은 허탈했다. 이런 종이 한 장 때문에 얼마나 많은 고뇌와 번민, 그리고 힘들게 멀리 돌아왔는가, 이 종잇장 하나가 그토록 사람들을 아프게 하다니… 이름할 수 없는 슬픔의 인자들이 싸아하니 가슴을 훑고 지나가고 있었다. 금방 아이에게 젖을 물릴 수 있다고 기뻐하던 여자의 눈물어린 모습이 떠올랐다. 그런 그녀를 생각하면 기쁘다기보다 웬지 슬펐다.

"무장해제가 순조롭게 마무리되고 모든 약속이 준수되면 나는 자수하겠습니다. 책임을 지겠습니다. 법정에 가서 봉기 참가자들의 진정한 거사 이유, 경찰과 청년단의 만행을 만천하에 고발하겠습니다. 그동안 언론이 우리를 너무나 죽였습니다. 그들은 강자 편에 섰습니다. 약자의 억울한 점은 눈꼽만큼도 배려하지 않았습니다. 그들이 더 잔혹합니다. 제가 대신 법정에서 이 점 피눈물로 호소하겠습니다. 나는 이재수가 되겠습니다."

김달삼의 목소리는 낮았으나 비장함이 서려 있었다. 회담장을 벗어나자 일몰이었다. 연대본부에 대기하고 있던 장교단과 장병들이 그를 맞았다.

"연대 내에 귀순자 수용소를 설치하라."

그가 명령하자 장병들이 총을 높이 들어 환호했다. 승리의 환호성이었다. 〈참고문헌— 김익렬 장군의 실록 유고 '4·3의 진실' 및 민족문학대백과의 '濟州敎難' 외〉

제27장
가장 짧고 가장 긴 날

"맨스필드 군정장관 각하, 과실을 따왔습니다."

"서프라이즈! 지금 곧바로 내 사무실로 오시오. 직접 듣고 싶소."

'과실'은 회담 성과를 말해주는 암호였다. 군 비상전화를 통해 맨스필드 군정장관에게 회담 타결 소식을 전한 김익창 연대장은 밀린 숙제를 한꺼번에 해결한 느낌으로 휴—, 안도의 숨을 내쉬었다.

김익창은 오민균 대대장과 이동락 정보장교를 대동하고 연대를 떠났다. 맨스필드는 그들이 도착하자 현관까지 나와서 맞았다. 군정장관실 소파에 차례대로 앉은 뒤 김익창이 이동락으로부터 정리된 서류를 받아 맨스필드에게 건넸다.

"합의된 내용 중 당장 실시할 것부터 말씀 드리겠습니다. 폭도들의 귀순 절차는 1948년 4월 29일 자정을 기하여 실시하기로 합의했습니다. 이를 위해 연대본부 내에 1개소, 제주읍 비행장 인근에 1개소의 귀순자 수용소를 설치하되, 군대가 직접 관리하고 경찰의 출입을 금지하겠습니다. 점차적으로 서귀포, 성산포 등에도 수용소를 확대, 설치하겠습니다. 서로 정보 오인 같은 것을 방지하기 위해 긴급 연락망을 구축하겠습니다."

그의 말을 들으며 서류에 눈을 주던 맨스필드가 기쁨을 표시했다.

"9연대장 각하께서 합의한 내용대로 연대 병력이 주변 치안을 맡으시오. 경찰은 해당 지서만 수비방어하고 외부에서의 행동을 중지토록 하겠소."

"감사합니다. 24시간 내에 실시하겠습니다. 합의 안건을 신속 이행해야 폭도들이 회담의 진정성을 믿게 될 것입니다."

맨스필드는 구내 비상전화를 통해 부관에게 지시했다.

"미 군정장관의 지시사항으로 공포하라. 전 경찰은 지서만 수비방어하고, 외부에서의 행동을 중지하도록 명한다. 경찰지서 밖의 치안 책임 임무는 1948년 4월 29일 자정을 기해 국방경비대 9연대가 맡도록 권한을 위임한다."

맨스필드는 무장대를 단시일 내에 평정할 수 있다는 데 고무되었다. 위로부터 압력을 받았던 것을 불식할 계기가 된 것에 안도하고 있었다. 근래 전개되는 상황이 유동적이고 불확실했지만, 그는 김익창과 오민균을 지원해 결실을 맺었다는 데 긍지를 느끼고 있었다. 현지 주둔 군·관 최고책임자가 수시로 바뀌는 상황을 극복하고, 총 한방 쏘지 않고 상황을 안정시킨다는 것은 실로 어마어마한 일이다.

김익창도 한때 사태 진압이 우유부단하다고 하여 통위부(국방부 전신)로부터 인사조치 위협까지 받았다. 통위부 지휘부는 경찰의 방향대로 폭도와의 대화는 토벌의 명분을 쌓기 위한 요식 절차일 뿐, 귀순이 목표가 아니라는 입장을 견지하고 있었다. 그런데 이것을 평화롭게 군말 없이 해결해버린 것이다.

"전단을 살포하겠습니다."

그렇게 하면 귀순 정책을 확고히 굳히고, 여론을 그 방향으로 몰아가게 될 것이다. 폭도들에게는 즉각 귀순을 권고하는 자극제가 될 것이다.

"폭도들이 약속을 지키겠소?"

맨스필드가 의심스런 눈치를 보였다.

"저자들이 협상을 깰 여하한 일은 없을 것입니다. 오히려 우리 군경이 약속을 지키지 않을 것을 두려워하고 있습니다. 결렬의 뇌관이 장착된 곳은 우리 쪽이라고 두려워하고 있습니다."

"저자들이 약속을 지키지 않는다면 우리가 힘들어진다는 걸 명심하시오."

"그자들이 약속을 깬다면 우리에게 도덕적 부담없이 명쾌하게 토벌할 명분이 주어집니다. 그들이 자기 죽으려고 무덤을 파진 않겠지요. 그보다 우리측이 화평회담을 깰 것에 대비해야 합니다. 여기저기 함정이 도사리고 있습니다. 맨스필드 군정장관 각하께서 커버해주셔야 합니다."

불과 두 시간 만에 폭도들은 약속대로 대정·중문면 일대에서 전투를 즉각 중지했다. 서귀포·한림·제주읍 일대에서는 병력을 철수했다. 조천면 산중에서 소규모 충돌이 있었으나 미처 연락이 닿지 못해 일어난 불상사였고, 상황이 알려지자 곧 중지되었다.

"내 생애 가장 긴 날이라고 생각했는데 행운의 날이 되었소. 축배를 들러 갑시다."

그들은 읍내 중심부의 카페로 자리를 옮겼다. 커다란 술통 앞에서 서부사나이가 총을 들고 시가를 물고 평원을 굽어보는 간판이 서있는 미국식 레스토랑이었다. 실내는 어두침침했지만 손님들이 몇 테이블 차지하고 있었다.

"오늘 마침 레미본야스키 21년산과 아케보노 18년산이 들어왔다고 연락을 받았소."

자리를 잡자 맨스필드가 말하고 매니저를 불렀다.

"내가 마시던 것 가져오시오. 버본도 가져와요."

"안주는 뭐가 있소?"

김익창이 매니저에게 물었다.

"전복 말랭이와 소라 무침, 갓 잡은 문어 삶은 것이 있습니다."

"모두 한 소쿠리씩 가져오시오."

김익창이 말하고 좀 과장되게 웃었다. 술들이 차례로 들어오자 맨스필드가 각자의 잔에 술을 따랐다. 몇 순배 돌자 일행은 금방 취했다. 어느새 탁자에 양주잔과 얼음조각, 빈 양주병이 널부러지고, 재떨이에는 담배꽁초가 수북히 쌓였다. 홀은 담배연기로 자욱했다. 전등불 밑에서 그들은 큰 모의를 하는 사람들처럼 쑥덕거리다가 호탕하게 웃고, 즐겁게 마시며 노래했다. 맨스필드가 혀 꼬부라진 목소리로 술잔을 높이 들어 외쳤다.

"나의 충성스런 장교들을 보면서 세상을 이렇게 따뜻하게 바라보는 시선도 있구나, 자기 조국의 인민들을 이렇게도 사랑하고 있구나 하는 것을 보고 나는 감격했소."

"각하께서 우리를 애국자로 만들어주셨습니다."

"우리는 언젠가는 물러갈 것입니다. 우리가 여러분을 지켜주지 않습니다. 여러분의 최상의 우방은 바로 여러분 자신입니다."

"감사합니다! 고맙습니다! 노래로 보답하지요."

김익창이 비틀거리며 자리에서 일어났다. 그가 잔을 높이 치켜든 채 노래를 부르기 시작했다.

요동만주 넓은 뜰을 쳐서 파하고

여진국을 토멸하고 개국하옵신
동명왕과 이지란의 용진법대로
우리들도 그와 같이 원수쳐보세

나가세 전쟁장으로
나가세 전쟁장으로
검수도산 무릅쓰고 나아갈 적에
독립군아 용감력을 더욱 분발해
삼천만번 죽더라도 나아갑시다

노래를 마친 김익창의 눈가에 물기가 어렸다.

"나는 이 노래를 만주에서도 노래하고, 남양군도에서도 노래했소. 그래도 채워지지 않는 무언가가 있어서 늘 가슴이 비어있는 듯했지요. 힘차면서도 슬픈 군가였지요. 지금 마음껏 부르니 더욱 내 나라가 좋다는 생각을 합니다. 미치도록 사랑하는 내 나라입니다."

"내 노래도 그렇소. 내 한번 부르리다."

맨스필드 군정관이 자리에서 일어나 'blood upon the risers(낙하산 줄의 붉은 피)'를 소리높여 부르기 시작했다. 김익창이 군화발을 쿵쾅거리며 장단을 맞추고, 이동락 정보장교가 두 손가락을 입에 넣어 훅훅 휘파람을 불었다.

gory, gory what a hell of a way to die(4반복)
He ain't gonna jump no more!
The risers swung around his neck,
connectors cracked his dome,

Suspension lines were tied in knots

around his skinny bones

The canopy became his shroud

he hurtled to the ground.

He ain't gonna jump no more!

gory, gory what a hell of a way to die(2반복)

He hit the ground, the sound was "SPLAT",

his blood went spurting high;

His comrades, they were heard to say

"A hell of a way to die!"

He lay there, rolling 'round in the

welter of his gore

gory, gory what a hell of a way to die

gory, gory what a hell of a way to die

He ain't gonna jump no more!

피가 철철 개죽음이네(4반복)/전우는 다신 못 뛰게(강한 점프) 되었네/라이저에 목 감기고(낙하산 줄이 그의 묵을 조르고)/커넥터에 머리가 깨져(연결기는 그의 머리를 박살내)/선들이 얽히고 설켜/엉성한 몸을 휘감네/캐노피는 덮개 되고(낙하산이 수의가 되고)/그는 땅에 고꾸라져/다신 못 뛰게 되었네/피가 철철 개죽음이네(2반복)

땅을 내리자 '철퍽' 소리와 함께/그의 피가 높이 솟구쳤네/전우들은 마음이 상해 이렇게 말해줬지/그런 개죽임이 다 있나!/자기 피로

홍건한/피바다를 뒹구네/피가 철철 개죽음이네/피가 철철 개죽음이네/전우는 다시는 못뛰게 되었네!

맨스필드가 계속 노래를 이어가자 김익창이 하하 웃으며 그를 제지했다.

"뭐 노래가 끝이 없노?"

"밤새도록 불러도 끝이 안 날 것이오. 하지만 우린 개죽음 당해선 안 됩니다."

밤은 무르익어가고 있었다. 오민균이 자리에서 일어나 두 상관을 향해 경례를 올려붙인 다음 밖으로 나왔다. 오늘 밤 해결해야 할 일이 있었다. 그 사이 어떻게 소문이 퍼졌는지 행인들이 삼삼오오 모여 쑥덕거리고, 들뜬 표정으로 어디론가 급히 가는 모습들이 보였다. 그는 관목 숲이 우거진 주택 앞에서 문을 두드렸다.

"어머, 대대장님."

달려나온 현호영이 오민균을 맞더니 놀란 표정을 지었다.

"어르신께 인사드리러 왔습니다."

응접실에서 생각에 잠겨있던 현문선 사장이 그를 맞았다.

"이 밤에 무슨 일로….."

"협상이 타결되었습니다."

"타결?"

믿기지 않는다는 듯 현문선 사장이 되묻고는 이윽고 환히 웃었다.

"참으로 고마운 일일세. 디행스런 일이야. 나는 오민균 대대장이 일을 해내리라 보았네."

그러면서도 그는 신중했다.

"호사다마라고, 신은 사랑하는 자에게 더 힘든 고난을 준다고 하지 않던가. 사랑의 역설이네. 사랑할수록 비련의 고통이 숨어있기 마련이네. 살얼음 딛듯 신중하고 사려깊게 접근해야 할 것이야."

"알겠습니다. 전단을 만들어 살포해야 합니다. 신문사가 문을 닫아서 야단입니다."

"그러게 말이야. 서청에서 접수한다는 소문이 돌아."

"기존 신문사 사람들을 움직여야 할 것 같습니다. 그들을 움직일 수 없겠습니까."

"청년단을 움직이는 것이 더 빠를 거야."

그는 사태를 꿰뚫고 있었다. 서북청년단이나 경찰은 한통속이다. 그들은 비밀협상 타결을 방해하는 세력이다. 그러니 그들은 위험하다. 순간 오민균의 뇌리에 사진봉 단장이 떠올랐다. 지난번 만났을 때 사진봉은 신문사 접수를 거론했다. 서청이 언론사까지 손을 댄다는 것은 주제넘은 일이라고 생각했지만, 이제 와보니 그의 손을 빌릴 수 있다는 생각이 들었다. 현문선 사장도 그렇게 생각하고 있었다.

"그렇다면 사진봉 단장을 찾겠습니다."

그는 현문선 사장 집을 나와 보헤미안으로 향했다. 마담 오신애를 움직이면 된다. 오신애는 마침 사진봉과 보헤미안 별채에서 자고 있었다.

"인쇄공만 연결해주면 되오?"

사진봉은 이렇게 말하고 신문사 인쇄공을 연결해주었다.

다음날, 미 군정 연락기에서 전단지가 한라산록에 눈발처럼 뿌려지고 있었다. 전단지는 비밀협상에서 타결된 합의문이었다.

■ 평화협상 합의사항

① 쌍방은 72시간 내에 전투를 완전히 중지한다.

② 무장해제는 점차적으로 하되 약속을 위반하면 즉각 전투를 재개한다.

③ 무장해제와 하산이 원만히 이뤄지면 주모자들의 신병을 보장한다.

오후가 되자 산의 이곳저곳에서 사람들이 걸어 내려오고 있었다. 그것은 개펄에서 구멍을 나온 게들 같았다. 한결같이 누더기에 봉두난발한 모습들이어서 얼핏 사람의 행색으로 보이지 않았으나 얼굴 표정들은 한결같이 밝았다. 연소자와 부녀자들이 주로 산을 내려왔는데, 그 중엔 노인들도 섞여 있었다. 휴대한 무기들을 길바닥 이곳저곳에 내던지는 자도 있었다. 사용 불가능한 것들이었지만 자기 목숨의 부적처럼 들고 다니던 것들이었다.

귀순희망자들이 9연대 주변으로 모여들었다. 그들은 9연대가 가장 안전지대라고 여기고 있었다. 연대 병사들이 철책선 안쪽 연병장에 천막을 쳤지만 두려웠던지 안으로는 들어오지 않고, 그들 스스로 연대에서 제공한 천막을 받아 철책선 밖에 쳤다.

"경찰 치하에선 못 살겠다는 뜻 아닌가?"

창밖의 광경을 지켜보던 김익창 연대장이 흐뭇한 표정을 지었다.

"그렇습니다. 양민들로부터 군이 신뢰를 받고 있다는 증거입니다."

오민균도 귀순자들의 동태를 예의 주시하고 있었다. 정보장교 이동락은 창틀에 기대어 이들의 움직임을 계속 카메라에 담았다.

"숨겨둔 비화 하나 소개할까?"

김익창이 시가를 입에 물며 입을 열었다.

"네. 말씀 하십시오."

"맨스필드 제주군정관이 말일세, 딘 군정장관의 명령이라고 하면서 날더러 비밀리에 미군 CIC 제주사무실을 방문하라고 지시하더군. 가보니 딘 군정장관의 정치고문이란 사람이 나를 맞으면서 국제 정세와 한국의 미래를 장황하게 설명하더라구. 그러면서 제주 폭동을 빨리 진압해야 한다는 거야. 유일한 방법은 초토화라면서 나의 의견을 묻는 거였네. 이미 결정된 일이라서 묵살하고 자리를 털고 나오려는데, 그가 자기 명령을 따르면 대한민국 새 정부 요직에 앉혀주겠다는 거야. 원하는 직책을 말하면 해결해 주겠다는 거지. 일종의 바터야. 초토화 작전을 완료한 후, 한국의 민족주의자들로부터 미움을 받아 한국에서 살기 어려우면 가족을 데리고 미국에 가서 살도록 해 주겠다고 했어. 정착금으로 10만 달러를 주겠다고 하더니 대답이 없자 얼마가 필요하냐고 묻는 거야. 더 주겠다는 뜻이지. 나는 '폭도들의 귀순 작전 성공이 나에 대한 최상의 보상이요'라고 말했네. 그러자 그자가 한참을 생각하다가 내 손을 잡더니 당신이야말로 훌륭한 군인이라고 하더군. 어리둥절했네. 간을 보는 건가? 종잡을 수 없었어. 본심이 어디에 있는지 모르겠어. 그가 자기 감동은 개인적일 뿐, 미군의 전략과는 무관하다고 하더군. 이름을 밝히기를 거부했지만 H라는 이니셜은 알고 있네."

"하우스만이란 정보장교입니다. 군부를 좌지우지할 인물로 보지요."

"난 그런 놈은 싫네. 덩치값도 못 하는 사람같아."

말을 마친 그의 얼굴에 갑자기 쓸쓸한 감정이 감돌았다.

"연대장 각하, 잊으세요. 지금 군 주둔지 주변이 주민의 해방구가 되고 있는 것만으로 기쁘지 않습니까. 제주읍 유지들도 연대장 각하의 화평정책에 박수를 보내고 있습니다. 안도해도 됩니다."

오민균은 연대장을 위로했다.

"그들 또한 고맙지. 자기 보신 때문에 육지로 피신한 자도 있지만, 뜻있는 지도층들이 고초를 넘어 조건없이 도왔어. 오 소령도 그 점 잊지 말게. 물오리처럼 수면 아래서 부지런히 발을 움직인 사람들이 의외로 많다는 것. 내가 한 일은 그 일부에 지나지 않아."

김익창 연대장은 감회에 젖은 듯 연대장실을 한동안 서성거렸다.

"앙꼬 빵에 앙꼬가 없다"

이상하게 유언비어들이 제주 읍내에 부유하고 있었다. 김익창은 병력을 읍내에 투입했다.

"소문의 진상이 무엇인지 알아올 것."

이날 오후 이를 증명이라도 하듯 맨스필드 제주 군정장관이 김익창을 호출했다. 제주군정장관실로 들어서자 맨스필드가 생뚱맞은 얘기를 했다.

"어제 극비리에 딘 소장이 특별기편으로 제주를 다녀갔소."

김익창은 둔기로 머리를 한방 맞은 기분이었다. 딘 소장이 유언비어의 진원지인 셈이었다. 딘 장군은 제주경찰 정보와 경무부 경찰토벌사령부의 정보 보고를 받고 현지 확인차 전용기로 급히 내려온 것이었다.

"유감스럽게도 군이 폭도사무실에 들어가서 협상을 하고 온 것은 군의 명예를 실추시킨 처사라고 화를 냈소. 유리한 협상 결과를 얻었다고 해도 군의 상궤에서 벗어나는 행위라는 것이오."

"비밀회담이라는 게 원래 그런 성격을 갖는 게 아닙니까."

"우리가 명예를 중시해야 하는 것을 간과했소. 군은 격식이 중요하고, 그래서 좀 곤란하게 되었소."

"그게 무슨 뜻이지요?"

김익창이 언성을 높였다. 어느 장단에 춤을 춰야할지 몰랐다.

"군 책임자가 항복을 받으러 갔다가 설득당하고 왔다는 것이고, 경찰을 죄악시했다는 거요. 이것이 나나 연대장 각하가 오해를 받는 이유가 되었소. 미 군정은 이번 사태를 9연대장의 무모한 개인적 영웅주의의 일탈로 몰아가고 있소. 폭도대장과의 개인적 친분관계 때문이라고 보기도 해요. 연대장 각하는 김달삼과 일본군 학병 동기라고 했소?"

"학병 동기는 무슨… 결국 나를 의심하는군요? 경찰 정보 보고 때문이지요?"

"경찰 정보만이 아니오. 국방경비대 파견 정보장교의 보고도 있소. 제주에 파견된 다른 부대의 정보참모부 일원이 무장대를 비밀리에 만났소. 그러면서 분석하기를 우리 정체가 의심스럽다고 했소. 미 군정청은 어느 라인이 정통인지 혼란스럽다고 했소."

이것은 모략이거나, 이중플레이다. 김익창이 단호히 말했다.

"맨스필드 군정장관께서 나에게 비밀협상권을 위임할 때 '서면으로 조인된 모든 약속의 이행은 미 군정장관 딘 장군이 책임진다'고 했지 않았습니까. 9연대장 김익창은 폭도대와의 평화회담에 필요한 일체의 권한 행사에서 미 군정장관을 대리한다는 것 아니었습니까. 나는 그 지시를 성실히 이행했을 뿐입니다."

"그 협상 대상이 대표성을 띠고 있느냐는 것이오. 폭도사령관만도 네 명이나 되오."

"그것은 사실이 아닙니다. 아군을 교란시키고, 함정에 빠뜨리기 위해 덫을 친 것에 불과합니다."

맨스필드도 할 말을 삭히는지 창밖 한라산에 시선을 던지고 있었다. 분명 딘 군정장관으로부터 비밀회담 지시를 받고 김익창에게 명령한 것은 부인할 수 없는 사실이었다. 맨스필드가 혼잣말처럼 중얼거렸다.

"문제는 조인문서에 서명이 없으면 어떤 합의도 무효라는 것이오."

시쳇말대로 합의문에 도장이 없다면 '앙꼬없는 찐 빵'이라는 것이다. 꺼림칙했던 게 현실화된 셈이다. 약자에겐 사소한 것도 약점이 되어 끝내 뒤틀리게 된다. 역시 악마는 디테일에 있다. 디테일의 조종간은 힘센 자가 쥐고 있다. 그것이 약자의 한계다.

"우리가 협상타결 협상문을 전단으로 만들어서 대대적으로 뿌렸습니다. 근거없이 할 수 있습니까."

"나도 진심으로 괴롭소."

"시비가 아니고 팩트를 말한 것입니다."

애초에 폭도사령관과 굳이 그런 문건을 만들 필요가 있겠느냐는 무시 전략도 있었다. 그들과 공식문건을 교환한다면 폭도를 인정하는 셈이니, 그들 조직을 공적 기구로 인정한 것이 된다. 그래서 문서를 주고받을 필요가 없다고 했다. 그래도 회담은 회담인 만큼 합의 문서가 필요했고, 이만한 협정문이라도 가져온 것이다. 서명이 무슨 필요한 증표라도 된단 말인가. 서명을 받아왔다고 해도, 폭도와 밀거래한 것을 인정할 수 없다고 휴지조각으로 소각해버리면 그만이다. 강자의 횡포는 그런 것이다. 성공은 성공 이유가 단 두 가지지만, 실패는 7만 가지가 존재한다고 하지 않던가. 약자는 그 7만 가지에 포박당하게 되어 있다.

"딘 소장 각하는 대화로 항복을 받아내라고 하셨습니다. 유혈사태를 막는 것이 저나 맨스필드 군정장관이나 딘 소장 각하의 기본 뜻이 아니었습니까."

"그것은 의문의 여지가 없소. 다만 대표성에 의문을 표시하는 것이오. 우리가 낙관했소."

사태는 김익창에게 책임이 돌아가는 분위기였다.

"제주비행장에 착륙하려던 미 군용기 C─ 47기가 저격을 받았다고 해요. 이에 대하여 딘 군정장관 각하께서 격노하셨소. 정보기관에 따르면, 인민유격대 집결지인 애월면 어도지경 샛별오름과 바리악, 조천면 선흘지경 거문오름 등에서 군용기를 향해 총알이 날아왔다는 것이오."

또 다른 사태 변화였다.

"그 문제가 사실이라면 단호히 폭도들에게 책임을 묻겠습니다. 화평회담을 깨는 중대 도발이니까요."

"그렇잖아도 9연대장은 폭도들과 내통한다는 오해를 받고 있소. 군용기를 공격했다면 무장대도 협상타결 의지가 없었던 것 아니오?"

"그럴 리가 없습니다. 그들의 공격에 대해 확인이 필요합니다. 음모가 있을 수 있습니다. 현장에 나가 진위를 가리겠습니다."

맨스필드가 짜증을 냈다.

"군 최고 지휘관의 자체 정보를 불신하는 거요?"

맨스필드는 흔들리고 있었다. 그가 덧붙였다.

"딘 소장 각하는 9연대가 사상이 불온한 장교단과 병사들이 폭도들과 내통하고 있다고 파악하고 있소. 비밀협상 자체도 그들과 사상을 공유하는 자들끼리 내통하여 만들어낸 결과물이라고 보고 있소. 오민균 소령이 중심이란 첩보도 있소."

그것은 어마어마한 모략이다. 경찰 정보가 가리키는 지점이었다. 김익창— 김달삼 회담은 사적 면담에 지나지 않기 때문에 대표성과 정통성이 없다는 것으로 귀결되고 있었다. 격식과 절차를 무시했으니 군의 명예에 상처를 냈으며, 예비회담을 한 오민균 소령의 정체가 불분명하기 때문에 흑막이 있을 수 있다는 것이다. 조건없이 폭도들을 사면한다는 협정문은 항복문서나 다름이 없다. 그것은 미 군정과 새로 들어설 정부의 질서 유지에 부담이 된다… 문제를 삼으려면 어떤 무엇도 문제가 되는 것이 강자의 논리라는 생각에 김익창은 몸을 떨었다. 정말 살 떨리는 일이었다.

"틀린 겁니까."

그는 절망에 젖어서 물었다.

"길은 있습니다. 딘 장관 각하께서 5월 초 다시 내도하셔서 최고위 간부회의를 소집할 것입니다. 그때 조병옥 경무부장 등 경찰 수뇌부도 내도한다는 것이오. 이때 관철시키도록 노력해 봅시다."

"그렇다면 진실로 다행입니다."

명분이 살아있으니 그때 미 군정과 경찰 수뇌부를 설득하면 될 것이다. 오히려 수고했다고 격려할 것이다. 그렇게 희망을 걸고 김익창은 제주군정장관실을 나왔다. 발을 헛디뎠던지 그는 계단에서 삐끗하고 앞으로 넘어졌다. 지나가던 사람이 이상한 눈으로 그를 바라보았다. 김익창은 일순 수치심을 느끼고 일어나 제복의 흙먼지를 턴 뒤 황망히 제주도청을 빠져 나왔으나 정작 갈 곳 잃은 사람처럼 한동안 서성거렸다.

오라리, 숨겨진 진실

"단장님, 출동명령이 떨어졌습니다. 상황이 복잡해졌습니다."

구대구 부단장이 단장실로 뛰어들며 보고했다. 사무적일 때, 그는 표준어를 사용했다.

"어디라구?"

"오라리입니다."

"지금 전투중지명령 내리지 않았나? 휴전 중 아닌가?"

"저 새끼들이 깼습니다. 그래서 긴급 출동명령이 떨어졌습니다."

"출동명령? 어디로?"

"두 곳 다입니다."

제주도엔 제주경찰청과 경찰비상경비토벌사령부로 조직이 이원 화되어 있었다. 사진봉은 순간 불쾌했다. 명령 하달은 당연히 그에게 떨어져야 하는 것이 아닌가.

"댓 명 차출하라우."

"안이하게 사태를 보아선 안 됩니다. 이십 명은 차출해야 합니다."

단번에 거부 의사가 나왔다. 이 새끼 봐라. 사진봉은 구대구를 노려보았다. 지휘의 경계가 흐트러진 것이다.

"너 왜 건방 떠네?"

"농담할 때가 아닙니다. 이십 명 인솔해가겠습니다."

그가 일방적으로 말하고 밖으로 황급히 나갔다. 사진봉은 체면이 구겨졌다. 저 자가 누군가의 **빽**을 믿고 설친다는 것을 그는 단박에 알았다. 사진봉이 요즘 사업 진행에 머리를 싸매고 있는 사이 구대구의 활동폭이 넓어진 것이었다.

구대구가 현지에 도착했을 때는 마을이 불타고 있었다. 먼저 온 대동청년단원들이 마을로 들어가 기물을 파괴하고 불을 놓았다. 오라리는 제주읍 남쪽으로 오리 정도 떨어져 있는 행정구역이다. 5개 마을로 구성되어 있고, 600여 호에 주민 3천여 명이 살고 있었다. 상당히 큰 공동체였다. 작년 3·1 사건 때 관덕정 앞 발포사건에서 6명의 사망자 중 2명이 이 마을 출신임을 볼 때 정부 입장에선 사상이 불온한 동네였다. 그러니 만만한 곳이 아니었다. 배운 사람이 많고 일본에 나가 있는 출향인사들이 많은 탓으로 민족의식이 강했다. 구대구가 면식이 있는 대동단원에게 다가가자 그가 펄쩍 뛰었다.

"빨갱이 새끼들이 경찰 가족이 밀고해서 보복을 당했다고 부인 둘을 끌고 가서 패서 그중 부인 한사람이 죽었소."

구대구는 이를 뿌드득 갈았다.

"그것들이 휴전협정을 깼고만? 지들이 도장찍어놓고 지들이 먼저 깨는 상놈에 새끼들, 그래서 빨갱이는 믿을 수 없지."

주민들은 산으로 도망을 가서 마을에 쥐새끼 한 마리 얼씬거리지 않았다. 타닥타닥 초가들 타는 냄새가 매캐하게 바람을 따라 이리저리 휘돌고 있었다. 대대적으로 산간마을이 불타는 것은 처음이었다.

"다 꼬실라버려!"

구대구는 인솔한 단원들을 향해 소리쳤다. 그도 한 역할 해야 했다. 다시 짓붉은 화염과 시커먼 연기가 하늘로 치솟았다. 이들이 마을을 태우고 떠나자 도망간 노인과 아녀자들이 내려와 가재도구를 수습했다. 파괴된 장독그릇을 안고 울부짖는 아녀자, 불에 타 죽은 말을 부여잡고 우는 노인이 있었다.

"엔간히들 해라, 엔간히들…."

민오름에서 마을이 불탄 모습을 지켜보던 무장자위대가 마을로 내려와 잔불을 끄기 시작했다. 마을에 폭도들이 나타났다는 첩보를 접한 경찰비상경비사령부가 다시 증원부대를 편성해 현지로 보냈다. 마을 사람들이 다시 산으로 도망쳤다. 꼭 숨바꼭질을 하는 것 같았다.

"오라리에서 충돌이 있었다고 합니다. 마을이 소각되고 양 진영에서 사상자가 많이 났다고 합니다."

제주읍 정보파견소로부터 김익창에게 긴급보고가 들어왔다. 그는 제주읍에 파견된 특별경비부대에 있다가 금방 연대로 돌아온 길이었다. 미군 연락기를 향한 발포가 오해에서 비롯된 것이고, 특별한 도발상황이 아니라는 것을 확인하고 제주군정관실에 보고한 뒤였다. 맨스필드를 납득시키는 데는 큰 어려움이 없었다. 그도 사실이 아니란 점에 고무되었다.

맨스필드는 귀순자가 늘어나고 있다는 첩보를 받고 그 나름 작전 성공에 흐뭇하게 여기고 있었다. 그것은 자기 과업이라고 만족스러워했다. 연락이 닿지 못해 한두 발 총소리가 나긴 했지만 지금까지 대체로 평온을 유지하고 있었다. 이 점 서로 확인하고 안도했는데 느닷없이 오라리에서 터졌다.

김익창 연대장은 사태파악을 위해 오민균 대대장과 정보팀 두 명을 차출했다. 달리는 쓰리쿼터 안에서 김익창이 물었다.

"대대장, 왜 이리 어수선한가. 휴전협정을 깨자는 건가?"

뒷좌석에 앉아 생각을 가다듬던 오민균은 얼른 대답하지 못했다. 돌발상황을 예기치 않은 것은 아니지만, 평온을 유지한 가운데 휴전 프로세스가 하나하나 작동되고 있는 것에 그는 안도했었다. 그런데 이렇게 갑자기 사건이 터지자 뭔가 미심쩍다는 생각이 들었다. 어떤 음모가 도사리고 있다는 의구심이었다.

"맨스필드 군정장관을 만나고 올 때는 이 문제가 거론되지 않았는데… 그도 모르고 있는 것이 분명한데…."

"맨스필드 군정장관은 혹 알고 있을지 모릅니다. 미군 전략의 하나일 수 있습니다."

김익창이 한숨을 쉬며 응수했다.

"의심하지 말게. 나는 그렇게 생각 안 해. 설사 그렇더라도 그를 우리 편으로 붙잡아야지."

"무장자위대 진위를 알아보는 것이 중요합니다. 우발적인 사고인지 아닌지, 즉 사소한 시비로 일어난 사고인지, 의도된 것인지를 파악해야 합니다. 모두가 과민해 있으니까 이런 때일수록 신중해야 합니다."

"음모라면?"

"우리가 우려해온 전략이죠."

제주읍 특별경비부대에 도착하자 미리 현장을 살피고 온 이동락 정보참모가 그들을 맞았다.

"연대장 각하, 방화사건은 무장폭도대가 저지른 것이 아니라 마을 청년들과 대청청년단원들이 부딪친 사건입니다."

"마을 청년들이 폭도인지 아닌지 알 수 없잖나?"

"물론 경찰은 폭도로 몰아가고 있습니다. 하지만 저항하도록 유도한 측면이 있습니다."

"무슨 뜻이야?"

"협상을 무력화하려는 것입니다."

그도 음모설을 말하고 있었다.

"이 중위 본인의 해석 아닌가?"

"방화를 저지른 대청단원 박상국을 체포해 제주파견소에 감금시키고 조사를 벌이고 있습니다."

"그래서?"

"자술서를 받는데 경찰이 수사하겠다고 돌려달라고 하고 있습니다."

"돌려주지 말라우. 분명 문제가 있다. 정보참모는 좀더 자세히 조사하고, 오민균 소령은 나와 함께 맨스필드 장관 만나러 가자."

김익창은 소대 병력을 오라리로 출동시키고 오민균과 함께 제주 군정장관실로 향했다. 그는 맨스필드에게 오라리 사건을 빠짐없이 보고했다. 맨스필드가 말했다.

"경찰은 9연대장이 폭도들에게 이용당하고 있다고 계속 보고를 올리고 있소. 폭도 귀순 방해공작이 벌어지고 있다는 것을 관찰하시오. 왜 경찰이 방해한다고 봅니까?

그도 알고 있는 것을 새삼스럽게 묻고 있었는데, 그것은 자기 확신을 확인하려는 태도로 보였다.

"귀순작업이 종료되어 폭도진압이 끝나면 경찰 지휘부와 그 추종자들의 위신이 땅에 떨어지겠지요. 김정탁이를 경찰 비상경비사령관으로 내려보내서 토벌을 벌였는데도 불구하고 폭도진압은 고사하고, 국방경비대가 평화적으로 문제를 해결하니 존재감이 없어지는 것입니다. 전투에서도 별 볼 일 없고, 평화협상에서도 소외되니 체면이 말이 아닌 것입니다."

"오민균 대대장 생각도 마찬가지요?"

맨스필드가 오민균을 응시했다. 김익창이 대신 나서서 대답했다.

"그런 모략은 늘 받아왔습니다. 그렇더라도 우리가 할 소임은 다 하겠습니다."

"CIC로 가보시오. CIC 정보참모부 간부들은 지금 동화여관에 있소."

CIC(Counter Intelligence Corps)는 8·15광복 후 주한미군의 전투부대인 24군단과 함께 국내에 들어와 첩보활동을 벌이고 있는 미군 최고 정보기관이었다. 이들은 군부 동향은 물론 국내 정치지도자에 대한 정보수집 활동도 폈다. 요원을 제 단체에 잠입시키고 정보수집활동을 펴는 범죄수사대로서 헌병대 편제 기구지만 활동은 독립적이었다. 사상범 색출, 역내 범죄, 포로심문, 군용물자매매, 성범죄, 마약, 군용물 파괴, 테러 등 다루지 않은 분야가 없었다. 그들은 우익 청년단체를 행동대로 움직였다.

두 사람은 제주 군정장관실을 나온 뒤 거리에 한동안 우두커니 섰다. 오민균이 김익창에게 말했다.

"각하, CIC는 제가 다녀오겠습니다. 연대장의 체모가 있습니다."

일개 정보부대에 제주주둔군 최고지휘자가 들락거린다는 것은 계급장으로 보아 격에 어울려보이지 않았다.

"그게 좋겠군."

그들은 헤어졌다. 오민균이 미 군정 방첩대가 비밀사무실로 쓰고 있는 동화여관에 들어서자 정보 책임자가 조사보고서를 내보이면서 설명했다.

"오라리 방화사건은 평화협상 다음 날인 4월 30일 무장폭도가 2명의 여자를 납치했고, 그중 임신부가 죽었소. 이것으로 그들이 4·29 평화협상을 파괴했소. 경찰가족을 죽이면서 협상이 유효하다고 말할 수 있소? 경찰이 그들을 체포하려는데 도망쳤소."

그들을 무장폭도대로 볼 것이냐에 대해서는 애매한 부분이 있었다.

"폭도들이 뚜렷한 이유없이 백주에 만행을 저지르리라고 보지 않습니다. 그 마을은 오히려 폭도들과 유대가 깊은 마을입니다. 폭도들이 자기 마을을 파괴했다는 경찰의 주장은 근거가 희박합니다."

"필요하면 자기 마을도 파괴하는 것이 폭도대 아니오? 귀하는 폭도들 주장에 동의하는 것입니까."

"동의가 아닙니다. 합리적인 판단을 해보자는 것입니다. 우리가 대청단의 책임자를 체포해 조사에 착수했습니다. 주동자를 구금해 조사중입니다."

"그렇다면 대청원의 소행이라고 믿는 건가? 귀하는 자기가 보고자 하는 것만 보는 것이 아닌가?"

CIC 책임자는 불쾌감을 표시했다. 사건의 빌미를 제공한 쪽은 무장폭도대라고 단정하고 있는데, 되려 대동단원을 체포해가다니… 이로 인해 오민균 자신도 오해를 받고 있었다.

"늘상 하는 말이지만, 경찰의 토벌이 무서워서 산으로 들어간 양민들입니다. 이들은 대부분 친인척지간입니다. 이들이 험한 산 속에서 굶주리고 헐벗고 있다면 가족이 의복과 식량을 넣어주는 것은 인지상정이지요. 이들은 그러는 가운데 좋은 날이 오기만을 기다리고 있습니다. 화평회담이 되었건, 아량이 되었건, 휴전이 되었건, 그 날만을 기다리는 사람들입니다. 그들은 모두 처벌의 대상이 아닙니다."

"처음엔 누구도 선량한 사람이오."

"추가 조사가 필요해서 우리 정보팀이 현장에 가 있습니다."

"폭도대가 경찰 가족을 죽인 것은 사실 아니오?"

"사실입니다."

"그런데 왜 말이 많소?"

"그들이 무장자위대의 지휘를 받는지 안 받는지를 살피는 것이 중요합니다."

"한가롭게 원인과 배경 따위를 퍼즐 맞추듯 맞춰갈 시간이 없고. 정보팀의 판단으로는 시간을 벌기 위한 반도들의 술책에 9연대가 말려들었다고 보오. 폭도들은 전열을 재정비하여 대대적인 기습을 준비하고 있소. 정보에 따르면, 그들은 전보다 화력을 증강했소. 일본군 무기와 제주 앞바다에 수장된 무기를 도굴했소. 연대로부터 일정 무기도 노획했소. 이 때문에 귀하 지휘관들이 의심받고 있는 거요. 적과 내통하여 사태를 미루는 사이, 저들은 화력을 비축하고, 장기전에 대비하고 있소. 우방국에게 자유와 인권, 민주적 가치를 전파하는 미국의 선한 가치를 그들이 파괴하고 있소."

그는 대놓고 오민균의 위아래를 훑었다. 이들은 자유민주주의와 인권이라는 가치를 전파한다고 말한다. 그러므로 민주주의가 발달하지 않은 나라에 우월적 위치에 서도 된다는 태도다. 미국이 세계경찰을 자처함에 따라 전략지역에 수만 명의 미군을 상주시킨다. 적대 세력이 존재하는 한 미국이 독점적으로 무기를 생산하고 배급하는 권한도 정당하다고 믿는다. 그중 미국에 의한 세계질서 유지의 시험장이 된 제주도. 제주도는 신음하고 있다. 오민균은 미군 정보 책임자의 오만한 태도를 보고 그런 생각을 지울 수 없었다.

"항간에는 9연대가 폭도들을 기만하여 폭도 전원을 귀순시켜놓고 일시에 몰살하려 한다는 유언비어가 유포되었습니다. 폭도들이 흥분해서 연대장 이하 지휘관을 암살한다는 소문도 돌았습니다. 9연대는 양쪽에서 공격을 받고 있습니다."

책임자가 웃었으나 그의 눈빛은 날카로웠다.

"오 소령, 김창동 대위를 아오?

오민균은 흠칫 놀랐다. 이 자리에서 김창동 얘기가 나오다니, 의외였다.

"경비대사관학교 교관으로 있을 때 만났습니다. 그의 입교를 배제시킨 적이 있습니다."

"그런 애국장교를 배제시키다니, 왜 그랬습니까."

오민균은 쓸데없는 얘기를 꺼냈다고 생각했으나 내친 김에 말했다.

"해방된 조국에 맞지 않은 인물입니다. 미국이 일본과 맞서 싸울 때, 그는 일본과 맞서 싸우는 조선인 독립운동자를 잡아가두었습니다."

"당신도 일본군 출신 아니오? 일본 육군사관학교 출신이 더 일본군 정신이 투철할 텐데?"

책임자가 이해할 수 없다는 듯 고개를 가웃하더니 다시 물었다.

"윌리엄 딘 군정장관 각하의 뜻이 무엇인 줄 아시오?"

"화평회담을 추진하라는 지시를 받아 성실히 수행했습니다."

"전쟁은 긴박하게 움직이는 생물이오. 전략도 마찬가지요. 낡은 정보에 매달리면 사태를 오판하고, 흐름을 잘못 읽을 수가 있소."

책임자가 말하는 뜻은 분명해졌다. 그들이 국면을 끌고 가고 있고, 결국은 강자의 의도대로 판을 이끌어간다. 현실적 힘의 실체는 미군에 있고, 현지인을 고용해 판을 키우거나 줄이는 권한도 그들이 갖고 있다. 그 자체를 모르고 움직이는 현지인들의 무지 때문에 희생은 강요된다.

백여 명쯤 되는 주민이 산 생활도구를 챙겨 더러는 부목에 의지한 채 절뚝거리며, 더러는 아이를 업은 채 내려오고 있었다. 이들은 9연대 병력과 연대 미고문관 드루스 대위, 미군병사 2명의 인솔 아래 대정면 비상활주로 주변에 설치된 부로(浮虜)수용소로 이동하고 있었다. 야트막한 계곡은 물이 말라붙어 있고, 주변에 경작지들이 널려 있었으나 난리통에 씨앗을 뿌리지 않은 탓으로 빈 땅으로 남아 있었다. 이들이 밭둑을 내려가고 있을 때, 갑자기 계곡 건너편 쪽에서 총알이 날아왔다. 무장한 경찰 십여 명이 하산자를 향해 총을 쏘고 있었다.

"모두들 계곡으로 대피하라!"

드루스 대위가 외치자 귀순자들이 숨어들긴 했으나 그중 두 사람이 총을 맞고 고꾸라졌다. 경찰의 기습 난사는 멎지 않았다. 또 몇명이 쓰러지자 하산자들이 계곡을 타고 급히 다시 산으로 올라가버렸다.

"응사!"

드루스 대위는 병사들에게 응사를 명하면서 소리질렀다.

"갓뎀, 여긴 9연대 병사들이다. 사격 스톱!!"

잠시 총격이 주춤해진 사이 병력이 달려가 경찰지휘관을 생포했다. 경찰 병력도 사상자가 세 명이 나왔다. 나머지는 도주했다. 아군끼리 교전한 셈이었다. 그런데 어설펐다. 교전다운 교전이 이루어지지 않았고, 경찰이 총질하다 도망가버린 것도 이상했다. 드루스 대위는 생포한 경찰지휘관을 심문했다.

"하산자를 공격한 이유가 뭔가. 미군과 9연대 병력이 귀순자를 인솔해 하산하고 있었잖나."

"명령을 따랐을 뿐이오."

"누구 명령인가."

"상부의 명령이오."

드루스 대위는 발포지휘자의 자백 내용을 보고서로 작성해 맨스필드 군정장관을 찾았다.

"경찰이 귀순자와 미군과 경비대 인솔장병을 공격할 때 이상한 것을 발견했습니다. 싸우던 경찰이 숨고, 귀순자들은 다시 산으로 도망갔습니다."

"경찰 비상경비사령관을 불러라."

맨스필드는 부관을 불러 명령했다. 김정탁 비상경비사령관이 비상전화로 연결되었다.

"하산자를 공격하면 군법위반이란 거 모르시오?"

김정탁은 달리 말했다.

"공산폭도들을 왜 보호합니까."

"당신 정신이 있나? 드루스 대위 인솔 아래 귀순자들이 내려오고 있잖았소? 휴전 시간 아니냔 말이오! 당장 들어오시오."

"지금은 바빠서 못 갑니다. 내일 가겠습니다."

그가 다음 날 제주군정장관실에 들어와서 당당하게 말했다.

"딘 소장 각하께서는 경무부와 함께 폭도회담을 인정하지 않았소이다."

"회담은 딘 장군과 내 지시에 따라 이루어진 것이고, 지금은 휴전이오. 그 후속조치로 귀순자들이 산에서 내려오고 있었소. 총격 지시자가 누군가?"

"폭도들이 경찰을 공격했습니다. 지금은 엄연히 교전중입니다."

경찰과 국방경비대 사이를 이간질하려는 책동이 분명했다. 이런 일련의 행태가 최고위층의 묵인이 아니면 이루어질 수 없었다. 김정탁이 저렇게 배짱있게 나오는 것도 이유가 있을 것이다. 미 군정 고위층 생각이 다르고, 현지 지휘 책임자 생각이 다르고, 9연대 생각도 다르고, 경찰 지휘부 생각이 다르다.

"맨스필드 군정장관 각하, 공산폭도들이 경찰을 중상 모략하는 것을 살펴보기 바랍니다. 그들을 제거하려니까 그자들이 경찰을 타도 대상으로 삼습니다. 폭도들을 방치할 수 없지요. 치안을 유지하려는 경찰의 조치가 불가피했다는 것을 이해하시오. 어설픈 애민이 사태를 그르칩니다. 더 큰 희생을 줄이려면 그들을 빨리 제압해야 합니다."

"휴전 중이니 지켜보세요. 그들을 자극하면 복잡해집니다."

"폭도가 자극을 받건 안 받건 그건 중요하지 않습니다. 폭도 사정을 보아가며 직무를 수행할 수 없습니다. 드루스 대위에게 총격을 가한 경찰들도 공산주의 사상을 가진 제주도 출신 경찰들입니다. 이자들은 4·3폭동이 발생하자 경찰의 중화기무기를 탈취해 탈영해서 폭도대에 가담하여 현재까지도 경찰 복장과 무기를 가지고 민가를 습격하고 있습니다."

"어떻다고?"

도대체 뒤죽박죽이고, 퍼즐이 맞지 않았다. 그들이 하산하는 귀순자에게 총질을 가한다? 스스로 휴전을 깬다? 김정탁이 너무 당당해서 맨스필드는 그 자신 사태를 잘못 파악하고 있는 것은 아닌지, 스스로를 돌아보았으나 앞뒤가 맞지 않았다. 김정탁이 말했다.

"드루스 대위를 습격했다가 생포된 경찰도 사건발생 전에는 제주경찰서 본부에 근무하던 자입니다. 공산주의 사상을 가진 자로서 부하들을 이끌고 산으로 도망간 놈이오. 더욱 가증스러운 것은 그 자가 어젯밤 경찰에서 조사를 받던 중 감시 소홀을 틈타서 자살해버렸다는 점입니다."

"뭐라고?"

그는 온 몸의 힘이 쏘옥 빠져나가는 무력감을 느꼈다.

"못 믿겠습니까?"

김정탁은 맨스필드의 유약함을 알고 있었다.

"맨스필드 군정장관께서 나를 신뢰하지 않는 것은 공산폭도들이 원하는 일이오. 무장폭도들은 미 군정과 경찰과 경비대를 이간시켜

경찰을 제주도에서 쫓아내고 제주도에 공산주의자들로 구성된 인민
공화국을 수립하려 하는 것이 목적이오. 당신들은 지금 그들의 덫에
걸려든 산 짐승 신세요. 우리 경찰의 보고를 신뢰하는 것만이 공산
주의자를 타도하는 길입니다."

"나가시오!"

맨스필드가 고함을 질렀다. 김정탁이 차갑게 말했다.

"5월 5일 딘장군과 조병옥 경무부장이 내도합니다."

"나가시오!"

조작, 의도된 기획, 학살공작, 반공을 빙자로 얻는 착취기득권…
벽안의 눈이지만, 이러한 것들이 눈에 훤히 보이고 있었다. 그렇다
고 폭도들에 대한 확신이 서는 것도 아니었다. 그의 머리가 복잡한
만큼 제주 상황은 정리가 되지 않았다.

제28장
배신의 계절

"단장님, 내레 그래 개같이 보입네까?"

구대구가 양 허리에 두 손을 착 올려붙인 채 책상 앞에 서서 사진봉을 노려보자 사진봉은 순간 어리둥절했다. 종전에 볼 수 없는 행동이었다. 요즘 좀 건방지다고 생각하긴 했지만, 이렇게까지 도발적으로 나오리라고는 예상하진 못했다. 사진봉은 어물건조장 설계도면을 책상에 올려놓고 생각에 잠겨있던 중이었다. 구대구 뒤에는 언제 들어왔는지 두 졸개가 두 손을 모으고 서 있었다.

"갑자기 쥐약 먹었니? 웬 꼬장이야?"

"쥐약이요? 내 맨숭맨숭하외다. 내 모를 중 알았습네까? 단장이면 단장답게 행동하라우!"

"이 새끼, 너 뭐라는 거야?"

"애국하자구 간난고초 겪으며 삼팔선을 넘어 여기까지 왔대시믄 초지일관해야디, 귀하는 딴 주머니 찼잖았소? 보다시피 우린 쎄빠지게 폭도들 밀어내구, 치안 유지하구, 조국건설에 앞장서구 있는데, 당신은 여자와 딴 주머니 차구 있잖았네? 청년단장 자리 빙자해서 뻥 뜯고 수입금 돌려 빼구, 이제는 내놓구 개인회사 차린다구? 고게 말이나 되네?"

"이 자식이 정말 헛바닥이 나와두 말좆만큼이나 나왔군. 너 어디서 고따구 말 듣고 와서?"

의자에 묻히듯 앉아있던 사진봉이 벌떡 일어나서 쏜살같이 달려가 구대구의 멱살을 쥐어잡았다. 목이 졸려 캑캑 밭은 기침을 내뱉으면서도 구대구가 씨부렸다.

"나 당신 용서 안 할 기요! 가만 두지 않을 기요! 내 참 드러워서…"

"너 뭘 잘못 먹어두 한참 잘못 먹었구나. 왜 그러니?"

"그래, 뭘 잘못 먹었수다. 당신 정용팔과 밀선 단속하면서 거금 빼돌리구, 현문선, 배재정 사장한테서 활동금 뽑아먹구, 진미호 해룡호 사장한텐 밀수품 눈감아 준다구 백미, 라지오, 신발, 가죽벨트, 화장품, 미제담배 받아 챙기지 않았네? 그런 짓 하라구 청년단장 하네?"

규모는 정확한 것은 아니지만 모두가 사진봉이 한 일이고, 정용팔 섭외부장을 시켜서 뻥땅 자금 거둬들인 것도 사실이었다. 그런 세세한 것을 이 자가 어떻게 다 알았지? 구대구의 입에서는 독한 마늘냄새와 함께 술냄새가 풍겨져 나왔다.

"너 그 말 어디서 들었네?"

"어디서 들었네 안 들었네가 중요한 것이 아니라 사실이냐 아니냐가 중요하디. 사내대장부가 거딧말은 못 하갔지? 정용팔 행불 사건도 당신이 만든 음모 수작 아니네? 수익금 독식하려구, 비밀을 영원히 묻어버리려구 동지를 감쪽같이 없애버리지 않았나 말이다!"

"이런 개새끼가 다 있나! 어디다 대구 헛소리야?"

"씨팔, 나두 용서 못한다. 청년단 핑계대구 해먹갔다면 나두 가만 안 있을 기야!"

구대구가 사진봉의 손을 확 뿌리쳤다. 완전히 단장의 권위를 무시하는 수작이다. 사진봉이 그대로 구대구의 면상을 갈겼다. 싸움에는 선제공격이라고 하는 '센팅'이 최우선이다. 남자들의 세계에는 완력의 사용이 본능 속에 잠복해 있는데, 때가 왔을 때 순식간에 선빵을 날려 상대방을 제압해야 한다. 폭력세계에서는 센팅 날리는 자가 일단 유리한 고지에 설 수 있다.

사진봉의 주먹이 연거푸 날아가자 구대구가 속수무책으로 당하더니 나가 떨어졌다. 사진봉의 주먹은 평양역에서부터 관록이 붙은 완력이다. 구대구의 입에서 피가 쏟아지고, 핏물을 뱉어내자 이빨 두 대가 뱉어져 나왔다.

"씨발 새끼, 나 때렸니? 요씨, 니 배때지에 칼이 안 들어가면 나 사람이 아니다. 나두 뒤에 사람이 이서, 씨발 새끼야!"

그가 벌떡 일어나더니 벽에 세워져 있는 각목을 집어들어 허공을 갈랐다. 몸을 굴려 피하지 않았다면 사진봉의 두상이 박살났을지 모른다. 위기를 대처하는 본능적 몸짓은 평양역 서울역 영천교 밑에서 굴러먹을 때 벌써 익혀두었다. 사진봉이 몸을 피하면서 그의 옆구리를 걷어찼다. 구대구가 쿵 귀퉁이에 나가 떨어졌다. 사진봉이 달려들어 군화발로 그를 작신작신 밟았다.

"간나새끼, 어디서 지랄발광이야? 죽어버리라!"

구대구가 새우처럼 등을 구부려 몸을 웅크렸지만 사진봉은 닥치는 대로 걷어찼다. 졸개 둘이 달려들어 사진봉을 뜯어말렸다.

"단장님, 왜 이러십네까. 사람 죽이갔습네다. 동지끼리 싸우면 어떡합네까. 진정하시라요."

늘신하게 맞은 구대구의 얼굴이 피투성이가 되었다. 동작을 멈춘 사진봉이 씹듯이 소리쳤다.

"골 때리는 놈, 병원으로 데리고 가 치료시키라우."

그리고 호주머니에서 잡히는 대로 지전을 꺼내 바닥에 내던지고 홀쩍 밖으로 나왔다. 벌써 거리는 황혼녘이었다. 어떤 외로움이 진하게 전신으로 파고들었다. 혼자라는 쓸쓸함이었다. 믿을 사람이 없었다. 세상에 믿을 사람은 오신애뿐인가. 불현듯 오신애 생각이 났다. 진작에 그녀와 만나 조용히 살걸… 어떤 아쉬움이 진하게 가슴을 훑고 지나갔다. 조그맣게 가게를 차려 욕심없이 살고, 휴일이면 텃밭에 나가 채소를 가꾼다. 부둣가를 거닐며 만나는 사람들과 다정하게 인사를 나누고, 그들과 함께 바다로 나가 물고기도 잡는다. 부둣가 사람들은 억세 보이지만 사귈수록 인정미가 있다. 그런 일원이 되어서 평화롭게 욕심없이 산다.

그런데 요사이 이게 뭔가. 하루하루가 칼날 위를 걷는 것 같은 위태로움이 있다. 거대한 음모 속에 갇혀 있는 것 같다.

생각에 잠겨 걷다보니 어느새 보헤미안이었다. 오신애는 자리에 없었다. 박양 혼자 손님들의 시중을 들고 있었다. 박양이 급히 그에게 다가오더니 낮은 목소리로 말했다.

"경찰서에서 언니를 잡아갔어요."

"뭐라구?"

그는 얼른 알아듣지 못하고 되물었다.

"네. 경찰서에서요."

순간 사진봉의 뇌리에 섬광과도 같은 것이 스쳐 지나갔다. 구대구가 대거리하는 것이라든지, 착복 운운 거친 말을 쏟아내는 것이라든지… 뭔가 함정이 도사리고 있다는 것을 직감했다.

"알았다. 가게 잘 지키고 이서."

사진봉은 밖으로 나와 황급히 경찰서로 향했다. 최동칠 경위는 오신애를 할딱 벗겨놓고 심문하고 있었다. 그는 여자 혐의자를 늘 이런 식으로 대하는 것을 즐겼다.

"너 배가 볼록한 거 보니 이게 누구 씨네?"

그녀 아랫배를 투박한 손으로 주물럭거렸다. 그녀는 지쳤는지 아무 대꾸도 하지 않았다.

"씨발년아, 누구 씨냐니까?"

그녀의 코에서는 핏물이 흘러내리고 있었다.

"요망스럽군. 고래두 버티는 힘이 이서. 고래, 그 많은 자금을 밑구녕 팔아서 챙갔니?"

그제서야 그녀가 앙칼진 목소리로 소리질렀다.

"개자식아, 그게 말이라고 하니?"

"물장사하는 년은 입이 험하다더니, 딱 고짝이고만? 입이 험해서리. 네 신랑 죽은 지 얼마나 됐다구 맨날 서방질이냐. 니 남편이란 놈도 사회주의자인가 뭔가 했댔디. 폐병 결려 죽고 말았디만 그자도 험한 놈이었댔디. 너도 물이 들었어. 제주도 것들은 한결같이 고래. 그래구 넌 꼴에 유지들 받아들이구, 그 대가로 돈 만진 거 아니간? 바로 대라우!"

그는 되는 대로 씨부리고 그녀 귀싸대기를 찰싹 올려붙였다. 그리고는 막대기로 그녀 샅을 쑤셔대기 시작했다. 으으윽, 여자의 비명소리가 취조실을 날카롭게 울렸다. 그때 사진봉이 뛰어들었다. 그의 눈이 삽시간에 뒤집혔다. 그대로 최동칠 머리통을 한 주먹에 날려버릴 것 같았다. 하지만 순간 멈춰 섰다. 참아야 한다. 참아야 한다. 그래, 내 생명을 살리는 데는 무슨 수모도 견뎌야 한다.

"최 경위님, 내 잘못이오."

사진봉이 철푸덕 최동칠 앞에 나아가 자루처럼 엎어져 무릎을 꿇었다.

"사 단장, 왜 이렇소? 왜 이렇소? 내가 사 단장 나무라는 기 아니오."

최동칠은 사진봉의 갑작스런 행동에 놀라고 있었다. 여자 앞에서 남자의 굴욕을 보니 우쭐해졌다. 그는 곧 뻐기는 자세가 되었다.

"사 단장도 대충은 알구 있나 보구레?"

"최 경위님, 다 내 잘못입니다. 내 용서를 받아주시오."

"잘못이 뭐요?"

무엇이 잘못인지 막연했다. 하지만 그의 성질을 아는 이상 무조건 빌었다.

"다 내 잘못입네다."

"저 여인네가 빌지도 않는데 사 단장 잘못이 뭐고, 또 용서를 비는 건 뭐요?"

그가 여자를 묶은 포승줄을 풀고 그녀에게 옷을 던져주더니 야릇한 웃음을 지었다. 오신애가 비틀거리며 옷을 꿰입었다. 그녀가 윗옷으로 피묻은 얼굴을 씻어냈다.

"저 녀자, 웬 돈이 그리 많소?"

"내가 맡겨둔 것입니다."

"대충은 알고 있었디. 고 큰 돈을 어디서 났길래?"

"내 천천히 말씀 드리리다. 여자를 일단 내보내고 이야기를 합시다."

"사랑하는 녀자 앞에서는 남자 체면이 아니 선다 이 말씀이디?"

두 사람의 관계를 모르는 것은 아니지만 최동칠은 천연덕스럽게 말하고 여자를 내보냈다. 두 사람이 마주 앉았다. 사진봉이 그녀와의 관계를 말했다. 다 듣고 난 최동칠이 결론을 내리듯 말했다.

"사진봉 단장이 오 마담을 밀대로 리용했다 그 말이디?"

"그렇습네다."

"현문선 사장과도 밀접하게 해주구, 진미호 해룡호 삼일수산 선주들과도 접선시켰다 이 말이디?"

"그렇습네다."

어떻게든 그가 원하는 답을 주어야 한다.

"알갔소. 사진봉 단장의 혁혁한 활동을 알기에 내가 리해하갔소. 사 단장과 오 마담 사이가 이렇게 긴밀한 줄 알았다면 내가 이렇게까지 할 필요는 없었디…."

그것은 거짓말이었다. 이미 훤히 꿰고 있었다. 벌써 구대구로부터 전말을 보고받은 것이다.

"내 한 가지 물읍시다. 저 녀자, 현문선 사장과 친인척 관계요, 연인관계요? 도지사하구두 관계가 깊다는 소문이 있소. 그런 사이에 사 단장이 끼여들었소. 지역사회에서 점잖은 사람들이 젊은 마담과 붙었다는 소문이 있는데, 사실인지 모르갔지만 사 단장과 내연관계라는 것이 특이하오. 신문에 날 일이오. 그런 사이에서 사 단장은 한 밑천 잡았다…. 뚜장이장사 했댔구먼, 하하하."

그는 마구 지껄였다. 야비한 놈이라고 생각하면서 사진봉은 분명히 말했다.

"야비한 짓은 안 합니다."

"사내대장부로서 체면은 있다 이 말이디? 리해하오. 하디만 다방 마담이라는 기 개밥그릇 아니오? 이 사람, 저 사람 발로 차고 다니는…."

심한 모욕을 당한 기분이었지만 사진봉은 분노를 억눌렀다. 그가 침묵을 지키자 동의하는 줄로 알고 최동칠이 다시 말했다.

"사 단장이 폭도들과 접선했다는 첩보가 들어왔소. 현문선의 아들 놈 현호진을 비호하고, 9연대 오민균 소령을 비밀협상자로 내세워서 화평 대화를 열도록 김달삼에게 주선하구, 선주들로부터 통행세 받아챙기구, 부둣가 애들한테 자릿세 뜯구, 그리구 건어물상을 차린다는 소식…. 그렇게 청년단을 사적으로 리용하면 되가소?"

사진봉은 공손히 그의 추궁을 받아들였다.

"미리 말했어야 했는데 미안합니다."

"단장은 도대체 어느 편이오?"

그가 거칠게 묻고 책상을 쳤다. 그는 종잡을 수 없는 사람이었다. 그러나 사진봉은 놀라지 않았다. 이러저러한 변명도 구차스러워 보였다. 정도의 차이는 있지만 그것은 사실이었고, 기밀을 캐내는 것은 경찰의 주요 임무 중 하나일 것이다. 자신에 대한 정보는 과장된 것일 수는 있어도 틀린 것은 아니었다.

최동칠도 생각하고 있었다. 의심스런 자를 미행하며 접선자를 체크한다. 그들 중 대표적인 자를 골라 공포스럽게 제압한다. 그 대상은 피아를 구분할 필요가 없다. 그래야 객관성이 담보되는 것으로 보이니까. 이렇게 해서 조직을 굴복과 순종을 강제할 수 있다. 순교자는 이렇게 필요할 때 만든다. 이런 과정에서 현호진, 사진봉, 오신애, 진미호, 해룡호 선주의 비선(秘線)을 잡아낸다. 밀대들의 활약상은 그래서 활용할 가치가 있다. 밀대들은 자신들의 활약상을 돋보이게 하기 위해 사건을 뺑튀기하기 일쑤지만, 그것도 격려차 수용한다. 잔챙이를 때로 두목급으로 보고해도 그것을 그대로 받아주는 것이 상급자의 덕목이자 아량이다. 형벌은 그들이 받을 뿐이니, 과장인들 어쩔 것인가. 사진봉은 이런 속성을 잘 알고 있었다. 지위고하, 친소관계를 떠나 일단 그물망에 걸려들면 의문의 여지없이 당하게 돼 있다. 그래서 일단 모면하고 보아야 한다. 일단 그물망에 걸려들면 어떤 약도 무용지물이다. 사진봉이 말했다.

"난 단 한순간도 우리 경찰의 애국애족 충정을 잊어본 적이 없습네다."

"고런데두 고약한 행동을 했소? 현문선이가 사업체를 인계해 준다문서?"

"그렇습네다. 설명하자면 단원들 먹고 살아야 할 방편을 마련하기 위해서 계획을 세워 업체를 물려받고자 협상한 겁네다."

"다들 말은 그렇게 하디. 사기꾼들은 늘 그런 식으로 호도하고 분식하디. 동지를 위해, 주민을 위해, 지역사회를 위해, 조국과 민족을 위해, 그리고 홀랑 지 혼자 말아먹디."

사진봉은 목까지 치받쳐 오르는 분노를 꾹꾹 눌러 참았다.

"활동 자금은 애국활동을 하기 위해 준비해둔 것입네다. 기왕이면 최동칠 경위님께서 관리해주시기 바랍니다."

사진봉이 엉뚱한 제의를 했다. 최동칠이 작게 웃었다.

"평생 떵떵거리문서 살 돈이라누만? 고걸 밀선들, 업자들, 현문선·현호진 부자와 접선하는 대가로 챙겼다구? 하디만 이래저래 압수 물품이오. 고렇다면 당신 어떻게 되는지 아시오? 적과 내통하구 편의를 봐준 대가로 거금을 챙겼다. 두말 할 것 없이 총살감이오."

그렇잖아도 걸리게 되었다는 뜻이다. 생색낼 필요가 없다는 뜻이다. 실제로 그런 혐의는 총살감이고, 그보다 못한 것도 목숨을 내놓는 경우가 허다했다. 그들이 하면 하는 것이다. 그것을 사진봉이 누구보다 잘 알고 있었다.

"고래서 최 경위님이 관리해주서야 합네다."

최동칠이 웃는 듯 마는 듯 했으나 눈은 싸늘했다.

"고런데 보고 사항보다 액수가 많지 않던데… 녀자가 독해서리 제대루 불지를 않아…."

"오신애 마담은 잘 모릅니다. 내가 별도 관리하고 있습네다. 금명간 인게 절차를 밟겠습네다."

"고럼 내일 저녁을 하지. 구대구 부단장과 함께 나오시오."

구대구가 나올 만큼 상태가 호전될 리는 없었다. 그의 주먹에 고꾸라졌다면 최소한 한두 주 치료를 해야 할 것이다. 그가 미적거리자 최동칠이 물었다.

"이런 것일수록 빨리 만나는 기 좋디 않소?"

"사나흘 시간을 주십시오. 자금을 회수하려면 시간이 필요합네다."

"좋소. 고럼 어디서?"

"도두항 쪽입네다."

"고렇디. 고런 것일수록 조용히 내밀하게 해야디. 고럼 구대구 없이도 된다? 구대구는 부상 중이기 때문에?"

그는 폭행 건도 이미 알고 있었다. 사진봉은 그가 구대구를 끌어당겨 이용하고 있다는 것을 알았다. 구대구가 전에 없이 건방졌던 모습이 뇌리에 잡혔다.

"구 단장이 오면 더 복잡해질 수 있으니까니, 단독적으로 하자는 뜻으로 알갔소. 하지만 같이 가는 사람들 아니오? 나누면서 사시오."

"알겠습니다. 구대구 부단장을 따로 챙기갔습네다."

"역시 사 단장은 리해도가 빠르구, 속이 깊단 말이우다."

최동칠이 스스로 고개를 끄덕거리며 소리 안 나게 웃었다.

밤이 되어서야 경찰서를 나온 사진봉이 보헤미안으로 급히 달려갔다. 뒷문을 통해 내실로 들어서자 박양이 누워있는 오신애의 머리맡에 앉아서 데운 물수건으로 그녀 얼굴을 씌워주고 있었다.

"당신이 와서 내가 풀려났군요."

오신애가 자리에서 반쯤 일어났으나 사진봉이 그녀를 안아 다시 자리에 눕히고 그녀를 껴안은 채 한동안 움직이지 않았다. 그의 어깨가 들썩거렸다. 그는 울고 있었다.

"미안해."

사진봉의 넓은 등이 한동안 흔들렸다.

약속된 날 저녁, 도두리 조그만 어항의 한 식당에서 두 사람은 만났다.

"밀선이 들어올 겁네다. 도두봉을 향해 오기로 했습네다. 시간이 좀 걸릴 것 같습네다."

"밀선은 왜?"

최동칠이 물었다.

"자금을 제주땅에 맡겨두기엔 불안했댔시요. 그럴 바엔 돈을 굴리자 해서 물품을 사들이는 데 사용하도록 해놨댔지요. 들어올 테이까 있다 나가보도록 하죠. 돈을 준비해 가져오도록 했댔지요."

그들은 거나하게 술을 마셨다.

"당신은 정말 사업가다운 수완이 있단 말이오. 머리가 핑핑 돌아간단 말이오. 평양고보 출신이라고 했댔지요?"

사진봉은 대답 없이 웃기만 했다. 그것이 평양고보 출신이란 믿음을 주기에 충분했다. 단원들이 그동안 조직의 권위를 세우기 위해 '영명한 지도자'의 학력 세탁을 해준 것이 그대로 통용된 모양이다.

그러면 신분도 덩달아 상승되는 효과가 있었다.

"신형 트랜지스타 라지오도 다루고 있디요?

"물론입니다. 필터 담배, 지포 라이터도 몇 박스 들어올 거우다."

"좀 챙가주면 어떠갔소?"

"걱정 마시오. 대신 청년단 지원 잘 부탁합니다. 구대구 부단장도 잘 이끌어 주십시오. 장래가 촉망되는 지도자감입니다."

"그렇게 보았소? 냉정하게 말해서 깜은 안 되는데, 그렇게 본다니 어쩔 수 없디. 부단장은 불만이 많더구만. 단장이 출동도 미적거리고, 적과 내통하구, 단원들 단속도 안 하구, 폭도 아내를 손댔다고 단원을 죽도록 패질 않나, 주민을 자극했다구 조지질 않나, 그러면서 돈 나오는 곳은 혼자 독식 처리하구…. 그렇게 상관을 모략하는 것두 문제긴 하지만서두…."

이간질인지 추궁인지 모르지만 그는 사진봉에게 친밀함을 표시하기 위해 고자질 받은 것을 고스란히 뱉어내고 있었다. 결코 구대구만을 가까이하지 않는다는 투였다. 기분이 좋았던지 최동칠은 계속 밀주를 마셨다. 밤이 깊자 먼 바다에서 불이 깜박거렸다.

"때마침 들어오고 있습네다."

그들은 어두운 밤바닷가로 나갔다. 최동칠이 비틀거리며 그에게 바짝 따라붙었다. 체구가 좋고 턱이 발달해 고집스러워 보였지만 만취하자 그는 너그러운 아저씨처럼 행동이 굼뜨고 태평스러웠다. 해변은 칠흑같이 어두웠고, 멀리 바다 가운데서 파도에 묻혔다가 떠오르는 배의 불빛만이 선명했다. 사위는 고요적막했다.

"밀선이라 외진 바닷가로 들어옵네다. 저쪽으로 가서 대기하디요."

사진봉이 앞서 걷는데 최동칠은 자꾸만 비틀거렸다. 자갈밭을 지나 가파른 곳에 이르자 사진봉이 갑자기 돌아서서 최동칠의 얼굴에 단박에 주먹을 날리고 샅을 걷어찼다. 수숫단처럼 최동칠이 굴러떨어졌으나 순간 사태를 직감하고 그가 허리춤에서 권총을 빼들었다. 그러나 사진봉의 군화발이 먼저 그의 복부를 내질렀다. 그가 다시 나동그라졌다. 사진봉이 그의 팔을 걷어차자 권총이 내동댕이쳐졌다. 그가 신음을 토해내며 팔을 감싸쥐었다.

"살려줘."

최동칠이 너무나 쉽게 굴복했다. 사진봉이 커다란 돌덩이를 들어올리는 사이 최동칠이 일어나 도망쳤으나 몇 발 못 가서 돌부리에 걸려 넘어졌다. 그는 몹시 취해 있었다. 사진봉이 허리춤에서 단검을 뽑아들어 달려들어서 최동칠의 등을 내리찍었다.

"아아, 사, 사 단장 살려줘. 용서해줘. 평생의 은인으로 모실 거우다. 우린 그런 처지가 아니잖아?"

최동칠은 어느 누구에게도 알리지 않고 부둣가로 나온 것을 후회했다. 구대구를 나오라고 하지 않은 것도, 욕심이 과했다는 것도 후회했다. 그러나 후회는 빨라도 이미 늦는 것, 애원만이 살 길이다.

"정말 미안했됐소. 우리가 그런 사이가 아니었디. 덩말 힘을 합쳐야디."

"여자를 그딴 식으로 대하는 놈은 용서할 수 없어!"

"미안하우다. 사, 사 단장, 용서해줘. 우리 우정은 깊잖아. 내 잘못했시다."

그가 무릎을 꿇고 빌기 시작했다.

"비겁한 자식."

사진봉이 커다란 돌덩이를 집어들어 그의 머리를 단박에 내리찍었다. 뒤이어 미친 듯이 마구마구 찍자 최동칠의 머리통이 박살이 났다. 피가 사방으로 튀었다. 그가 더 이상 움직이지 않는다는 것을 보고, 사진봉은 최동칠의 권총을 찾아 허리춤에 찔러 넣고 밤 바닷길을 내쳐 달렸다. 멀리 바다 가운데 같은 장소에서 배의 불이 깜박거리고 있었다. 그 배는 닻을 내리고 정박중인 순시선이었다.

사연 없는 집이 없다

오민균은 현호영과 함께 긴 해안선의 자갈밭을 걸었다. 해안선은 오랜 세월 동안 풍화되고 파도에 씻겨 몽글몽글해진 주먹만한 돌들이 바닥에 질편하게 깔려 있었다. 걸을 때마다 짜글짜글 독특한 소리를 냈다.

현호영의 연두색 원피스 자락이 바닷바람이 스쳐 지날 적마다 한쪽으로 쏠리듯이 하늘거렸다. 그녀는 원피스 자락을 잡고 거북하게 웃는데, 고른 치아와 꽃이파리 같은 입술과 작은 입, 뭔가 갈망하는 듯한 눈이 애달팠다. 그녀 얼굴에선 잡티 하나 없는 순결의 아름다움이 있었는데, 그런 모습을 볼 때마다 오민균은 가슴속으로 슬픔이 번지는 것을 어쩌지 못했다. 고향의 약혼녀를 생각하면 더욱 괴로웠다. 이런 그의 사정을 알아차린다면 호영이 어떻게 될 것인가… 그래서 용기가 나지 않았다. 그녀를 배신하고 싶지 않았다.

"오늘은 유난히 기뻐요."

오민균의 마음을 알 바 없는 현호영이 고른 이를 드러내며 환히 웃었다.

"좋은 일이 있었나요?"

"당신을 만나면 늘 가슴이 뛰어요. 황홀해요."

그는 묵묵히 걸었다. 바닷가 조그만 풀밭이 나타나자 둘은 나란히 앉았다.

"오늘 입산했던 부모님들이 내려와서 아이들을 데려갔어요. 두 가족이나요. 그중 한 남매는 보기에도 안타까운 애들이었죠."

쾌활해진 그녀가 계속 재잘거렸다.

"어린 동생이 훌쩍일 때마다 오빠가 달래고, 먹을 것, 입을 것 챙겨주더라고요. 대소변도 가려주고… 예닐곱 살 정도밖에 안 되는데 두세 살 먹은 아이를 엄마처럼 보살펴 주어요. 그도 아이인데 어른스럽대요. 상황이 그렇게 만드는 것 같아요. 그러니 인간인가 봐요. 그 아이 아빠가 무장대 행동대장이었대요."

"무장대 행동대장?"

"네. 체포되면 즉결처분되는 사람이죠. 마을 청년들과 함께 경찰관을 해치고 산으로 들어갔어요. 자기 가족을 해쳐서 그를 죽였다고 해요. 아이 엄마도 남편따라 산으로 들어갔고요."

그는 가볍게 한숨을 쉬었다. 집집마다 사연 없는 집이 없는 것이다.

"아이 엄마가 산에 뿌려진 전단지를 보고 내려왔다고 해요. 하산하면 선처를 할 것이며, 피복도 주고 식량도 배급해준다는 전단이었다고 해요. 정말 그렇게 될까요?"

"그럼요."

오민균은 자신있게 고개를 끄덕였다. 그가 뿌린 전단지가 효과를 발휘한 것이다. 무슨 일이든지 진정성은 진정으로서 통한다. 하지만 갈 길은 멀다. 협상이란 깨지기 위해 존재하는 것처럼 언제나 살얼음판이다. 그러니 살려내야 한다. 실오라기라도 붙잡아야 한다. 산으로 간 사람들이 희망을 품고 내려오는 것으로 협상의 효과가 증명되고 있지 않은가.

"아이 엄마가 젖이 불어서 짜내지 않을 수 없었다고 해요. 아이에게 젖을 물리지 못하는 괴로움을 견딜 수가 없었다는 거예요. 그래서 내려가겠다고 하고, 남편은 하산하면 죽는다고 하고, 그러다 전단지를 본 것이죠. 결국 모성이 이긴 거예요. 대대장님, 엄마가 아이에게 젖을 물린 광경을 본 적이 있나요?"

"어렸을 적, 어머니가 동생들 젖먹이는 모습을 본 적이 있지만 무심코 보았을 뿐이죠."

"세상에 그렇게 아름다운 그림은 없을 거예요. 아이가 젖을 물고 엄마를 올려다 보는 모습, 원에서 함부로 이것저것 먹다 보니 설사로 칭얼대고, 잠자리가 마땅치 않고, 서투른 어린 오빠가 달래지만 엄마 같을 수는 없고, 이게 사람이 할 짓인가 하는데, 엄마를 만나 젖을 빨다가 잠깐씩 엄마를 올려다 보고, 또 올려다 보는 모습, 그런 아이에게 눈을 맞춰주는 엄마의 따뜻한 시선, 이런 작은 평화가 우주를 밝게 해주는 것 같아요. 그런 세상이 온다면 저도 빨리 아이를 낳고 싶어요."

바닷바람이 상쾌하게 스쳐지나갔다. 날씨가 청명할수록 이상하게 슬픔이 배어들었다. 그런 세상이 올까… 그렇다. 상황은 극복하라고 존재하는 것이다. 그는 결의를 다지듯 그녀를 응시했다.

"호영 씬, 예쁜 아이를 낳을 거예요."

"왜 남의 말처럼 하세요."

"그렇지요. 좋은 딸을 가져야죠."

"그래요. 예쁜 딸아이를 갖고 싶어요. 아니, 당신을 쏙 빼닮은 남자 아이를 낳아야죠. 단칸방에서 살아도 좋아요. 당신이 곁에 있기만 하면요. 하코방이면 어때요. 같이만 누워 있다면요."

그가 한숨을 쉬며 먼 바다에 시선을 주었다.

"한숨 쉬지 말아요. 희망이 있는 한 인생은 살만한 가치가 있다고 하지 않았나요?"

"당연히 그렇지요."

"하지만 당신, 비극적인 운명을 맞이한 사람처럼 늘 슬픈 모습이에요. 안 그러면 좋겠어요. 올케 언니는 6년 만에 애를 낳았어요. 그동안 얼마나 속을 끓였겠어요. 그런데도 희망을 잃지 않으니 두 아들을 얻었잖아요."

오민균은 현호진을 만난 사실을 말해야 하나 마나 망설였다. 오민균의 복잡한 마음을 아는지 모르는지 현호영이 다시 속삭였다.

"한 아저씨가 무서웠어요. 육지에서 파견된 경찰관 아이를 찾으러 왔는데, 경찰관이 무장대에게 살해되었나 봐요. 엄마는 행불이 되었구요. 그래서 아이의 큰아버지가 데리러 오신 거예요. 해상 봉쇄가 되어서 외부에서 들어오지 못하게 항행금지가 실시되고 있었지만, 경찰 가족이라서 목포에서 경찰 순시선을 타고 왔다고 해요."

그녀는 그 아저씨가 한 말이 지금도 귀에 쟁쟁했다.

"빨갱이 소굴을 싹 꼬실라버려야 해!"

동생 부부를 잃었으니 그럴 수 있으리라고 이해했다. 하지만 아이가 "저런 폭도의 자식들하고 섞여 있어야 하냐"고 소리 질렀을 때는 무서웠다. 이런 원한은 수백 년이 가도 지워지지 않을 것 같았다. 수행한 경찰들이 보육원을 헤집듯이 뒤지자 그는 더 험악하게 굴었다. 좌익 새끼들을 보호하는 근무자들도 검문하시오! 동조자들이오! 그 증오의 눈초리를 그녀는 뇌리에서 지울 수가 없었다.

"죽은 순경아저씨 아이나 폭도의 아이들 다같이 아이들일 뿐이죠. 함께 어울려 숨바꼭질도 하고 장난감 놀이도 하고, 즐겁게 노는데 웬 아저씨가 나타나더니 확 달라졌어요. 아이의 큰아버지가 화를 내도 아이는 쭈뼛거리다 다시 친구들한테 가서 어울리고, 헤어질 때는 소리내 울더군요."

"어른들은 나누기를 좋아하니까요. 아이들은 구분없이 노는데 어른들은 자꾸 갈라 치죠. 적과 동지로 나누고, 이익과 불이익으로 나누죠."

파도가 밀려와서 바위에 하얗게 부서졌다. 파도는 일정한 간격을 두어 밀려와서는 간단없이 자갈밭에 부딪쳐서 생을 마감했다.

"사랑하는 사람과 함께 하지 못하는 세상이 얼마나 쓸쓸할까요. 그런 사람들을 지켜주지 못하는 나라가 과연 소용 있나요? 왜 이렇게 무섭고 힘겨울까요."

그녀가 가볍게 몸을 떨었다. 날씨만은 아닌 것 같았다.

오민균은 문득 출애굽기가 떠올랐다. 그리고 우리가 시련을 더 겪어야 하는 역사인가를 되새겨보았다. 구약에는 이집트에서 노예로 혹사당한 이스라엘 민족이 탈출해 40년을 광야에서 방황하는 이야기가 나온다. 민족 해방의 지도자 모세의 활약과 신이 보여준 여러 기적을 만나지만, 수십 년간 혹독한 시련에 직면하자 이들은 지친 나머지 노예의 땅 이집트로 다시 돌아가겠다고 절규한다. 40년의 길고 험난한 시기는 그들의 해방을 가로막는 도정이었다. 모세는 "기억하라, 기억하라"며 그들이 미망에서 깨어날 것을 호소한다. 지금 우리는 그보다 더 장구한 세월 동안 시련을 겪고 있다. 고종 시대부터니 한 세기다. "기억하라"는 선지자는 눈에 보이지 않고, 대신 가혹한 시련만이 현재 진행형이다. 오민균은 이시하라 상이 떠올랐다. 그가 누구길래, 그리고 무엇 때문에 자기 조국의 멸망을 소망했던가. 태평양전쟁 참전과 천황폐하 숭배를 거절하는 반전운동을 주도하고, 조선인이 아니면서도 조선인보다 더 조선독립을 희구하고, 종교인이 아니면서도 영성 생활에 충실한가. 그의 예언력은 왜 그리 정확했나. 어느 누구도 일본 패망을 믿지 않던 시기, 패망을 말하는 자는 반역으로 몰리던 시기, 그는 일본 패망의 시운을 정확하게 짚으며 뜻을 가지라고 했다. 그는 정말 선지자인가….

"당신이 말이 없으면 무서워요."

오민균이 생각에 잠겨있자 현호영이 불안해 했다.

"양심이란 걸 잠깐 생각해보았습니다."

"양심? 그보다 사랑이죠. 모두가 내상이 깊은데 치유하는 방법은 사랑 아니겠어요? 사랑은 거창한 게 아니에요. 누구에게나 편하게 주고 받는 선물이니까요."

"누구에게도 편하게 주고 받는 선물…"

그가 그녀의 말을 입 안에서 되뇌었다. 파도가 이마에 닿을 듯 가까이 다가왔다가 부서지며 사라졌다.

"당신이 다녔던 일본 육사는 뼛속까지 천황을 숭배한다던데…."

"그렇지 않은 경우도 있습니다."

"그렇지 않은 경우는 당신이죠?

오민균이 소리없이 웃었다. 그녀의 말은 모두 그를 위한 배려의 수사(修辭)였다.

"일본 육사가 천황을 받쳐주는 핵심 기둥인 건 사실입니다. 천황을 정점으로 일사불란하게 충성하도록 정치적 프로파간다를 몰아간 곳도 일본 육사입니다. 동경대학이 공무원으로서 잔 기술을 제공했고요. 일본 군국주의가 천황제라는 상징조작을 통해 국민일체화, 국가동원체제를 강화했지요. 일본은 메이지유신 시대로 접어들어 강력한 천황 중심의 중앙집권 체제가 들어서면서 정치 군사적 패권 시대로 전환돼 정복 시대로 나갑니다. 동아시아 패권국가로 등장한 것이죠. 메이지유신은 개혁이 아니라 과거로 퇴행하는 보편적 질서를 파괴하는 수구 체제로 격하되었어요. 개혁이라고 하지만 세계사적으로나 인류사적으로 수구 반동화한 퇴행의 역사죠. 주변국의 희생을 강요하는 국가체제를 운영하면서 끊임없이 침략과 약탈을 일삼았고, 조선이 그 첫 희생물이 됩니다. 제2의 임진왜란이죠. 이때나 그때나 우리의 지도층이랄까, 기득권층이 안주하면서 우리의 비극이 시작됩니다. 자기 앞의 이익을 챙기다 일본에 또다시 먹히는 수난을 자초했습니다. 하지만 어떤 체제가 와도 그들은 실패하지 않습니다. 임진왜란, 정묘호란 등 그 숱한 전쟁을 치러도 전쟁의 참화는 백성의 몫일 뿐, 그들은 잃은 것이 없었습니다. 오히려 그런 때 권력과 부를 축적했습니다."

"일본 육사 얘기하다가 결국 우리 역사 얘기로 돌아오는군요."

"그럼 일본 얘기로 돌아가죠. 제국주의로 흘러간 일본은 근대화 과정에서 가장 필수적인 것을 빠뜨렸습니다. 인류가 지향하는 보편주의 사고가 근대화의 핵심인데, 이것을 상실했습니다. 동물적 공격 본능만 남았죠. 폭력으로 세상을 지배할 수 있다는 오만입니다. 그것을 일본 육사가 추동했습니다."

"일본 육사 출신이 일본 육사를 제국주의의 본산이라고 말을 하시는 게 낯설어요."

"일본을 삼류국가로 만든 학교입니다. 유신 이래 일본 육사 출신이 총리대신을 비롯해 국방상, 문교상, 대장상, 산업상 등 정부의 전 분야에 걸쳐 요직을 다 차지했죠. 550만 육해공 일본군의 수뇌부는 일본 육사 출신이 거의 다 차지합니다. 일본혼 하면 일본 육사를 떠올리죠. 군국주의 강국이라는 자신감 때문에 육사에서는 열린 교육 커리큘럼을 가졌지요. 군 지도자 교육의 일환으로 시대변동 트렌드도 살펴보도록 했습니다. 병균이 침투하면 가차없이 방어하라, 방어하려면 병균을 알아야 하고, 그것에 대한 내성과 면역력을 키워야 한다, 이런 뜻이죠. 일본 육사에 진학할 정도라면 사상적으로 믿을 수 있고, 천황폐하 칭송문 따위 초보적 교육지침은 고보 시절 다 익혔으니 생략되고, 대신 깊이있는 독서를 통해 지도자적 품성을 기르도록 했습니다. 나도 짧은 기간이나마 재학시절 인문학적 소양을 넓히는 기회를 가졌습니다. 일본 육사 출신 중에는 반체제 인사도 많습니다. 처형된 사람도 있구요. 이렇게 일본이란 나라는 생각보다 큰 나라입니다. 근대 일본은 사상의 저수지입니다. 스케일이 작은 나라가 아니죠. 하지만 일체성 때문에 망합니다. 일국의 군국주의가 나라를 왜소화시킵니다. 옹졸한 국민성을 만들어버리죠. 일본 육사 출신이 기둥을 세우면 동경제대가 서까래를 올립니다. 진리에 투철한 반전주의자 고토쿠 슈스이나 그를 추앙한 거리의 사상가 이시하라 선생 같은 사람들을 따랐다면 세계 문명국가로서 영국 독일 프랑스보다 앞섰을 거예요. 불행히도 호전국가로 국가정체성을 설정하다 보니 천박한 왜소국이 돼버린 겁니다. 그렇게 왜소국가로 만들어버린 기관이 일본 육사와 그 똘마니 동경대학입니다. 결국 군국주의의 탐욕과 광기, 역사를 조작하는 폭압성이 일본 육사 출신들에 의해 배태됩니다. 이렇게 해서 품위없는 싸구려 나라가 돼버렸습니다. 군국주의라는 극우의 길이 천박한 나라로 전락시켰습니다. 그 후과가 우리에게도 미쳤습니다."

"당신은 언제나 진지하군요. 당신은 어느 편에도 서지 말아요."

"나는 좌도 우도 아닙니다."

"몽양 선생을 따른다고 했잖아요."

"그는 균형자였으니까요."

"균형자? 균형자란 기회주의자 아닌가요?"

"아닙니다. 기회주의자도 아닙니다. 균형자는 진리와 양심의 편에 서는 위치입니다."

오민균은 오늘의 상황을 돌아본다. 미·소에 의한 한반도 분할점령은 자주적 민족국가 수립을 저해하는 절대 요인이다. 국내 지도자들이 인문학적 소양을 기르면 돌파할 수 있는 상황이다….

"늘 말하지만 해방 정국에서 우리 지도자들은 현실적 세계관이 빈약했습니다. 일본의 제국주의 식민통치 유산만이 국가경영의 보루로 알았습니다. 이 체제 극복 문제가 제기되었지만, 사려깊은 통찰력과 정책적 대응이 부족했어요. 자주통일 민족국가 형성의 현실적 인식이 부족한 반면에, 조선조의 당쟁과 같은 협소한 명분론으로 쟁투하면서 민족의 이상이 무화돼버린 것입니다. 일본의 군국주의와 다를 것이 없었습니다. 다만 일본은 일사불란 체제를 따른 반면에 우리는 분열과 대립상의 차이만 다를 뿐입니다."

우리의 해방 공간에서 강경 우파가 세상을 주도한 힘은 경찰과 군 정보대의 맨파워에서 나왔다. 반대파에 대한 미행, 감시, 체포, 구금의 행동대인 우익청년단을 휘하에 두고 양심세력을 처단했다. 그중 서북청년회(단)가 두드러진 활약상을 보였다. 이들은 명령만 떨어지면 암살, 테러 따위를 거리낌없이 수행했고, 스스로 타깃을 정해 타격했다. 일본 군국주의를 흉내낸 폭압적 구조였으니 갈수록 천박한 국가체제가 되었다.

"우리가 원하는 방향이 아닌 길을 왜 굳이 가는가요?"

"철학적 사유나 공공적·공익적 토대가 빈약하니까 이익 사유화로 가죠. 이 과정에서 양심세력이 철저히 붕괴됩니다."

"양심세력은 누구로부터도 보호받지 못하는군요. 이런 격동기엔 중간자는 설 자리가 없는 건가요?"

"양심세력은 중간자가 아닙니다. 선과 악의 중간이 아니라 과감히 선의 편에 선 사람이 양심세력입니다. 이들은 뻔히 질 것을 알면서 싸우러 들어간 사람들이죠. 패배가 보이는데도 패배를 맞이하는 사람들이죠. 외세 의존의 극우분자들에 의해 좌절되고, 극좌분자들에 의해 부정되고 있지만, 목숨을 내놓는 용기를 갖고 있는 사람들입니다."

"무서워요. 그것들이 무의미해지는 것이 슬퍼요."

"신생독립국의 동량으로 써야 할 인재들이 하나같이 이렇게 쓰러져가니 산하가 공허할 뿐입니다."

"그렇다면 이런 해방이 무슨 소용이 있을까요?"

"친구들이 있습니다. 일본군국주의 체제하에서 약소민족의 비애를 뼈저리게 체득한 친구들이죠. 소년시절까지만 해도 일제에 동화되는 것이 자연스런 가치 지향이었지만, 사관학교 시절 역설적으로 민족의식이 내면화한 친구들입니다. 그때 우리가 갇혀 살았다는 것을 알게 되었습니다. 잘못 살았다는 것이죠. 그래서 각성하게 된 겁니다. 일제에 동화되어 여전히 일본 패망을 아쉬워하는 선배들도 있습니다만, 미소 양군이 남북을 갈라 지배하고, 또다시 피지배민족으로서 살아가야 하니, 또 식민지 생활인가, 또 나라 잃은 백성인가, 다시 시대의 모순을 안고 살아가야 하나. 민족정통성이 훼손되고, 민중이 밟히고… 이것은 아니다 하고 육사 생도들 중심으로 각성하게 되죠. 가난한 섬 주민들이 총부리 앞에 무너지고, 탐욕과 폭력이 세상을 지배하고…. 그런 세상을 용납하지 않겠다는 것이죠. 나이가 어리고 경험이 부족하니 이상주의로만 빠지는 것이 한계입니다만…."

"그래서 반란을 일으키겠다는 것인가요?"

"내 말뜻은 제주 인민들, 지켜주는 사람이 곁에 있으니 용기를 잃지 말라는 뜻입니다. 무섭다고 숨죽이고 있으면 불의한 사람들이 더 활개를 칩니다. 뜻있는 젊은 일본육사 동기들이 나설 겁니다. 박정희 선배라는 분이 버팀목으로 서 있습니다."

"걱정돼요. 막 다치는 세상이잖아요. 당신이 없으면 나도 없어요."

그녀가 몸을 떨자 오민균이 야전잠바를 벗어 그녀 어깨에 걸쳐주었다.

제주 최고위급 회담, 꼬이는 길

미 군정청은 군장장관 이름으로 담화문을 발표했다. 딘 장군은 담화문을 통해 "최근 제주 오라리에서 벌어진 살상 사건은 공산주의자들과 연루된 폭동이며, 제주도 밖에서 온 공산분자들이 지방 관리와 5·10선거를 지지하는 선량한 주민들을 위협 살해한 것"이라고 발표했다.

평화회담의 성과에 고무된 제주도는 다시금 긴장되었다. 갑작스럽게 험악해진 분위기 때문인지 임시수용소에 수용됐던 귀순자 상당수가 다시 산으로 도망가고, 일주 도로 주변에 피신했던 주민들도 입산했다. 이들이 산으로 들어가버린 것은 일선 지서에 근무하고 있던 제주도 출신 경찰들이 모두 제주읍 본서로 차출된 것도 작용했다. 경찰 수뇌들은 이들이 폭도들에게 정보를 제공한다고 보고, 제주 본서로 불러들인 것인데, 곧 육지로 발령낸다는 것이었다. 도민들은 그들을 한 곳으로 전출시킨 뒤 대대적인 토벌작전을 벌일 것으로 받아들였다.

맨스필드 제주 군정장관이 김익창 연대장에게 비상전화를 걸었다.

"9연대장, 급히 군정청으로 와주시오."

뒤이어 L—4 연락기가 9연대 연병장에 착륙하자 김익창은 급히 연락기에 올랐다.

"딘 소장이 금방 내도해 수뇌회의를 주재한다고 했소."

맨스필드 제주군정장관은 김익창 연대장을 맞자 다급하게 말했다. 그가 빠르게 덧붙였다.

"딘 소장 각하는 명쾌하고 단순한 지휘관이오. 의심의 여지없이 대책을 내놓아야 하오. 제주 인민을 위한 마지막 기회니 회의를 잘 활용해야 합니다. 좋은 아이디어 있소?"

김익창은 오민균 소령을 데려와야 하는데 혼자 온 것을 후회했다. 드루스 대위가 그간의 활동내용을 담은 서류를 각반에 철하고 여타의 증거물과 사진첩을 준비해 내밀었다.

"우리는 이것으로 대비합시다."

맨스필드가 서류철과 사진첩을 드루스 대위로부터 넘겨받아 김익창에게 건넸다. 그들은 서류와 증거물을 중심으로 역할을 분담하기로 했다. 맨스필드가 결론삼아 말했다.

"이 사진과 서류와 함께 더 중요한 것은 9연대장이 겪은 경험을 되살려서 직접 보고하시오."

5월 5일, 오전 11시30분. 딘 소장이 회의 참석자 일행을 이끌고 제주읍 미 군정청 회의실로 들어섰다. 그들은 서울에서 비행기로 날아와 곧바로 제주군정청으로 들어왔다. 딘 소장 이외에는 모두 한국인이었는데, 경무부장 유석 조병옥이 선두였다. 유석은 어깨를 흔들며 뒤뚱거리는 듯한 독특한 걸음걸이로 회의실로 들어섰는데, 당당한 모습은 누구도 제압할 수 있다는 카리스마가 넘쳐 있었다. 유석 뒤에 민정장관 민세 안재홍, 국방경비대총사령관 송호성, 제주도지사와 제주도 경찰감찰청장, 딘 장군 전용통역관 김 목사가 뒤따랐다. 이들이 회의실에 착석하기 전 김익창과 맨스필드는 먼저 도착해 좌석에 앉아 있었다. 이들까지 합하면 참석자는 모두 아홉이었다.

문 앞에 헌병(MP)이 지켜 섰다. 헌병들을 지휘하는지 선글라스를 쓴 젊은 미군장교가 바삐 움직였다. 이승만 박사가 파견한 하우스만이었다. 그는 늘 숨어서 움직이는 사람이었다. 가벼운 티타임을 마치고 회의는 정오에 시작되었다. 회의는 극비였고, 분위기는 숙연했다. 제주도의 운명이 갈리는 회의인지라 김익창은 저도 모르게 긴장했다. 맨스필드가 사회를 맡았다.

"이 회의는 미국 육군소장 겸 미 군정장관 윌리엄 딘 장군의 명에 의하여 진행됩니다. 참석자 누구든지 자유로이 의견을 말할 수 있으며, 대신 이 회의의 내용은 극비입니다. 누설자는 기밀 누설죄로 군정재판에 회부될 것입니다. 그러면 제주경찰감찰청장부터 발언을 하시오."

제주경찰감찰청장이 마이크를 잡더니 장황하게 상황을 설명하고 대안을 제시했다.

"제주 사건은 국제 공산주의자에 의해 저질러진 폭동입니다. 군·경 대병(大兵)을 투입하여 합동작전으로 토벌하는 것이 제주를 평정할 최상의 방법입니다."

그 다음 송호성 국방경비대 총사령관에게 마이크가 넘어갔다. 송호성이 간단히 말했다.

"본인보다 제주 9연대장이 제주도 실정을 누구보다 잘 알 것입니다. 9연대장이 설명하는 것이 내 의사보다 더 정확하고, 사태해결에도 도움이 될 것이오. 김익창 연대장이 나 대신 발언하시오."

그가 김익창에게 발언권을 넘겼다. 김익창이 마이크를 잡았다.

"이 사건은 제주도민의 전통적인 배타성을 이용해 공산주의자·불평분자·밀무역자 등 각종 성분의 무리가 일으킨 폭동입니다. 도화선은 한해 전(1947년) 3·1절 기념식이지만, 그 이전 밀무역자, 또는 선주를 단속하는 경찰관과의 마찰에서 비롯되었습니다. 과잉진압과 과잉반발 행태입니다. 폭동자 수가 수백, 수천으로 증가한 것은 경찰이 초동 대책과 작전에 실패한 데서 기인된 것입니다. 무장폭도는 대략 3백50명 내외로 보며, 나머지는 여러 가지 불가분한 관계의 동조자들입니다. 따라서 적은 수백, 또는 수천도 될 수 있습니다."

즉각 제주경찰감찰청장이 반발했다.

"일각(一角)만 보지 마시오! 좌익 준동은 왜 빼시오?"

맨스필드가 그를 제지했다.

"제주경찰감찰청장은 발언자의 발언을 끝까지 듣고 이의 제기하시오. 9연대장 발언 계속하기 바랍니다."

김익창이 서류철을 들어보이며 다시 발언하기 시작했다.

"좌익 준동 사실은 다 아는 사실이기 때문에 생략하고, 대신 폭도에 대한 대책을 보고드리겠습니다. 첫째, 적의를 가진 폭도와 일반 민중 동조자를 분리시켜, 폭도를 제주도민으로부터 고립시켜야 합니다. 둘째, 그러기 위해서는 무력 위압과 선무 귀순 공작을 병용하는 작전을 전개하여야 합니다. 일방으로 회유와 선무를 계속하며 응하지 않는 자는 처벌하는 것입니다. 셋째, 이 작전의 방해요소는 경찰의 과잉진압과 기강문란이며, 이것이 폭도 증가의 요인이 되고 있으므로 전 제주도 경찰을 나의 지휘 하에 맡겨주십시오. 작전의 통일성을 기하기 위해서도 꼭 필요한 조치입니다. 그러면 본관이 도를 완전히 평정하겠습니다."

"그래요?"

묵묵히 듣고 있던 딘 소장이 물었다.

"그렇습니다. 저의 보고와 건의가 신뢰할만하다는 것을 입증할 중거물을 제시하겠습니다."

그는 준비했던 서류와 사진첩을 들어보였다. 사진첩의 사진 밑에는 맨스필드 대령이 직접 영문으로 작성한 설명문이 붙어있었다. 딘소장이 사진첩을 받아 한 페이지씩 넘겨가며 사진을 유심히 살피기 시작했다.

"9연대장, 사진 설명이 리얼하오. 수고했소. 경찰을 9연대장 휘하에 배치하겠소."

김익창은 맨스필드를 바라보았다. 맨스필드가 눈을 찡긋 해보였다. 김익창은 몸이 뜨거워지는 것을 느꼈다. 해결의 단초가 마련되어가는 순간이었다. 딘 소장이 조병옥 경무부장에게 사진첩을 넘겨주면서 말했다.

"닥터 조, 당신의 정보 보고 내용과는 사뭇 다르군요."

조병옥 경무부장이 사진첩을 받아 살피다가 한달음에 단상으로 달려갔다. 그는 얼굴이 벌개진 채 화난 얼굴로 열변을 토했다.

"이건 잘못된 것이오! 경찰을 모해하다니요? 이럴 수가 없소이다!"

유석은 우리말로 인사를 하고는 뒤이어 유창한 영어로 설명하기 시작했다. 처음 영어로 한 말을 자신이 직접 우리말로 통역하는 식으로 하다가 열을 받자 아예 영어로만 연설했다. 영어를 잘 아는 사람은 딘 소장과 맨스필드 뿐이었다.

그는 9연대장의 설명과 사진첩 등 증거물이 허위이고 조작된 것이라고 소리쳤다. 경찰을 이간질하는 언동은 결코 용납할 수 없다고 책상을 꽝 쳤다. 사진첩은 맨스필드 대령과 드루스 대위가 작성해

제공한 것을 그는 알지 못했다.

"이건 경찰에 대한 중대한 중상 모략이오. 왜 이 지경이 되었소? 무슨 원한이 있나?"

유석이 김익창에게 찌를 듯이 삿대질을 하며 외쳤다.

"저기 공산주의 청년이 한 사람 앉아 있소. 나는 오늘 처음으로 국제 공산주의자가 얼마나 무서운 자들인가를 여기서 알았소이다. 자기들 책임을 모면하기 위해 경찰을 폭도로 몰아가는 못된 자들이오. 헝가리, 루마니아, 체코슬로바키아 등지에서 그랬듯이 처음에는 민족주의를 앞세워 각지에서 폭동을 일으키고, 나중에는 본색을 드러내는 것이 국제 공산주의자들의 상투적 수법이요! 저 자가 바로 그렇소. 고약한 공산당 놈이오!"

다짜고짜 외치는 통에 회의장이 일시에 술렁거렸다.

"닥치시오! 난 공산주의자가 아니오!"

김익창이 앉았던 자리에서 벌떡 일어났다. 유석이 지지 않고 받았다.

"넌 니 애비부터 공산주의자야, 이놈아!"

"뭐야? 이 더러운 영감, 당신이 날 모략하는 거요!"

김익창이 단박에 단상으로 뛰어올라갔다.

"연대장은 자리로 돌아가 앉으시오."

딘 소장이 김익창을 향해 소리쳤다.

"흥분하지 마시오. 닥터 조의 연설을 방해하지 말기 바랍니다."

"아닙니다. 제가 해명을 하겠습니다."

김익창이 단상에서 외쳤다.

"9연대장 내려오시오! 당장 돌아오지 못하겠소?"

회의중인데, 하급자가 상급자에게 무례한 짓을 하는 것은 어쨌든

눈꼴사나운 일이었다. 김익창이 얼굴이 벌개진 채로 숨을 씩씩거리며 제 자리로 돌아왔다. 조병옥 경무부장이 흥분한 기색 그대로 다시 열변을 토하기 시작했다. 그의 영어 실력은 미국 유학파답게 뛰어났다. 영어를 잘 알아듣지 못하지만 누구도 설득당할 빼어난 웅변술이었다.

"민족주의의 가면을 쓴 청년들이 먼 외국에서만 있는 줄 알았더니 우리나라에도 있소이다. 바로 저 연대장이란 자가 그런 청년이요. 우리 경찰의 조사에 의하면, 저 청년의 아버지는 국제공산주의자이며, 소련에서 교육을 받고 현재 이북에서 공산당 간부로 열렬히 활약하고 있소. 저 자는 자기 부친의 교화를 받고 공산주의자가 되었으며, 자기 부친의 지령에 의하여 행동하고 있소! 적화 혐의자로 의심할 수밖에 없소이다!"

회의는 엉뚱한 방향으로 굴러갔다. 김익창은 "경찰이 집요하게 나를 공산주의자로 만들어 가는구나" 하고 생각했다. 그의 아버지는 그가 다섯 살 때 작고했다. 아버지가 어떻게 생긴 줄도 모르고 성장했던 것이다.

유석의 폭로를 듣고 딘 장군은 충격을 받은 듯 한동안 손으로 머리를 받치고 앉아 있었다. 맨스필드도 의외라는 듯 이상한 눈초리로 김익창을 바라보았다. 상황이 급변해버렸으므로 그대로 침묵하고 있다간 꼼짝없이 공산주의자가 되는 판이었다. 김익창이 다시 단상으로 뛰어올라가 경무부장의 멱살을 잡았다.

"이 영감, 내가 공산주의자인가, 근거를 대시오!"

"비켜, 이 빨갱이놈아!"

눈 하나 깜짝하지 않고 유석이 버텼다. 그의 당당함에 모두가 압도되었다. 그랬으므로 어느 누구도 그의 폭로를 의심하는 사람은 없었다. 김익창이 분을 못참고 주먹으로 경무부장의 복부를 가격했다. 고꾸라지는 그를 잡아 업어치기를 했다. 그는 유도가 삼단이었다. 경무부장도 당하지는 않았다. 오십이 넘었는데도 "너 이놈!" 외치며 일어나 그의 멱살을 틀어잡았다. 김익창이 유석의 와이셔츠 양쪽 깃을 잡고 목조르기에 나서자 경무부장이 캑캑거리면서도 "이런 못된 공산당 놈! 이런 쳐죽일 놈!" 하고 물러나지 않고 소리질렀다. 제주경찰감찰청장이 단상으로 뛰어 올라가 말렸지만 김익창의 발길질에 그도 급소가 차여서 비명을 지르며 나뒹굴었다.

"당신이 독립운동을 했다길래 애국자인 줄 알았더니 자기의 죄상이 드러나니까 무고한 나를 공산주의자로 몰고 있다! 당신이 친일파라는 것 다 알고 있다. 나에 대한 모략 취소하지 않으면 당장 죽여버리겠다!"

정말 죽일 자세로 김익창이 유석의 목을 조였다. 송호성 경비대총사령관은 앉은 자리에서 "이놈 연대장! 네 놈이 죽으려고 환장했느냐. 손을 놓고 말로 하지 못하겠느냐! 손을 놓아라!" 라고 호통을 쳤다. 안재홍 역시 의자에서 앉았다 일어섰다를 거듭하며 "9연대장! 손을 놓으시오. 제발 폭행을 멈추시오. 연장자에게 그러면 안 되는 것이오. 외국 사람들이 우리를 야만인이라고 흉을 보니 어서 손을 놓고 말로 하시오" 하고 소리질렀다. 제주지사가 단상에 올라 두 사람을 떼어 놓으려 했지만 그는 노령이라 역부족이었다.

"저 사람들이 소리 지르고 있는 게 무슨 뜻이냐!"

딘 장군이 곁의 통역관에게 물었다.

"조 박사님께서 '연대장은 공산주의자이며, 나쁜 놈'이라고 비난하고 있습니다."

조 박사와 딘 장군 일행을 수행해 내도한 만큼 통역관도 김익창에게 우호적일 수 없었다. 그리고 내용이야 어찌됐든 하급자가 나이 많은 상급자에게 무력으로 대든다는 것은 동양예의법도상 있을 수 없는 일이고, 아름답지 못한 일이었다. 그러니 그에게 우호적인 사람은 없었다. 김익창이 경무부장을 단하로 끌어내리면서 통역관에게 다가가 발길질을 했다.

"제대로 통역해라, 이놈아! 니 영어 다 알아들었다! 난 공산주의자가 아니라고 말해!"

놀란 딘 장군이 회의장 밖으로 뛰쳐나가더니 경호중이던 미군 헌병들을 불러들였다.

"장내 질서를 정리하라!"

수 명의 MP가 달려들더니 그중 2명의 MP가 김익창의 허리춤을 양쪽에서 붙들어 어린아이처럼 들어 옮기더니 의자에 앉혔다. 그들은 김익창의 두 어깨를 잡고 꼼짝 못하게 눌러 앉혔다.

"콰이엇, 콰이엇(조용히 하라)!"

딘 소장이 흥분을 가라앉히고 외쳤다. 2~3분 간의 침묵이 흐른 후 딘 장군이 목을 가다듬으며 조병옥 경무부장에게 단상에 올라가 연설을 계속하라고 지시했다. 유석이 단상에 올라 여전히 흥분한 목소리로 앞서 연설했던 내용을 반복했다. 김익창은 한 성질 하는 유석을 잘못 건드린 것이었다.

"저 자는 공산주의자요! 나라를 말아먹을 악질이오. 증거가 다 있소!"

김익창이 다시 일어났으나 딘 장군이 콰이엇 콰이엇!을 연발하자 헌병들이 그의 어깨를 짓눌렀다. 참석자 모두 그에게 싸늘한 시선을 보냈다. 자신의 말이 옳아도 새파란 젊은이가 오십대의 아버지 같은 사람한테 폭력적으로 대드는 것은 받아들일 수 없는 것이다. 갑자기 안재홍이 탁자를 치며 울부짖었다.

"아이고 분하다, 분해! 연대장 참으시오! 이것이 다 우리 민족이 못나서 그러는 것이오. 스스로의 힘으로 해방이 된 것이 아니고, 남의 힘을 빌려서 해방이 되니, 이런 억울한 일을 당하고 있소이다. 연대장, 참으시오, 참으시오."

위로인지 꾸중인지 모를 탄식을 연방 하면서 그는 마침내 대성통곡을 했다. 딘 장군은 참석자들을 번갈아 바라보면서 어리둥절해하다가 화난 목소리로 소리쳤다.

"오늘 회의는 이것으로 마칩니다. 모두 해산하시오!"

딘 소장이 문을 박차고 먼저 회의장 밖으로 나갔다. 경무부장이 목을 추스르며 그의 뒤를 따랐다.

"민족의 비극이오. 민족의 비극이오."

안재홍은 앉은 자리에 남아서 연방 되뇌며 울고 있었다. 일행은 제주에서 일박할 당초의 계획을 취소하고, 딘 장군과 함께 그 길로 특별기 편으로 상경해버렸다. 회의에서 얻은 것은 아무것도 없었다. 그 이후 이런 회의는 두 번 다시 열리지 않았다.

감정상의 문제로 부딪치면 하급자가 불이익을 본다는 것은 상식이다. 사안의 본질과 상관없이 싸우면 얻고자 하는 알맹이는 사라져버린다. 알게 모르게 의도하는 자의 몫으로 돌아간다. 그래서 사태가 어떻게 굴러갈 것인가는 너무도 자명했다. 주민의 고통스런 실상을 현실감있게 설파하고 설득해도 부족할 판에 산천초목을 떨게 할 상급자에게 대들었으니 사태는 보나마나였다.

김익창은 밖으로 나와 한동안 거리를 헤매었다. 부둣가 주막에 들어가 바가지째 술을 마셨어도 억울하기만 할 뿐, 허허로움을 달랠 길이 없었다. 밤이 깊을 때까지 바닷가를 서성거리다 보니 그제서야 겁이 덜컥 났다. 무모한 행동이고 무책임한 항명이었다. 귀신에게 홀린 것일까? 마음이 다급해진 그는 미 군정장관 숙소로 달려갔다. 안쪽에서 여러 목소리들이 흘러나왔으나 안으로 들어갔다 나온 부관이 맨스필드 군정장관은 부재중이라고 말했다. 면담을 거부한 것임이 분명했다. 그는 쓸쓸히 돌아섰다.

다음날 김익창은 보직 해임되었다. 해임은 서울에서 일방적으로 발표했다. 갑작스런 조치에 맨스필드 제주군정장관이 먼저 놀랐다. 제주 관할 인사는 그가 단행하거나, 그의 건의나 협조를 통해 이루어지는 것이 관례였다. 그런데 모두 생략되었다. 김익창의 행동에 그 역시 화가 났지만 이렇게까지 나가리라고는 예상하지 못했다. 그는 경고나 주의를 줄 생각이었다. 그런데 중앙에서 일방적으로 해임 조치를 내린 것이다. 맨스필드는 딘 장관에게 긴급전화를 걸었다.

"군정장관 각하, 이것은 아닙니다."

그러나 전화상으로 들려오는 딘 소장의 말은 단호하고 냉정했다.

"군 인사는 국방경비대 총사령부와 통위부의 소관이오."

찰칵 전화가 끊겼다. 맨스필드는 수화기를 든 채 한동안 멍하니 서서 허공을 바라보았다. 모든 것이 암담했다. 한참 후 부관이 연대장실로 뛰어 들어왔다.

"각하, 수화기를 내려놓으시랍니다."

그가 악몽에서 깨어난 듯 정신을 차리고 수화기를 내려놓자 곧바로 딘 장군으로부터 다시 비상전화가 걸려왔다.

"후임 연대장은 박진경 중령이오. 곧 부임할 것이니 준비하시오."

응답이 없자 그쪽에서 다시 거칠게 소리쳤다.

"알겠소? 정신 똑바로 차리라!"

"알겠습니다."

찰칵, 저쪽에서 먼저 전화가 끊겼다. 맨스필드는 정오쯤 김익창을 호출했다. 그는 부대에 없었다. 뒤늦게 연락이 닿았던지 퇴근 무렵 그가 제주군정장관실로 들어섰다. 얼굴은 부석부석 떠 있었고, 눈은 충혈되어 있었다. 울었던지 술을 마셨던지, 둘 중 하나였다. 그를 자리에 앉도록 하고 맨스필드가 천천히 입을 열었다.

"신임 연대장 박진경 중령은 행정장교 출신이므로 부대 작전지휘 경험이 없소. 그가 당장 9연대 지휘를 맡는다는 것은 지금과 같은 막중한 비상 시기에는 적절하지 않은 것 같소. 제주도의 지형에 밝고, 부대 파악과 제주 인민의 사정에 밝은 김익창 연대장이 연대 고문으로 계속 9연대에서 남아 복무해주시오. 이건 내 재량이오. 내 명령이오."

김익창은 그의 깊은 우정에 왈칵 눈물을 쏟을 뻔했다. 이렇게 배려하는 것은 살아오는 동안 겪어보지 못한 일이었다.

"각하, 감사합니다. 지금 후회한들 무슨 소용이 있겠습니까만, 정말 반성하고 있습니다. 나는 결코 공산주의자가 아닙니다. 절대로 아닙니다. 나의 부친은 제가 어려서 돌아가셔서 저도 잘 모릅니다. 호의는 고맙지만 각하의 제의를 받아들일 수 없습니다."

"아니오. 박진경 중령은 연대장으로서 명령권을 가지고, 김 연대장은 고문으로서 작전지휘를 책임지도록 하는 것이오. 딘 소장께 전화해서 반드시 그렇게 인사 명령을 받아내겠소."

그러나 한 군사 조직에 머리가 둘이 있다면 갈등은 불을 보듯 빤하다. 비정상적인 지휘 계통으로 책임소재의 불명확성만 노정하고, 조직은 흔들릴 것이다. 그리고 무엇보다 맨스필드의 입장이 난처해질 것이다.

"각하의 우정을 가슴깊이 새기고 나는 제주를 떠나겠습니다."

"제주 인민이 기다리고 있지 않소?"

"각하, 내 역할은 끝났습니다."

"아니오, 지금은 아닌 것 같소. 네버, 네버….."

김익창이 어린아이처럼 소리내어 울음을 터뜨렸다. 맨스필드가 김익창에게 다가가 그의 어깨를 다독였다. 김익창이 더욱 어깨를 흔들며 울었다. 맨스필드 역시 그 며칠 후 경질됐다. 미 군정의 친구 버치도 본국으로 송환되었다. 그와 상당 부분 호흡을 맞춘 것이 있었으나 수포로 돌아갔다. 해결점을 찾는가 했던 제주사태는 180도 다른 양상으로 굴러갔다.

9연대 병력의 2개 소대급이 집단 탈영한 것은 그로부터 보름 후였다. 〈참고문헌—김익렬 장군의 실록 유고 '4·3의 진실'외〉

— 4권에 계속

고독한 행군 ❸

초판 1쇄 발행 2022년 8월 10일

지은이   이계홍
펴낸이   윤형두 · 윤재민
펴낸곳   종합출판 범우(주)

등록번호 제 406 - 2004 - 000012호(2004년 1월 6일)
          (10881) 경기도 파주시 광인사길 9 - 13 (문발동)
대표전화 031)955 - 6900, 팩스 031)955 - 6905

홈페이지 www.bumwoosa.co.kr
이메일   bumwoosa1966@naver.com

ISBN 978 - 89 - 6365 - 441 - 6 04810
ISBN 978 - 89 - 6365 - 438 - 6 04810 SET